U0096995

民國文化與文學 研究文叢

十四編

李 怡 主編

第 19 冊

郭沫若翻譯文學研究（下）

咸立強 著

國家圖書館出版品預行編目資料

郭沫若翻譯文學研究（下）／咸立強 著 -- 初版 -- 新北市：
花木蘭文化事業有限公司，2021〔民 110〕
目 4+196 面；19×26 公分
（民國文化與文學研究文叢　十四編；第 19 冊）
ISBN 978-986-518-530-5（精裝）
1. 郭沫若 2. 學術思想 3. 文學評論 4. 翻譯
820.9　　　　　　　　　　　　　　　110011218

特邀編委（以姓氏筆畫為序）：

民國文化與文學研究文叢
十四編　第十九冊　　　　　　　ISBN：978-986-518-530-5

郭沫若翻譯文學研究（下）

作　　　者　咸立強
主　　　編　李　怡
企　　　劃　四川大學中國詩歌研究院
總 編 輯　杜潔祥
副總編輯　楊嘉樂
編　　　輯　許郁翎、張雅淋、潘玟靜　美術編輯　陳逸婷
出　　　版　花木蘭文化事業有限公司
發 行 人　高小娟
聯絡地址　235 新北市中和區中安街七二號十三樓
　　　　　　電話：02-2923-1455／傳真：02-2923-1452
網　　　址　http://www.huamulan.tw 信箱 service@huamulans.com
印　　　刷　普羅文化出版廣告事業
初　　　版　2021 年 9 月
全書字數　518332 字
定　　　價　十四編 26 冊（精裝）台幣 70,000 元　　　版權所有・請勿翻印

郭沫若翻譯文學研究（下）

咸立強　著

目

次

第六章 「要使我成為雪萊」：郭沫若譯雪萊詩研究

　　1922 年，正值雪萊逝世一百週年，《創造》季刊、《詩》月刊、《小說月報》《文學週報》等諸多國內報刊雜誌，紛紛組織紀念專輯刊發文章紀念這位偉大的詩人。10 月 10 日出版的《文學週報》發表了西諦翻譯的雪萊的詩——《給英國人》。12 月 10 日，《小說月報》第 13 卷 12 號出版，發表佩韋（茅盾）的文章《今年紀念的幾個文學家》，雪萊是其重點介紹的詩人。周作人在《詩人席烈的百年忌》中說：「英國詩人席烈（Percy Bysshe Shelley）死在意大利的海裏，今年是整整的一百年了。他的抒情詩人的名譽，早已隨著他的《西風之歌》和《與百靈》等名篇，遍傳世界，在中國也有許多人知道。」〔註1〕各種刊物做得最好的紀念專欄，便是《創造》季刊第 1 卷第 4 期上的「雪萊紀念欄」。趙景深談到徐祖正時說：「在《創造季刊》上記住了談論英國詩人的徐祖正的名字」，〔註2〕這便是紀念欄影響的一個例證。

　　《創造》季刊「雪萊紀念欄」發表的文章有張定璜的《SHELLEY》，徐祖正的《英國浪漫派三詩人拜輪、雪萊、箕茨》，成仿吾翻譯的雪萊《哀歌》（Lament），郭沫若的《雪萊年譜》（根據〔日〕內多精一 Shelley no Omokage 編成）、《雪萊的詩》（包括《西風歌》（Ode to the West Wind）、《歡樂的精靈》（Song）、《拿波里灣畔書懷》（Stanzas, Written in Dejection, near Naples）、

〔註1〕　仲密（周作人）：《詩人席烈的百年忌》，《晨報副鐫》1922 年 7 月 18 日。
〔註2〕　趙景深：《徐祖正》，《文人剪影　文人印象》，太原：三晉出版社，2014 年，第 71 頁。

《招「不幸」辭》（Invocation to Misery）、《轉徙二首》（Mutability）、《死》（Death）、《雲鳥曲》（To a sky-lark）和《小序》等。1926 年 3 月，《雪萊詩選》由上海泰東圖書局初版，上述郭沫若譯作悉數收入，譯詩題解注釋等一如《創造》季刊。

張靜論及《雲鳥曲》時說：「在同年 3 月 3 日致宗白華的另一封論詩函中，用五言古詩的形式翻譯了雪萊的名作《百靈鳥曲》（即 Ode to a Skylark，通譯《雲雀曲》）一詩的全文。」〔註 3〕郭沫若的論詩函落款日期是：「九，三，三」，此落款日期有誤，實際應為「九，三，三〇」，即 1920 年 3 月 30 日。此外，張靜還錯誤地將《創造》季刊「雪萊紀念號」的出版日期寫成「1923 年 9 月」，這一期《創造》季刊版權頁標注的是「1923 年 2 月 1 日出版」，《創造社資料》等一般將該期《創造》季刊出版日期定為：1923 年 2 月上旬。撇開這些史實敘述上的錯誤，張靜對郭沫若翻譯雪萊詩歌的定位還是準確的。「1922～1924 年，可以說是雪萊詩歌在中國現代文學階段被集中譯成中文最重要的時期。郭沫若是其中貢獻最大的一位。」〔註 4〕郭沫若是雪萊漢譯最重要時期裏貢獻最大的譯者，迄今為止還沒有研究者探究郭沫若雪萊譯詩的完成時間，一些錯誤的表述時常見於相關的研究論著，這與郭沫若譯介雪萊的重要性極不相稱。

王繼權、童煒剛編《郭沫若年譜（上）》在 1920 年 3 月 30 日條目下寫道：「譯詩《雲鳥曲》（英 雪萊）。初見本日致宗白華書，收《三葉集》。」1922 年 12 月條目下寫道：「4 日譯《雪萊的詩》畢，並作《小序》。」〔註 5〕林甘泉、蔡震主編的《郭沫若年譜長編（1892～1978 年）》在 1920 年 3 月條目下寫道：「本月譯雪萊詩《雲鳥曲》。初見於 30 日致宗白華信」，1922 年 12 月條目下寫道：「4 日夜，作《〈雪萊的詩〉小序》。」〔註 6〕王繼權、童煒剛編《郭沫若年譜（上）》確定了郭沫若翻譯雪萊詩的某些日期，林甘泉、蔡震主編的《郭沫若年譜長編（1892～1978 年）》在相關問題上則採取

〔註 3〕 張靜：《自西至東的雲雀：中國文學界（1908～1937）對雪萊的譯介與接受》，《中國現代文學研究叢刊》2006 年第 3 期，第 221 頁。

〔註 4〕 張靜：《雪萊在中國（1905～1937）》，復旦大學比較文學與世界文學專業博士論文 2012 年，第 75 頁。

〔註 5〕 王繼權、童煒剛編：《郭沫若年譜（上）》，南京：江蘇人民出版社，1983 年，第 97 頁、第 144 頁。

〔註 6〕 林甘泉、蔡震主編：《郭沫若年譜長編（1892～1978 年）》第 1 卷，北京：中國社會科學出版社，2017 年，第 142 頁，第 232 頁。

了模糊化的表述，敘及《雲鳥曲》時只說「本月」，談到《雪萊的詩》時只說《小序》的寫作時間，不提《雪萊的詩》。兩相比較，後者更顯謹慎。然而，無論是年譜還是年譜長編，都沒有細膩地探究《雲鳥曲》及《雪萊的詩》中其他譯詩的翻譯時間。

郭沫若在為《雪萊的詩》撰寫的《小序》中談到了自己對雪萊的喜愛，以及翻譯雪萊時所持的一些理念。文末有落款：「十二月四日暴風之夜」。〔註7〕落款時間只有月日，沒有年份。《沫若譯著選》（上海創造社出版部1928年版）中《小序》同《創造》首刊本，《沫若譯詩集》（上海建文書店1947年初版，上海新文藝出版社1953年版）中《小序》的落款是「一九二二年十二月四日暴風之夜」。《沫若譯詩集》中添加的「一九二二年」，應是編者根據《創造》季刊第1卷第4期出版於1923年2月上旬而添加的。無論如何，《雪萊的詩》中的譯詩，最遲已在1922年12月4日前譯出。1920年3月30日，郭沫若在寫給宗白華的信中就收錄了《雲鳥曲》的譯文，此詩的翻譯時間當為最早。從1920年3月30日到1922年12月4日，雪萊詩歌的翻譯前後至少相繼兩年有半，僅從翻譯時間的延續就可見出譯者郭沫若對雪萊詩作的喜愛與持續性關注。

學者何俊以《小序》的寫作落款詮釋雪萊詩翻譯，將「暴風之夜」與小序中對風的描寫聯繫起來自然是對的，「因時而譯」的斷語卻是對雪萊譯詩的錯位性理解。「《雪萊八首》中的《小序》的落款為『一九二二年十二月四日暴風之夜』，跟小序中對各種強度的風的描寫也極為切合，頗有點『因時而譯』的味道。」〔註98〕小序不是譯，譯者郭沫若翻譯的只能是雪萊詩，而雪萊八首詩歌的翻譯前後相繼兩年多，「因時而譯」之時甚多，不必與「暴風之夜」有關。《小序》中談到「古人以詩比風」的文字，很可能是有感於「暴風之夜」而發。至於何俊在文中使用的《雪萊八首》這個題名，竊以為當來自《沫若譯詩集》上海建文書店1947年初版或上海新文藝出版社1953年版目錄，在目錄頁上有「雪萊八首」的字樣，但原書目錄題名在人名「雪萊」邊上還附有英文名Shelley，與何俊所用題名並不完全相同。本書之所

〔註7〕 〔英〕雪萊：《雪萊選集》，郭沫若譯，《創造》季刊1923年第1卷第3期，第20頁。

〔註98〕何俊：《「副文本」視域下的〈沫若譯詩集〉版本探究》，《郭沫若學刊》2015年第1期，第56頁。

以用了大段文字談何俊的論文，意在強調即便是有明確的落款日期的《小序》，在郭沫若譯雪萊詩相關研究中的具體運用也是千差萬別，正確的史料並不一定就能導向正確的結論，而通過《小序》的落款時間確定《小序》的撰寫日期及譯詩時間問題，也並不是一件容易的事情。

　　成仿吾在《創造》季刊第 1 卷第 3 期《編輯餘談》中宣稱：「第四期想出一個雪萊紀念號，紀念英國天才詩人 P.B.Shelley 的百年忌。同人中已有多人擔任撰述。」〔註9〕由郭沫若在雪萊年譜及「附白」中的文字可知，成仿吾說的「已有多人擔任撰述」絕非虛言。其中，最主要的撰述者自然是郭沫若，其他作者除了徐祖正和張定璜，還應該有鄭伯奇。郭沫若說：「本期中有伯奇的翻譯」，鄭伯奇打算進行的翻譯就是雪萊的《詩辯》。實際上鄭伯奇並沒有翻譯《詩辯》，或者說是本來打算翻譯卻沒有付諸實施，是以「本期」並沒有出現鄭伯奇的翻譯。綜上所述，可以推知：第一，「雪萊紀念欄」的籌劃規模應該遠比目前問世的篇幅要大；第二，雪萊年譜的編寫時間應該較早，因編寫時明顯是紀念欄尚在組稿文章並未全部確定之時，張定璜、徐祖正、鄭伯奇三人答應的稿件全都沒有完成；第三，郭沫若在當時的確勤奮，為《創造》季刊貢獻了一切力量，「雪萊紀念欄」的成功泰半應該歸之於郭沫若。若是考慮到郭沫若在 1923 年 1 月 17 日通過第五部考試，21 日第三子出生，在學業和家庭生活等的重負下郭沫若仍然翻譯、編撰了「雪萊紀念欄」中許多的文字，不得不讓人驚歎這位青年天才的勤奮與刻苦。

第一節　東西方革命詩人的遇合

　　在雪萊的詩歌創作中，存在著兩個世界：「棄絕的世界」與「更好的世界」。瑪里琳・巴特勒認為人們一般都是「把雪萊棄絕的世界等同於被工業革命和資本主義毀得面目全非的世界」，「為一個更好的世界而擯棄庸俗甚至當真棄絕這凡俗物質世界」。〔註10〕在《鳳凰涅槃》等新詩創作中，郭沫若呈現在讀者面前的也是兩個世界：「棄絕的世界」與「更好的世界」。郭沫若詩中所呈現出來的應該被「棄絕的世界」，與雪萊有相似之處，也有所不

〔註9〕　成仿吾：《編輯餘談》，《創造》季刊 1922 年 12 月第 1 卷第 3 期，第 58 頁。
〔註10〕　〔英〕瑪里琳・巴特勒：《浪漫派、叛逆者及反動派——1760～1830 年間的英國文學及其背景》，黃梅、陸建德譯，瀋陽：遼寧教育出版社，1998 年，第4 頁。

同，例如郭沫若並不將「棄絕的世界等同於被工業革命和資本主義毀得面目全非的世界」。郭沫若雖然在各種文字中屢屢批判過上海等現代都市裏的非人生活，喜歡日本海濱田園牧歌式的鄉村生活，但是他在新詩創作中反覆謳歌的偏偏是現代工業文明。「一枝枝的煙筒都開著了朵黑色的牡丹呀！／哦哦，二十世紀的名花！／近代文明的嚴母呀！」〔註 11〕孫玉石將郭沫若的《筆立山頭展望》等詩「視為中國現代城市詩先驅性的探索和嘗試」，「《筆立山頭展望》不愧為 20 世紀中國現代詩歌史最早的一首現代大都會的讚美詩，是中國現代城市詩中一篇開山性的力作。」〔註 12〕在孫玉石教授等學者看來，郭沫若批判都市生活的文字帶有鄉土文明的特徵，或者是都市詩篇的補充或延伸，而那些讚美現代都市生活的詩篇帶有十足的現代性，正是郭沫若之所以成其為新詩人的重要質素。總的來說，郭沫若期盼的「更好的世界」與雪萊相似，想要「棄絕的世界」在表現形態上有相似之處，但本質上卻並不相同。

　　郭沫若與雪萊詩歌創作方面表現出來的相似性有可能因為存在影響關係，也有可能是世界性因素的體現。郭沫若與雪萊相似可能緣於兩者體現出來的世界性因素，郭沫若在接觸和翻譯雪萊的過程中，這種共同的世界性因素又羼入了影響的因子。瑪里琳·巴特勒指出，雪萊之所以「有影響，被廣為閱讀、稱頌並得到回應，很可能是因為他的思想和別人相同，而不是因為他啟發了他們。」〔註 13〕承認郭沫若與雪萊的思想「相同」，便是承認郭沫若與雪萊在各自的環境裏生成了相似的對世界的認知，這種相似性不應該僅從影響的角度進行闡釋，更應該從世界性因素研究的角度進行分析，這樣才能夠更好地理解郭沫若所說的：「關於詩的工作比較稱心的，有《卷耳集》的翻譯，《魯拜集》的翻譯，雪萊詩的翻譯，但這些對於我的詩作經過都不能夠劃分出時代。」〔註 14〕雪萊詩的翻譯對郭沫若來說雖然「稱心」，卻不

〔註 11〕郭沫若：《筆立山頭展望》，《郭沫若全集》文學編第 1 卷，北京：人民文學出版社，1982 年，第 68 頁。

〔註 12〕孫玉石：《論郭沫若的城市意識與城市詩（上）》，《荊州師範學院學報》2002年第 3 期，第 42 頁、第 47 頁。

〔註 13〕〔英〕瑪里琳·巴特勒：《浪漫派、叛逆者及反動派——1760～1830 年間的英國文學及其背景》，黃梅、陸建德譯，瀋陽：遼寧教育出版社，1998 年，第 37 頁。

〔註 14〕郭沫若：《我的作詩的經過》，《郭沫若全集》文學編第 16 卷，北京：人民文學出版社，1989 年，第 221 頁。

能夠「劃分出時代」，也就意味著對郭沫若的影響不夠大，這一狀況的出現恐怕主要是因為兩位詩人之間是「相同」而非「啟發」關係。

（一）惡魔詩人還是革命詩人

雪萊在西方曾經「被滿懷敵意的文壇聖賢斥之為惡魔派開山祖師」，〔註15〕中國現代知識分子一般也都指出雪萊之為惡魔（撒旦）派詩人的身份，「拜倫，雪萊，濟慈三人是屬於英國浪漫主義中的 Satanic School 撒旦派」。〔註16〕1906 年《新小說》第 2 號刊載了雪萊的一幅小像，「專欲鼓吹革命」〔註17〕的梁啟超顯然是將雪萊視為了革命的先行者。最早將雪萊明確地作為「摩羅詩人」介紹給國人的，是魯迅。魯迅在《摩羅詩力說》中熱情洋溢地介紹說：「摩羅之言，假自天竺，此云天魔，歐人謂之撒旦，人本以目裴倫（G.Byron）。今則舉一切詩人中，凡立意在反抗，指歸在動作，而為世所不甚愉悅者悉入之，為傳其言行思惟，流別影響，始宗主裴倫，終以摩迦（匈牙利）文士。」〔註18〕魯迅在《摩羅詩力說》中列出的摩羅詩人有拜倫、雪萊、易卜生等七位。高旭東辨析了魯迅《摩羅詩力說》對濱田佳澄的《雪萊》的取捨，「《摩羅詩力說》中，魯迅是將雪萊放到惡魔的行列中，突出表現『摩羅詩力』的，所以他將雪萊改寫得近乎拜倫。」〔註19〕高旭東的辨析，可能基於勃蘭兌斯《十九世紀文學主流》中的判斷：「雪萊之像拜倫，正如善守護神之像惡守護神。」〔註20〕也可能來自於周作人的分析：「席烈是英國十九世紀前半少數的革命詩人，與拜倫（Byron）並稱，但其間有這樣的一個差異：拜倫的革命是破壞的，目的在除去妨礙一己自由的實際的障害，席烈是建設的，在提示適合理性的想像的社會。」〔註21〕也

〔註15〕〔丹麥〕勃蘭兌斯：《十九世紀文學主流》第 4 冊，徐式谷、江楓、張自謀譯，北京：人民文學出版社，1984 年，第 260 頁。

〔註16〕劉之蘭：《介紹美國三個薄命詩人：拜倫，雪萊，濟慈》，《中華季刊（武昌）》1932 年第 1 卷第 4 期，第 1 頁。

〔註17〕梁啟超：《鄙人對於言論界之過去及將來》，《庸言》1912 年 12 月 1 日第 1 卷第 1 號。

〔註18〕魯迅：《摩羅詩力說》，《魯迅全集》第 1 卷，北京：人民文學出版社，2005 年，第 68 頁。

〔註19〕高旭東：《魯迅與雪萊》，《外國文學評論》，1993 年第 2 期，第 119 頁。

〔註20〕〔丹麥〕勃蘭兌斯：《十九世紀文學主流》第 4 冊，徐式谷、江楓、張自謀譯，北京：人民文學出版社，1984 年，第 275 頁。

〔註21〕仲密（周作人）：《詩人席烈的百年忌》，《晨報副鐫》1922 年 7 月 18 日。

就是說，雖然拜倫和雪萊都被視為「惡魔派」，但是兩者在善惡思想方面有著本質的差異。對於拜倫和雪萊兩者間的這種不同，汀生在《關於雪萊》一文中就曾指出過：「沒有如拜倫的那種對人類及人生之絕望，在他的詩中，貫通著樂觀主義，對於人類懷有無限進步的希望。」〔註22〕

魯迅對於雪萊的「改寫」，就雪萊在現代中國傳播與接受來說有開拓性意義，但實質上的影響並不大。因為現代知識分子對於「摩羅」、「惡魔」的使用雖然廣泛，也有許多現代作家以撒旦自詡，但他們實質上都站在「善守護神」一邊，而不是「惡守護神」。中國現代知識分子用摩羅、撒旦指稱雪萊時，並不像魯迅那樣將其「改寫得近乎拜倫」，大多都強調兩者共同的革命反抗精神，同時指出兩人革命反抗的不同。「拜輪的反抗手段是暴力的」，與「雪萊的非暴力反抗手段」不同，〔註23〕雪萊「非暴力反抗手段」顯然被大部分讀者忽略了，人們關注的只是他的反抗精神及其影響。「在他的《安那其的面具》（Mask of Anarchy）中，有許多反抗的戰歌，且已傳到了勞動者的隊伍中。」〔註24〕「在他底血和淚，愛和恨的短短生涯中，永遠不屈地向那不合理的社會，不合理的制度，不合理的宗教不合理的生活，盡情的攻擊。」〔註25〕拜倫漸漸被視為「一個消極的革命詩人」，雪萊則不同，「他以明白的思想與確實的方策為社會改造的理想。他是懷抱反抗破壞的理想的，所以也是一個反抗破壞的人。不過拜倫是悲觀的，壓制的，雪萊則係光明的，理想的。質言之，他實是一個積極的革命詩人。」〔註26〕積極革命與消極革命的劃分，區別了惡魔詩人不同的系譜，創造社同人雖然對拜倫和雪萊都很欣賞，弘揚最力的卻是積極革命的雪萊。至於郭沫若，他還否認過拜倫對自己的影響，「有人說我象拜倫，其實我平生沒有受過拜倫的影響。我可以說沒有讀過他的詩。」〔註27〕

1923 年 2 月上旬《創造》季刊第 1 卷第 4 期出版，「雪萊紀念欄」發表

〔註22〕汀生：《關於雪萊》，《中國文藝》1942 年第 6 卷第 2 期，第 87 頁。
〔註23〕陳希孟：《拜倫與雪萊》，《新時代》月刊 1933 年第 5 卷第 4 期，第 66 頁。
〔註24〕《雪萊的反抗精神》，《文學》1937 年第 8 卷第 1 期，第 259 頁。
〔註25〕蕭祖霆：《偉大的詩人——雪萊》，《中學生（廣州）》1948 年第 7 期，第 9 頁。
〔註26〕誦虞：《十九世紀的兩個革命詩人——拜倫與雪萊》，《覺悟》1924 年 4 月 27 日。
〔註27〕郭沫若：《離滬之前》，《郭沫若全集》文學編第 13 卷，北京：人民文學出版社，1992 年，第 304 頁。

了張定璜的《SHELLEY》，徐祖正的《英國浪漫派三詩人拜輪、雪萊、箕茨》。徐祖正的文章點出拜輪（現譯為拜倫）、雪萊和箕茨（現譯為濟慈）三人「屬於英國浪漫主義中的撒旦派（Satanic School 惡魔派）」，撒旦派詩人「只有拜輪、雪萊、箕茨三青年短壽的詩人」，「他們共同的色彩是反抗」。當時社會上人們熱狂地歡迎拜輪，「不全屬湖畔派詩人和拜輪間詩句上優劣之故，乃拜輪所歌的是他的生活，不單是內容稀薄的形式的文學。換句話講，人家只聽他的喊叫，聽他反抗的喊叫時，不管他的內容怎樣……要知道那時不必定要拜輪，無論那個人只要大膽的吶喊一聲，大家都能仰首承敬他，向著他叫喊的地方看去。何況有拜輪那樣的魄力，那樣的天才，那樣的背景。」如果說魯迅是將雪萊「改寫得近乎拜倫」，那麼在徐祖正的文字裏，拜倫就被敘述得近乎是雪萊。或者說抽空了善惡思想後，雪萊與拜倫在反抗這一點上本來就是一致的。談到詩歌創作的藝術時，徐祖正指出，「在純粹文學本質上論，拜輪詩中未成品居多」，「拜輪缺少藝術家最不可缺少的自制力和忍耐性。他做詩只表思想像人家做散文一樣的容易，不耐推敲琢磨，立刻成就，立刻發表。所以他的詩寧可作革命家的叫聲。真能發揮撒旦派特色在英文學內的，還當推雪萊和箕茨兩人。」徐祖正從文學的角度認為雪萊和箕茨更能代表撒旦派詩人，這與魯迅將拜倫視為宗主又不同。當然，宗主也並不就意味著最能代表藝術創作上的成就。

張定璜對拜倫與雪萊進行了對比：「前者一生太光耀奪目了，無奈太粉飾雕琢了，後者始終太埋沒了，然而太表裏合一了。」然後強調，「將 Shelley 和 Byron 來比高下是沒意思的事情，也犯不著。這樣說盡夠了！Byron 是已往的，Shelley 是我們現在活著的詩人。」張定璜比較拜倫和雪萊的角度和方式，若是置於早期創造社文學活動的視野中進行審視，一些有趣的問題便會浮現出來，比如為什麼郭沫若更喜歡雪萊？陳思和老師曾說：「（創造社成員）他們選擇介紹雪萊是否就意味拒絕拜倫？」〔註28〕譯介是喜歡的一種表現，不介紹並不意味著不喜歡，除非譯介者明確地表示因為不喜歡所以不譯介。郭沫若自己對於雪萊是有所偏愛的。郭沫若說：「雪萊是我最敬愛的詩人中之一個。」〔註29〕「（拜倫）這位英雄詩人對於我的吸引力卻

〔註28〕陳思和：《20 世紀中外文學關係中的「世界性因素」的幾點思考》，《中國比較文學》2001 年第 1 期。
〔註29〕郭沫若：《小序》，《創造》1923 年 2 月第 1 卷第 4 期，第 19 頁。

沒有他的友人雪萊來得強烈。」〔註 30〕偏愛強調的是喜歡的程度有差異，並不意味著拜倫對郭沫若沒有吸引力。郭沫若在寫給梁實秋的信中說：「拜倫專號准出（在二卷三號或四號），我在外還可約些朋友，稿齊請即寄來。」〔註 31〕「拜倫專號」已經提上日程，最後沒有能夠問世，乃是另有原因，與郭沫若的偏愛也有點關係。郭沫若在寫給成仿吾的信中說：「明天是拜倫的死期，但是我的文章還沒有做。我一時想起他轟轟烈烈死在海外的精神也很激起了些追慕的心事，但我又想起他是貴族，他有錢，有幸福，他的世界終不是我的世界。」〔註 32〕雖然不至於拒絕，但是沒有強烈的共鳴，文章也就「還沒有做」，這與郭沫若幾乎是以一己之力撐起「雪萊紀念號」形成鮮明的對照。

從張定璜比較拜倫與雪萊的角度來說，郭沫若自然應該與雪萊感到更為親近；從徐祖正文章描述的拜倫詩歌創作情況來看，「詩寧可作革命家的叫聲」等語句都讓人感覺彷彿敘述的就是郭沫若，郭沫若應該與拜倫也有深切的共鳴。在拜倫與雪萊之間，郭沫若坦言自己更喜歡後者。魯迅以拜倫為宗，為此不惜「改寫」雪萊，著眼的是撒旦之惡。郭沫若等創造社同人更推崇雪萊，著眼點自然是反抗，但是反抗不足以區別雪萊與拜倫。竊以為創造社同人更推崇雪萊的原因，恰如徐祖正文章中所指出的，乃是從詩歌創作的藝術這個角度做出的選擇。

魯迅談到雪萊時強調的是惡魔與反抗，郭沫若談到雪萊時反覆強調的則是革命。惡魔、反抗與革命幾個詞彙從大的範圍來說色彩相近，但是正如雪萊和拜倫之間存在異同一樣，這幾個詞彙也存在差異，作家們不同的使用愛好顯示出他們之間思想上的差異。劉奎論及作為「詩人革命家」的郭沫若時說：「現代審美主體，尤其是郭沫若的浪漫詩人身份，實際上本身就帶有烏托邦的政治和社會視野，如《女神》以美學的形式對人格、人際關係、社會關係的重新想像等均是，更不必說文學革命本身的時代訴求。也就是說，在郭沫若及其多數同時代人這裡，文學與革命從一開始就有著內在的

〔註 30〕郭沫若：《創造十年》，《郭沫若全集》文學編第 12 卷，第 209 頁。
〔註 31〕1923 年 11 月 16 日郭沫若致梁實秋信，《郭沫若書信集・上》，北京：中國社會科學出版社，1992 年，第 260 頁。
〔註 32〕郭沫若：《創造十年續篇》，《郭沫若全集》文學編第 12 卷，北京：人民文學出版社，1992 年，第 202 頁。

可溝通處。」〔註33〕劉奎對革命的分析，與郭沫若最初談及革命時的泛化色彩很接近。從泛化了的革命的角度看，所有進步的文學與文學家都帶有革命的色彩，或者說真正的文學永遠都是革命的文學。這樣的泛化顯然不是中國現代革命主體追求的結果，劉奎在他的論述中將詩人革命家身份處理成情感與政治的問題，通過政治將革命實化，進而呈現郭沫若革命思想的演變問題。從歷史的角度看郭沫若之於革命的思想態度，能夠更清晰地梳理郭沫若接受外來影響時有關革命的表述，如他在「革命」這個基點上對雪萊的譯介和接受。

　　郭沫若在為《雪萊的詩》撰寫的《小序》中，開篇就強調雪萊是「革命思想的健兒」，〔註34〕在雪萊年譜「附白」中強調說：「我們這位薄命詩人，革命詩人」。〔註35〕談到革命文學與革命作家問題時，認為從事文藝的人，感受性要比一般人敏銳，往往成為社會革命思想的前驅，「如像早死了的雪萊（他的早死馬克思很替他悼惜，稱他為無產階級革命的前驅），在我們中國怕只曉得他是詩人的。」〔註36〕在《討論注譯運動及其他》一文中，郭沫若滿懷激情地說：「我們崇拜布魯諾（Bruno）：因為他身受燔刑而不改其思想上的主見；我們愛慕雪萊（Shelley）：因為他身遭斥退而不撤回無神論的主張。」〔註37〕郭沫若從革命詩人的角度推崇雪萊時，最初的共鳴應該是對心靈自由的追尋。徐遲談到雪萊時說：「把一個奴才解放了，還是一個奴才。只有把內心已經解放了的自由人的鐐銬解除，被解放的才是一個真正的自由人。雪萊和拜倫在啟發和教育歐洲人的自由的靈感這一點上，是有輝煌的成績的。」〔註38〕在「自由的靈感」這一點上，郭沫若和雪萊無疑是相通的。

　　戈寶權在《拜倫，雪萊，羅色蒂三位詩人的短詩選譯》一文中指出，拜倫是「反抗時代的叛徒，偶像破壞主義者」，而雪萊「也是反抗時代的叛徒，

〔註33〕劉奎：《詩人革命家：抗戰時期的郭沫若》，北京：北京大學出版社，2019 年，第 24～25。

〔註34〕郭沫若：《小序》，《創造》1923 年 2 月第 1 卷第 4 期，第 19 頁。

〔註35〕郭沫若：《附白》，《創造》1923 年 2 月第 1 卷第 4 期，第 19 頁。

〔註36〕郭沫若：《文藝家的覺悟》，《洪水》半月刊 1926 年 5 月第 2 卷第 16 號。

〔註37〕郭沫若：《討論注譯運動及其他》，《創造》季刊 1923 年第 2 卷第 1 期。

〔註38〕徐遲：《雪萊欣賞》，〔英〕雪萊：《明天》，徐遲譯，桂林：雅典書屋，1943 年，第 158 頁。

烏托邦主義者。但不若拜倫之絕望自棄。」〔註39〕戈寶權的這段說明文字，徑直可以挪用來說明郭沫若熱愛雪萊的一個重要原因，同時也稍稍解釋了郭沫若更為喜歡雪萊的某種因由。蘇曼殊評論拜倫與雪萊的一段文字，也為我們理解郭沫若為何更喜歡雪萊打開了一扇窗口。「雪萊在戀愛中尋求涅槃；拜倫為著戀愛，並在戀愛中找著動作。雪萊能可以自制，而又十分專注於他對繆斯們的崇仰。」〔註40〕郭沫若回憶自己與安娜戀愛的經過時，提及吸引他的便是安娜身上聖潔的光輝。戀愛，對於郭沫若來說也是在「尋求涅槃」。涅槃不成，所以有《三葉集》中深沉的懺悔，還有《鳳凰涅槃》中對於涅槃的歌頌與崇仰。

（二）「寫」詩觀的共鳴

回顧自己的著作生活時，郭沫若曾將自己的著作生活分為這樣幾個階段：「二詩的覺醒期：太戈耳、海涅。三詩的爆發：惠鐵曼、雪萊。四向戲劇的發展：歌德、瓦格納……」〔註41〕惠鐵曼即惠特曼。雪萊與惠特曼一樣，在郭沫若第三階段著作生活中發揮了較大的影響和作用。至於為什麼將惠特曼和雪萊放在一塊，同歸入第三階段，除了詩歌創作風格及審美追求方面的原因，恐怕與郭沫若接觸這兩位外國詩人的時間有關。但具體地談到與這兩位外國詩人的接觸順序時，郭沫若在不同文章裏的說法卻出現了一些微妙的不同。郭沫若在《序我的詩》中說：「接近了海涅的初期的詩。其後又接近了雪萊，再其後是惠特曼。是惠特曼使我在詩的感興上發過一次狂。」〔註42〕在《詩作談》裏，雪萊卻被郭沫若放在了惠特曼之後。「順序說來，我那時最先讀著泰戈爾，其次是海涅，第三是惠特曼，第四是雪萊，第五是歌德。」〔註43〕郭沫若談到泰戈爾到歌德等幾位外國詩人對他

〔註39〕戈寶權：《拜倫，雪萊，羅色蒂三位詩人的短詩選譯》，《大夏》1931 年第 2 期，第 34 頁。

〔註40〕蘇曼殊：《蘇曼殊全集·序跋》，轉引自〔美〕李歐梵：《中國現代作家的浪漫一代》，王宏志等譯，上海：新星出版社，2005 年，第 71 頁。

〔註41〕郭沫若：《〈我的著作生活的回顧〉提綱》，《郭沫若論創作》，上海：上海文藝出版社，1983 年，第 160 頁。

〔註42〕郭沫若：《序我的詩》，《郭沫若全集》文學編第 19 卷，北京：人民文學出版社，1992 年，第 408 頁。

〔註43〕郭沫若：《詩作談》，《郭沫若論創作》，上海：上海文藝出版社，1983 年，第 218 頁。

產生的影響時，順序往往都是一定的，恰恰是被放到一起的惠特曼和雪萊在次序方面出現了一定程度的混亂。這種混亂，在一定程度上也說明兩位外國詩人在郭沫若的心目中地位恰在伯仲之間，難分彼此。雪萊和惠特曼兩位詩人的共同特性，便在於「寫」詩。

郭沫若最早公開談論雪萊的文字見之於《三葉集》，1920 年 1 月 18 日，郭沫若致宗白華信中說：「我想我們的詩只要是我們心中的詩意詩境底純真的表現，命泉中流出來的 Strain，心琴上彈出來的 Melody，生底顫動，靈底喊叫，那便是真詩，好詩」，「雪萊（Shelley）有句話說得好：『人不能夠說，我要做詩』（A man cannot say, I will compose Poetry）。」「詩不是『做』出來的，只是『寫』出來的。我想詩人底心境譬如一灣清澄的海水，沒有風的時候，便靜止著如像一張明鏡，宇宙萬匯底印象都活動著在裏面。這風便是所謂直覺，靈感（Inspiration），這起了的波浪便是高漲著的情調。這活動著的印象便是徂徠著的想像。這些東西，我想來便是詩底本體，只要把他寫了出來的時候，他就體相兼備。」〔註 44〕

在為《雪萊的詩》撰寫的《小序》中，郭沫若說：「風不是從天外來的，詩不是從心外來的，不是心坎中流露出來的詩通不是真正的詩。雪萊是真正的詩的作者，是一個真正的詩人。」〔註 45〕郭沫若關於詩的這些觀念，在雪萊《為詩辯護》一文中皆可尋到原始出處。「人是一個工具，一連串外來的和內在的印象掠過它，有如一陣陣不斷變化的風，掠過埃奧利亞的豎琴，吹動琴弦，奏出不斷變化的曲調……詩不像推理那種憑意志決定而發揮的力量。人不能說：『我要作詩。』即使是最偉大的詩人也不能說這類話；因為，在創作時，人們的心境宛若一團行將熄滅的炭火，有些不可見的勢力，象變化無常的風，煽起它一瞬間的火焰；這種勢力是內發的，有如花朵的顏色隨著花開花謝而逐漸褪落，逐漸變化，並且我們天賦的感覺能力也不能預測它的來去。」〔註 46〕

郭沫若在為《創造》季刊撰寫的「曼衍言」中曾說：「毒草的彩色也有美的價值存在，何況不是毒草。人們重腹不重目，毒草不為滿足人們的饕餮

〔註 44〕郭沫若致宗白華，《郭沫若全集》文學編第 15 卷，北京：人民文學出版社，1990 年，第 14 頁。

〔註 45〕郭沫若：《小序》，《創造》季刊 1923 年 2 月第 1 卷第 4 期，第 19 頁。

〔註 46〕〔英〕雪萊：《為詩辯護》，繆靈珠譯，伍蠡甫、胡經之主編《西方文藝理論名著選編·中》，北京大學出版社，1986 年，第 67、78 頁。

而減其毒性。『自然』亦不為人們有誤服毒草而致死遂不生毒草。」〔註47〕人們可以為郭沫若表現出來的唯美主義的思想找到不同的源頭，但是切不可忽略了雪萊便是這源頭之一。梁實秋在 20 世紀 30 年代批判雪萊時說：「雪梨認定文學是供給快樂的，所以他說：『詩人是一隻夜鶯，藏在暗處，以美妙的聲音歌唱，以鼓舞他自己的岑寂；讀他詩的人，就如同是聽一個隱著的音樂家，只覺其聲調醉人，但不知何自而來，』這是很美的譬喻，但是詩與人生的關係呢，他不過問了。雪梨是反對一般站在道德的觀察點上來指謫文學的，他說詩是最道德的，因為詩是想像的。換言之，美即是善。濟慈（Keats）還更進一步的說：『美即是真，真即是美』。真善美，合而為一，──這是浪漫思想混亂的極致。」〔註48〕梁實秋批評的雖然是雪萊，但是崇仰雪萊的郭沫若及郁達夫等其他創造社同人，對於文學之真善美的態度，同樣都懷抱著「浪漫思想」，他們在精神上是一致的。梁實秋的批評，從另一方面證實了郭沫若與雪萊精神上的相通性。

（三）編織在郭沫若文本世界裏的雪萊

　　雪萊及雪萊的詩出現在郭沫若自己的文學創作裏，於是創作與翻譯通過文本黏貼構成了互文本。蒂費納‧薩莫瓦約在《互文性研究》中說：「在具體的黏貼手法中，主體文本不再合併互文，而是將之並列，以突出其片斷和互異的特色。在這種情況下，分離大於吸納，文本的功能不明甚於性質不明：被黏貼的部分和文本的其他部分之間的關係是什麼？它所展開的是什麼類型的視野？」〔註49〕在郭沫若的書信及其他文字中，雪萊詩的出現，相當於引入了一個可以相互對照的「他者」，使文本處於多元和分散的境地，從而營造出一種獨特的閱讀審美感受。

　　郭沫若不僅喜歡雪萊的詩，也喜歡雪萊的人格，並將其視為自己超越時空的朋友。1920 年 7 月 26 日，郭沫若在寫給陳建雷的信中說：「我這人非常孤僻，我的詩多半是種反性格的詩，同德國的尼采 Niessche 相似。我的朋友極少。我的朋友可說是些古代底詩人和異域底詩人，我喜歡德國底

〔註47〕郭沫若：《曼衍言之二》，《創造》季刊 1923 年 2 月第 1 卷第 4 期。

〔註48〕梁實秋：《浪漫主義的批評》，《梁實秋文集》第 1 卷，廈門：鷺江出版社，2002 年，第 286 頁。

〔註49〕〔法〕蒂費納‧薩莫瓦約：《互文性研究》，邵煒譯，天津：天津人民出版社，2003 年，第 53 頁。

Goethe, Heine，英國底 Shelley,Coleridge, A. E. Yeats，美國底 W. Whitman……」
〔註50〕1921 年 10 月 6 日，郭沫若在寫給郁達夫的信中說：「假如我有波艇
時，我很想在星月夜中，在那平如明鏡的海波上飄搖，就得如雪誄（萊）
Shelley 一樣，在海水中淹死，我也情願。」〔註51〕這裡列舉的只是郭沫若
部分信箋，都寫於《三葉集》與《雪萊詩選》之間，也就是說，從郭沫若動
手翻譯《雲鳥曲》到譯成《雪萊詩選》，這中間對雪萊的關注（包括閱讀、
談論、翻譯等）一直都沒有停止過。郭沫若對雪萊詩的翻譯應該看成是一個
連續性的翻譯過程，而不是某個時間段內集中完成的「工作」。

郭沫若對雪萊如此喜愛和熟悉，以致他在談論一些問題時，經常信手拈
來作為例證的，有雪萊之人，有雪萊之文，也有雪萊之詩。在《神話的世界》
一文中，談到藝術家與科學家的爭執，拿來作為例證的，也還是雪萊。當科
學家否定神話世界，否定藝術時，「無怪乎熱血的詩人雪萊，要憤激而成《詩
之擁護論》，要主張詩的神聖，想像的尊崇，詩人是世界的立法者了。」〔註
52〕在《悼聶耳》一詩中，開篇就是：「雪萊昔溺死於南歐，／聶耳今溺死於
東島；／同一是民眾的天才，／讓我輩在天涯同弔。」〔註53〕談到《李爾王》
時，引用雪萊《為詩辯護》中的句子：「戲劇中最完全的典型」。〔註54〕敘及
文人之間相愛的佳話時，列舉的有三對朋友：「唐代的李白與杜甫，英國的
拜倫與雪萊，德國的歌德與席勒」，「然其事之成為佳話，也足以證明相愛不
如相輕之普遍了。」〔註55〕在給趙景深的信中，郭沫若以雪萊詩為例說明詩
歌問題。「雪誄有一首詩，題名《Lament》，也是用『Nevermore』一個疊語
煞尾；原詩我把它抄在下面：……No more—oh, nevermore！此詩仿吾有譯
文，登在創造季刊一卷四期的《雪萊紀念號》上。」〔註56〕

在小說創作中，雪萊也經常出現在郭沫若的筆下。小說《殘春》敘述

〔註50〕1920 年 7 月 26 日郭沫若致陳建雷信，《郭沫若書信集·上》，第 173 頁。
〔註51〕1921 年 10 月 6 日郭沫若致郁達夫信，《郭沫若書信集·上》，第 205 頁。
〔註52〕郭沫若：《神話的世界》，《創造週報》1923 年 11 月 11 日第 27 號。
〔註53〕郭沫若：《悼聶耳》，《郭沫若全集》文學編第 2 卷，北京：人民文學出版社，
　　　　1982 年，第 18 頁。
〔註54〕郭沫若：《〈屈原〉與〈鰲雅王〉》，重慶《新華日報》1942 年 4 月 3 日。
〔註55〕郭沫若：《沿著進化的路向前進——紀念文協五週年》，《郭沫若全集》文學編
　　　　第 19 卷，北京：人民文學出版社，1992 年，第 389 頁。
〔註56〕1924 年 2 月 17 日郭沫若致趙景深信，《郭沫若書信集·上》，北京：中國社
　　　　會科學出版社，1992 年，第 264～265 頁。

「我」到門司探望生病的友人賀君，碰到病院裏的 S 姑娘，心生愛意，夢
中與 S 姑娘相處時，友人白羊君跑來告訴他博多灣的妻子正在傷害他們的
孩子，自己的家庭裏出現了 Medea（美狄亞）的悲劇。於是，「我」便趕緊
告別賀君，回到了博多灣的家。「回家後第三天上，白羊君寫了一封信來，
信裏面還裝著三片薔薇花瓣。他說，自我走後，薔薇花兒漸漸謝了，白菖蒲
花也漸漸枯了，薔薇花瓣，一片一片地落了下來，S 姑娘教他送幾片來替我
作最後的訣別。他又說，賀君已能行步，再隔一兩日便要起身回國了，我們
只好回國後再見。我讀了白羊君的來信，不覺起了一種傷感的情趣。我把薔
薇花片夾在我愛讀的 Shelley 詩集中。」〔註57〕雪萊（Shelley）這個名字，
在「五四」後的中國正如易卜生，似乎成了自由戀愛的象徵，正如學者張靜
所說：「雪萊帶給中國文壇的不僅僅是『摩羅』的反抗精神和『溫柔』的抒
情詩歌，他實際上已經成為一個富於時代意義和文化意味的浪漫偶像，在
不斷地被敘述和被解讀中，他的形象不斷地被豐富。作為浪漫的生活方式、
人生態度和價值觀念的代表，雪萊契合了中國新文人追求自由解放和浪漫
愛情的潮流，為中國新詩人追求浪漫的愛情生活和詩意想像提供了仿傚資
源……雪萊這位在本國曾經因感情『醜聞』而被驅逐出境並至死都未能返
回祖國的英國浪漫詩人其備受爭議的愛情婚姻生活，在 20 世紀初中國的語
境下被盛讚為一場追求自由的革命實踐。」〔註 58〕惟有理解了雪萊在當時
中國知識分子生活中所具有的象徵意義，才能更好地把握郭沫若小說提及
雪萊時的意義，也才能理解魯迅小說《傷逝》中子君看到雪萊半身像時似乎
不好意思的原因。「默默地相視片時之後，破屋裏便漸漸充滿了我的語聲，談
家庭專制，談打破舊習慣，談男女平等，談伊孛生，談泰戈爾，談雪萊……。
她總是微笑點頭，兩眼裏彌漫著稚氣的好奇的光澤。壁上就釘著一張銅板
的雪萊半身像，是從雜誌上裁下來的，是他的最美的一張像。當我指給她看
時，她卻只草草一看，便低了頭，似乎不好意思了。這些地方，子君就大概
還未脫盡舊思想的束縛，——我後來也想，倒不如換一張雪萊淹死在海裏
的記念像或是伊孛生的罷；但也終於沒有換，現在是連這一張也不知那裡

〔註57〕郭沫若：《殘春》，《郭沫若全集》文學編第 9 卷，北京：人民文學出版社，1985
　　　年，第 34 頁。

〔註58〕張靜：《一個浪漫詩人的偶像效應：二三十年代中國詩人對雪萊婚戀的討論與
　　　倣仿》，《中國現代文學研究》2009 年第 2 期，第 69～71 頁。

去了。」〔註 59〕小說《殘春》中的主人公,「把薔薇花片夾在我愛讀的 Shelley 詩集中」,這個敘述委實有其時代的精神寄寓其中。

郭沫若的小說《三詩人之死》以作家慣用的窮愁敘事展開故事情節,「因為國度不同」,自家孩子出去玩時經常受到鄰家孩子們的欺侮,於是便定下了「沒有大人同路不許他們出去」的家規。為了不讓孩子們過於孤苦,便決定買兔子給孩子們餵養。買回家一隻母兔,生養了五隻小兔子,最後活下來三隻,它們分別被命名為拜倫、雪萊和濟慈。「這隻兔兒就成了跛腳,我們便叫他是拜倫(Byron),還有兩隻,一隻紅的大些的,我們叫他是雪萊(Shelley),一隻黑的小些的,我們叫他是濟慈(Keats)。」後來,這三隻兔子因各種原因死了。這篇小說在藝術上並沒有什麼驚豔之處,從養兔子這件事情的敘述上可以見出詩人郭沫若情緒的豐富與敏感,如敘述三個孩子要充當兔子的保護者,在「我」的觀察裏,「不過這幾位小小的保護者也和一般藝術家的保護者一樣是等於玩弄者罷了。」〔註 60〕看到大黑貓將名叫拜倫的小兔子獵殺,「我」則「感受著一種無抵抗者的悲哀,一種不可療救的悲哀」。以雪萊命名寵物,這也是詩人深受雪萊影響的佐證。

第二節 郭沫若譯《雲鳥曲》與「既成的詩形」的現代審視

對於從傳統向著現代轉型的現代作家來說,新形式的創造與舊形式的摒棄都不是一件容易的事情。新舊詩體刻意區分的結果,往往是新舊兩種詩體的創作各自結集,隨著作家在不同時期的文藝追求而以不同的方式和途徑呈現在讀者們的面前,或者由作家之外的人們結集披露出來。就詩歌創作來說,胡適、魯迅、郭沫若、郁達夫等,皆有新舊兩種詩體創作的經驗。以新文學家的面目面世的現代作家們,新舊兩種詩體形式在其文學世界建構的過程中有著怎樣的糾纏?在通過翻譯謀求中國文學現代化的進程中,新詩人的舊體譯詩又有怎樣的影響?尤其是新詩人翻譯英美文學中的自由詩時,應該如何看待他們對舊體譯詩形式的選擇?現在,胡適、魯迅、郭沫

〔註 59〕 魯迅:《傷逝》,《魯迅全集》第 2 卷,北京:人民文學出版社,2005 年,第 114 頁。

〔註 60〕 郭沫若:《三詩人之死》,《郭沫若全集》文學編第 9 卷,北京:人民文學出版社,1985 年,第 348 頁。

若和郁達夫等現代作家們的舊體詩創作已經得到學界越來越多的關注，他們的舊體譯詩卻鮮有人論及。當然，就新詩人而言，胡適、郭沫若等的舊體譯詩不多，不多不等於沒有。當文學史論著通過他們的白話譯詩強調翻譯之於新詩創作的影響時，避而不談其舊體譯詩是不恰當的。只談新詩人白話譯詩的影響，有關詩歌創作現代轉型的論述就是帶著偏頗和被簡化了的，只有全面地考慮新詩人的白話譯詩與舊體譯詩，才有利於全面地揭示現代轉型的複雜性及現代的多種面相。

一、「既成的詩形」與「骸骨之迷戀」

「既成的詩形」一詞見於郭沫若為《雪萊的詩》撰寫的《小序》。郭沫若說：「做散文詩的近代詩人 Baudelair，Verhaeren，他們同時在做極規整的 Sonnet 和 Alexandrian，是詩的無論寫成文言白話，韻體散體，他根本是詩。誰說既成的詩形是已朽骸骨？誰說自由的詩體是鬼畫桃符？詩的形式是 Sein 的問題，不是 Sollen 的問題。做詩的人有絕對的自由，是他想怎樣就怎樣。他的詩流露出來形近古體，不必是擬古。」〔註61〕在這篇《小序》中，郭沫若明確提出了「既成的詩形」這個概念。在郭沫若的文字表述中，「既成的詩形」不是「詩」那樣的概念，更多的是一種表述，本書在此更願意將其視為一個概念，乃是因為郭沫若通過這種表述想要呈現的，其實是一種概念，這種概念又不願意用時行的語詞進行表達，故而以這種中性的表述進行表達，本書暫且稱之為表述性概念。

何為「既成的詩形」？郭沫若並沒有進行具體的闡述。從郭沫若所舉例子來看，「散文詩」與「自由的詩體」都不屬於「既成的詩形」，屬於「既成的詩形」的是「極規整的 Sonnet 和 Alexandrian」。Sonnet 一般譯為商籟體或十四行。Alexandrian（現在一般寫為 Alexandrin）一般譯為亞歷山大體，詩體特點是每行十二個音節，每個詩行中間（前後分成各六個音節）停頓，亞歷山大體也多以十四行的形式出現，一般被認為是法國式的十四行詩，波德萊爾、魏爾倫都是這種詩體的代表詩人。也就是說，被列為「既成的詩形」的是「極規整」的格律詩，與之相對的則是詩形不規整的「散文詩」與「自由的詩體」。

談到「既成的詩形」時，郭沫若說「誰說既成的詩形是已朽骸骨」，意

〔註61〕郭沫若：《小序》，《創造》季刊 1923 年第 1 卷第 4 期，第 20 頁。

即有人將「既成的詩形」與「已朽骸骨」聯繫起來。「既成」與「已朽」相對應，指的是時間的積澱。因此，所謂「既成的詩形」，就是指已經得到認可的流行開來的詩歌樣式。在「五四」後的文壇上，現代知識分子一般將「既成的詩形」稱為古詩或舊詩。郭沫若在《小序》中提出的「形近古體」與「擬古」問題，其實談的便是新舊的區分及其辯證關係。郭沫若以波德萊爾和魏爾倫為例，闡明詩形的選擇與使用乃詩人的自由，使用「既成的詩形」並不就是迷戀骸骨，只有「擬古」式地使用「既成的詩形」才是真正的「已朽骸骨」，詩人自由地選用「既成的詩形」最多只是「形近古體」。「形近」而不是，這樣的區分，實是對新詩之所以成其為新詩思考的深化。從《魯拜集》到《雪萊的詩》，竊以為郭沫若對舊體譯詩形式所作說明，顯示郭沫若新詩觀念存在著一個由強調新舊對立向著超越新舊對立的思想轉變。

「既成的詩形」雖然不僅包括舊體詩，在時代語境中，具體所指其實也就是舊體詩。在現代文壇上，舊體詩一度被視為「骸骨」，而最早將舊體詩與骸骨這個詞聯在一起的是葉聖陶。1921 年 11 月 11 日，《文學旬刊》第 19 號發表了署名「斯提」的短文《骸骨之迷戀》，全文不足 30 行，批評了一份名為《詩學研究號》的校園小報，認為舊體詩已經「成為骸骨」，不能一味迷戀。「冢墓裏的骸骨曾經一度有生命。可是骸骨不就是生命。那些以前的生命或者留下些精神給後人。可是後人須認清，這是以前時代的精神……決不能因尊重以前時代的精神，並珍重冢墓裏的骸骨。」〔註62〕此後，「骸骨之迷戀」成了白話陣營裏的一個流傳甚遠的典故。郭沫若《小序》中追問「誰說既成的詩形是已朽骸骨？」並非空言無所指。

郭沫若用「既成的詩形」這個概念，而不用舊體詩，就是要通過「新近古體」與「擬古」等的區分跳出當時新／舊、現代／傳統的二元對立思維，在傳統與現代之間架起一座橋樑，用郭沫若的話說便是尋求傳統精神現代轉化的路徑。郭沫若的思潮並不超越於時代之上，他只是按照自己的方式努力探求傳統向著現代轉化的可能性。當時的文壇上，持論與郭沫若相近的不乏其人。《創造日》上曾刊發張友鸞的《隨感錄·吃飯》，以幽默的筆觸談到自己在饑荒的時候，可以用麵包代替吃飯，卻不能相信「我吃麵包就和我吃飯一樣」。「骸骨的迷戀嗎？如果這骸骨是我愛人的，我能說就不戀愛她了

〔註62〕斯提（葉聖陶）：《骸骨之迷戀》，《文學旬刊》1921 年 11 月 11 日第 19 號。

嗎？」〔註63〕在個人主義舒張的時代，張友鸞的觀點代表了自由與個性，恰恰是時代進步的表現；在集體主義佔據主導地位時，從個人的角度進行價值評判就顯得有些不合時宜了。從個人角度做出的判斷，與從時代精神的角度做出的判斷，兩者之間存在矛盾，這讓郭沫若代表的創造社與文學研究會站在了對立面。這並不就意味著只有文學研究會才是時代精神的引領者。創造社和文學研究會都是時代精神的引領者，只是創造社代表的是個人的精神，文學研究會代表的是社會的精神，個人的立場與社會的立場既對立又統一，學術研究需要辯證地看待兩者的關係。

郭沫若從日本回國，樹起創造社大旗後，攻擊的並不是傳統文化與文學，而是要求重整新文學內部陣營。「創造社這個團體一般是稱為異軍特起的。因為這個團體的初期的主要分子如郭，郁，成對於《新青年》時代的文學革命運動都不曾直接參加，和那時代的一批啟蒙者如陳，胡，劉，錢，周，都沒有師生或朋友的關係。他們在當時都還在日本留學，團體的從事於文學運動的開始應該以一九二〇年的五月一號《創造》季刊的出版為紀元（在其前兩年個人的活動雖然是早已有的）。他們的運動在文學革命爆發期中又算到了第二個階段。前一期的陳，胡，劉，錢，周主要著重在向舊文學的進攻，這一期的郭，郁，成，卻著重在新文學的建設，他們以『創造』為標語，便可以知道他們的運動的精神。還有的是他們對於本陣營的清算的態度。已經攻倒了的舊文學無須乎他們再來抨擊，他們所攻擊的對象卻是所謂新的陣營內的投機分子和投機的粗製濫造和投機的粗翻濫譯……一般投機的文學家或者操觚家正在旁若無人興高采烈的時候，突然本陣營內起了一支異軍，要嚴整本陣營的部曲，於是群議譁然，而創造社的幾位分子便成了異端。」〔註64〕無論是與「前一期的陳，胡，劉，錢，周」還是同期的文學研究會相比，在對待傳統文化和文學這一點上，郭沫若雖有相同之處，但整體上仍可算是一個異端。所謂相同之處，不僅在於反對非人的文學，也在於反對嚴復、林紓那樣的翻譯文學，像林紓翻譯《魔俠傳》，要在俠客「駢首而誅」譯文下加注「吾於黨人亦然」，周作人對此「真覺得可驚」，〔註65〕郭

〔註63〕張友鸞：《隨感錄·吃飯》，《創造日彙刊》，上海：上海書店，1983 年影印本，第 41 頁。

〔註64〕郭沫若：《革命文學之回顧》，《郭沫若全集》文學編第 16 卷，北京：人民文學出版社，1989 年，第 98～99 頁。

〔註65〕周作人：《魔俠傳》，《周作人自編文集·自己的園地》，石家莊：河北教育出

沫若對那樣的翻譯自然也是敬而遠之。郭沫若在文學翻譯領域內的「異軍特起」的表現之一，便是有意用五言古體的形式翻譯雪萊，以此顯示「既成的詩形」並非骸骨。

二、《雪萊的詩》中的「既成的詩形」

《創造》季刊所載郭沫若翻譯的《雪萊的詩》，以「既成的詩形」進行翻譯的，一共有四首：《雲鳥曲》《轉徙（二首）》《招「不幸」辭》。郭沫若譯《雪萊的詩》共八首，一半都以「既成的詩形」進行翻譯。其中，《雲鳥曲》和《轉徙（二首）》用的是五言古體，《招「不幸」辭》用的是騷體。在《招「不幸」辭》的題解中，郭沫若說：「以『不幸』（Misery）擬人而招之，情調哀惻，音節婉轉，最宜以我國騷體表現。」《轉徙（二首）》譯後注說：「此詩原文每節本五行，為調韻計，各譯成五言八句。」〔註66〕譯後注只談到了譯詩行數的變化，至於譯詩為何一定要用五言的形式，未作說明。本書之所以選擇《雲鳥曲》探討郭沫若詩歌翻譯中的「既成的詩形」，原因有三：第一，《雲鳥曲》在四首「既成的詩形」譯詩中最有名。《致雲雀》《給雲雀》《寄給一隻雲雀》《詠雲雀》《雲雀寄懷》《雲雀歌》《雲雀之歌》《雲雀曲》《雲鳥曲》《百靈鳥曲》等，都是對雪萊 To a Sky-lark 的漢譯。徐志摩在《徵譯詩啟》中說：「誰不曾聽過空中的鳥鳴，但何以雪萊的《雲雀歌》最享殊名？」〔註67〕第二，《雲鳥曲》是《雪萊的詩》中最早被譯出的詩篇。第三，從《雪萊的詩》到《雪萊詩選》，從首刊本到初版本，經過「改潤」後的《雲鳥曲》沒有改變「既成的詩形」，表明郭沫若認為這一譯詩形式的選擇很恰切。

1923 年《學藝》雜誌第 5 卷第 1 期發表王獨清翻譯的《雲雀歌》，譯詩題名下有一段「引言」：「吾人苟一談英國之抒情詩，無不先思及薛萊（Percy Rysshe Shelley）之《雲雀歌》，蓋此詩不但為薛萊生平之傑作，亦為世界抒情詩中不多得之上品；人有以此詩代表一切由 Passion 與 Emotion 中所發空想之音者，其為世所重如此。中國雖知此詩者甚多，而從未見其譯本，此當半由於此詩之美節妙思，難於摹譯，我茲勉為之，對薛萊負咎處，自不能

版社，2002 年，第 74 頁。
〔註66〕郭沫若：《招「不幸」辭‧題解》，《創造》季刊 1923 年 2 月第 1 卷第 4 期，第 28～33 頁。
〔註67〕徐志摩：《徵譯詩啟》，《小說月報》1924 年 3 月 10 日第 15 卷第 1 期。

免；唯此久傳誦於世之名詩，今日始改裝入中國，誠可憾也。」〔註68〕1923年5月20日，王獨清致信《學藝》編者鄭心南：「前寄上拙譯 Shelley 之《雲雀歌》，引中有謂此詩在中國『從未見其譯本』。近始知沫若早已譯過。我因居於外國，國內刊物，所見不全，每有此種錯誤。對於讀者及編者皆是應求原諒之處。」〔註69〕由王獨清的譯詩及通訊可知：第一，「雪萊紀念欄」沒有向王獨清約稿，與王獨清關係甚好的鄭伯奇自己答應翻譯的《詩辯》沒有翻譯，也沒有發動好友為紀念號投稿。第二，王獨清開始以為自己是 To a Sky-lark（王獨清發表自己的譯詩時用的是 Ode to a sky lark）最早的漢譯者，後來知道郭沫若才是。第三，王獨清譯的《雲雀歌》，採用的是騷體形式，郭沫若與王獨清不約而同地都選擇了以「既成的詩形」翻譯 To a Sky-lark。

郭沫若何時接觸、閱讀了雪萊的《雲鳥曲》？具體時間現已不可考，有待新材料的發掘。明確有文字記載的郭沫若閱讀此詩的時間，是 1920 年 3 月 22 日。這一天郭沫若陪田漢遊太宰府，途中詩興大發。回到家中後，郭沫若「忙讀雪萊（Shelley）底《百靈鳥曲》（Ode to a sky lark）」。〔註70〕這說明郭沫若在此之前已經讀過雪萊的詩，家中備有雪萊的詩篇，因為熟悉，所以才能夠在想到的時候回家找出來「忙讀」。此時的郭沫若，已經對雪萊的詩比較熟悉，所以他才能夠在有詩興的時候，想到雪萊，回到家中憑著印象去翻閱雪萊的詩篇。很多時候，人們都會產生這樣的感覺：自己的心中湧著強烈的詩意，可是卻表達不出來。閱讀一些文學作品時，卻覺得別人已經將自己內心的詩意恰到好處地表達了出來。譯者郭沫若將自身的情感體驗與譯詩間的關係完整地寫了出來，翻譯也就成了譯者自我情感表現的一種特別的形式。

郭沫若翻譯的《雲鳥曲》，最早出現在《三葉集》所收郭沫若致宗白華的信中，《沫若文集》與《郭沫若全集》皆採用這一版本。《郭沫若全集》文學編第 15 卷有編輯說明：「《三葉集》是郭沫若、田漢、宗白華一九二〇年的通信集。包括郭沫若信七封、田漢信五封、宗白華信八封，共二十封。最初於一九二〇年五月，由上海亞東圖書館印行。現據此版本編入。三篇序和各信的標

〔註68〕王獨清：《雲雀歌》，《學藝》1923 年第 5 卷第 1 期，第 1 頁。

〔註69〕王獨清：《通訊》，《學藝雜誌》1923 年第 5 卷第 4 期，第 2 頁。

〔註70〕郭沫若致宗白華，《郭沫若全集》文學編第 15 卷，北京：人民文學出版社，1990 年，第 129 頁。

題係這次編者所加。信中的外文，均作了校勘，並加了翻譯。」〔註71〕編輯
說明明確了所使用的版本是《三葉集》初版本，除了一些技術性問題外，別
無所改。《三葉集》出版兩年後，郭沫若輯錄《雪萊的詩》，對譯詩《雲鳥曲》
進行了「改潤」。「此詩作於一八二○年，最為世人所稱賞。拙譯已見《三葉
集》中，該書標點字句錯亂太多，今加改正，再錄於此。譯文亦有改潤處。」
〔註72〕1928年，上海創造社出版部將《雪萊選集》作為「創造社世界名著選」
第十三種出版，其中的雪萊詩譯文完全與《創造》季刊第1卷第4期上的譯
文相同，譯者所寫的篇首說明被改為篇末注釋（9），文字基本相同：「《雲鳥
曲》——此詩作於1820年，最為世人所稱賞。拙譯已見《三葉集》中，該書
標點字句錯亂太多，今加改正再錄於此。譯文亦有改潤處。」〔註73〕後來，
郭沫若編選出版《沫若譯詩集》，所用也還是《創造》季刊第1卷第4期上的
譯文。

　　簡單比較郭沫若對譯詩文字的「改潤」，主要有以下幾處：「汝已浮馳
住」原為「汝已浮馳著」，「著」改為「住」，一方面「住」可與「曙」押韻，
一方面「浮馳住」比「浮馳著」更能表現飛翔時的多種樣態。「歡悅之初生，
無影復無跡」，原為「宛如樂初生，無影復無蹤。」英文原詩句為 Like an unbodied
joy whose race is just begun。從英語原文看，「宛如樂初生」的對譯性更強，修
改後的譯文「歡悅之初生」，則省譯了 like。郭沫若對譯文的改潤，表面上看
是省譯了 like，實際上卻蘊涵了譯者對原文 like 一詞更深入的理解和把握。
Like an unbodied joy，like 的重心，不是說 like joy，而是 like an unbodied joy，
歡樂是實有的感覺，這感覺卻無從把握，故此才是 like an unbodied joy。修
改後的譯文雖然沒有了「宛如」，like 的意思卻蘊涵其中，同時也將「歡悅」
作為實感而非比擬的對象呈現出來。至於以「跡」替換「蹤」，想來初譯時
「無影無蹤」的表述更熟悉順口，故而用了「無影復無蹤」。「無影復無蹤」
雖然更為朗朗上口，但在對譯原文方面，卻稍顯不足。蹤，意思是人走過時
留下的腳印，引申為行動時留下的痕跡。跡，意思也是腳印，行動時留下的

〔註71〕「第十五卷說明」，《郭沫若全集》文學編第15卷，北京：人民文學出版社，
　　　　1990年，第1頁。
〔註72〕〔英〕雪萊：《雲鳥曲》，郭沫若譯，《創造》季刊1923年第1卷第4期，第
　　　　35頁。
〔註73〕〔英〕雪萊：《雪萊選集》，郭沫若譯，上海：創造社出版部，1928年，第83
　　　　頁。

印痕。「蹤」和「跡」兩個字都可以用來表示留下的痕跡，在這一點上，兩者並沒有明顯的區別。「跡」字還可以與「象」字一起組成「跡象」，能夠用來表示事物呈現出來的不很明顯的徵兆。從對「歡悅」之「初生」的徵兆描述來說，「跡」比「蹤」能更準確地傳達原詩意蘊。

詩句「聲如曉日輪，銀箭之尖銳」，《三葉集》中原作：「曉日爛銀盤，利箭何鋒銳！」郭沫若加注說：「曉日輪是原文。Silver sphere（銀球），注家以為是『月』，我覺得是『太陽』，是寫的日初出時的光景。文中有 keen，arrow，intense 等字樣我覺得用不到『月亮』上去。並且解作月亮，詩趣與下節犯複。」〔註74〕郭沫若所說的「注家」還有他自己的理解，可能都不正確，唐納德・戴維（Donald Davie）在他的著作《英語詩歌中措辭的純正》（Purity of Diction in English Verse）中認為，Silver sphere 指的就是啟明星。當代中國譯者們，一般也都將其譯為星。

旭日、晨光、曉日與月，在郭沫若的譯詩中，這些物象首先被處理為先後相繼的關係，先寫清晨，而後寫有月亮的夜晚。從清晨寫到夜晚，正如郭沫若和田漢遊玩時自己對詩歌創作的設想，通過反覆書寫，表現內心的情感。其次，譯者充分考慮到了詩趣自身的展開，能夠反覆圍繞中心詩趣展開卻又不重複。「曉日爛銀盤，利箭何鋒銳！」改成了：「聲如曉日輪，銀箭之尖銳」。郭沫若沒有闡釋為何如此「改潤」。「爛銀」是雪白閃亮的意思。宋朝張孝祥《浣溪沙・用沈約之韻》詞云：「細仗春風簇翠筵，爛銀袍拂禁爐煙。」「曉日爛銀盤」，是說「曉日」就像雪白閃亮的盤子。郭沫若刪掉「爛銀盤」，代之以「輪」，這樣一來，修改後的譯文缺少了 Silver 的對譯。

郭沫若所努力分辨的月亮與太陽問題，並沒有其他漢語譯者的認同。1928 年，李惟建在《新月》雜誌上發表了自己翻譯的 To a Sky-lark。譯詩中，Silver sphere 被李惟建譯為「月」：「似月兒銀箭的皓潔／一樣的銳利」。〔註75〕李惟建選擇的正是郭沫若所摒棄的「注家」的理解。當時，新月派與創造社之間早已是矛盾重重，都曾在自己主持的刊物上指責對方翻譯方面的錯漏，李惟建的翻譯選擇未必與現代文壇兩大文學社團間的矛盾有關，卻毫無疑問地展現了和郭沫若截然不同的翻譯策略。有意思的是，對於 Silver sphere 的漢譯，事實證明並非只有「太陽」和「月亮」兩個選擇。江

〔註74〕郭沫若：《雪萊的詩》，《創造》季刊 1923 年第 1 卷第 3 期，第 35 頁。
〔註75〕〔英〕雪梨：《雲雀曲》，李惟建譯，《新月》1928 年 5 月 10 日第 1 卷第 3 號。

楓譯 To a Sky-lark 為《致雲雀》，對 Silver sphere 一句的翻譯是：「似銀色星光的利箭」，徑直將 Silver sphere 譯為「星」。查良錚在他翻譯的《致雲雀》譯文中，則將相關詩句譯為：「清晰，銳利，有如那晨星／射出了銀輝千條」。〔註76〕與江楓相似，也是將 Silver sphere 譯為「星」。江楓和查良錚等譯者的選擇，從原詩文本中也可以找到依據，即上一詩節有詩句：Like a star of Heaven，郭沫若譯為「宛如晝時星」。承接上文的 a star，將 Silver sphere 譯為「星」，似乎也不是不可接受的事情。就「太陽」、「月亮」與「星」的漢譯選擇來說，「月亮」與「星」似乎更吻合原詩的文本邏輯。就詩意自身的反覆書寫與圓滿追求來說，郭沫若的翻譯選擇反而更到位。Like 只是「如」，而非「是」，詩意的反覆書寫，不宜在同一物象上反覆，而是應該通過不同物象反覆吟詠所要書寫的對象。

　　對於郭沫若「曉日輪」之譯，梁宗岱曾大加批評。「Keen, arrow Intense 等字為什麼用不到『月亮』上去？『曉日輪』怎麼會成為『銀色』？我也要敬問郭君一下。——我怕『曉日輪』不獨不是『銀色』，並且是『朱砂色』呢！」〔註77〕梁宗岱的批評有道理，對於 Keen、arrow Intense 等字能不能用於修飾「月亮」，的確沒有任何相關的硬性規定，而「曉日」一般也都呈現為紅色。正如「雪中芭蕉」，郭沫若的注解說明，與其說是從科學的邏輯的角度對自己譯詩的說明，毋寧說是從詩人的角度談的譯詩之詩意的呈現問題。換言之，與田漢同遊時的天氣與情感體驗，對於雄健剛強的詩性的追求，使得郭沫若偏愛「銀色」的「旭日」。旭日陽剛，正如雲鳥「高飛復高飛」的積極而雄健的形象相吻合，或者說這也就是郭沫若心中的雲鳥形象。太陽發射出的「銀箭」，是強烈的，與月亮和星星之光給人的感覺截然不同。郭沫若將「銀箭」賦予太陽，讓人想起郭沫若翻譯的《魯拜集》第1首中的詩行：「燦爛的金箭，／射中了蘇丹的高瓴。」〔註78〕譯文恢弘大氣，有一種強健的美感。郭沫若的譯詩，一如他的新詩創作，都呈現出一種男性的陽剛之美。

　　還有一些「改潤」也摒棄了先前對譯的選擇，如將「吾聞瀏亮聲」改為

〔註76〕〔英〕雪萊：《給雲雀》，查良錚譯，《雪萊抒情詩選》，北京：人民文學出版社，1958年，第106頁。

〔註77〕梁宗岱：《雜感》，《文學週報》1923年8月27日第85期。

〔註78〕〔波斯〕莪默·伽亞謨：《魯拜集》，郭沫若譯，上海：泰東圖書局，1932年，第2頁。

「惟聞瀏亮聲」，英詩中原有「I」，「吾」對「I」，這是對譯，譯文中放棄「吾」，並非是要消除譯詩中「我」的色彩，因為後面譯文中的「吾」和「我」都沒有更動。此處的修改，實則是取消對譯，增添詩的風韻，「惟」字強化了雲鳥鳴聲的效果。「曉日爛銀盤」的修改，一方面是譯者努力想要消除「爛銀盤」可能產生的對於月亮的聯想，另一方面則是將詩句中暗含的對於聲音的比喻呈現出來。在《三葉集》中，《雲鳥曲》分為 21 個詩節，每個詩節前皆有序號。《雪萊的詩》與《雪萊選集》雖然都沒有採用詩節標號，排版上也明確分為 21 個詩節。「曉日爛銀盤」就是第五詩節的開頭，郭沫若將這一詩句修改為「聲如曉日輪」，就是讓讀者不要誤會此句純粹寫日，實則是借日寫聲。「聲如曉日輪，銀箭之尖銳」這一句，實則用了中國傳統詩的照應手法，上句與下句，實則為一個對象的分說。雲雀的聲音既像曉日輪，又像銀箭之尖銳，合起來便是，雲雀的鳴叫如曉日輪之銀箭般尖銳。此外，郭沫若將「偷香狂蜂兒」改為「偷香狂封姨」，將「賜我一半樂」改為「賜我半歡樂」，將「在所」改為「所在」。「狂封姨」之改，郭沫若自言是接受了張鳳舉的建議，以此借喻希臘神話風神 Zephyn。

　　整體上來看，郭沫若對譯文的「改潤」，原因主要有三：首先，是《三葉集》中的譯文「標點字句錯亂太多」；其次，是譯者郭沫若對英文原詩有了更深入的理解和把握；再次，郭沫若對譯詩自身藝術完整性的潤色。翻譯文本的「改潤」，對於郭沫若來說是常有的事情，翻譯文本的公開發表或出版絕不意味著翻譯的完成。總是習慣性地「改潤」譯文，說明郭沫若仍然在持續不斷地思考著已經公開發表或出版了的譯文，這種持續性的思考和「改潤」，使得郭沫若的翻譯工作呈現出一種開放性的特質。

　　《三葉集》中的《雲鳥曲》通過標點符號的使用，使得譯詩明顯構成了兩個詩行一組的形式，偶然也會有類似下句「燦雲」對上句「旭日」的工對，更多的卻是流水對，讀起來頗有舊體詩的韻律美。郭沫若後來覺得《三葉集》「標點字句錯亂太多」，重新「改潤」《雲鳥曲》，在標點符號方面，就取消了兩個詩行一組的形式，每個詩節 6 個詩行，往往是前 5 個詩行用逗號，最後一個詩行用句號。這一外在形式的「改潤」，一方面意在弱化譯詩的傳統閱讀感覺，另一方面也稍稍與英詩原文標點形式接近。就此而言，從《三葉集》版本到《創造》季刊版本，《雲鳥曲》的「改潤」工作，還有一個弱化舊詩意味的內在努力。這個弱化的過程，也正顯示了作為新詩人的郭沫若，

在進行詩歌翻譯的時候，其深厚的舊詩素養時不時地會發作出來，於是就給讀者們留下了《雲鳥曲》這類散發著傳統詩意的譯詩。

三、詩體的價值等級

在談到雪萊的《雲鳥曲》時，郭沫若引用了 De Mille 的評價，認為這首詩「透徹了美之精神，發揮盡美之神髓的作品。充滿著崇高皎潔的愉悅之詩思，世中現存短篇詩無可與比者。」〔註79〕郭沫若用那些富有古意的詩句進行翻譯，是為了對譯原詩格律，還是為了傳達對原詩的敬意？為何有些詩篇採用「既成的詩形」，有些卻不採用「既成的詩形」？用或不用「既成的詩形」進行翻譯，郭沫若的選擇依據是什麼？《雲鳥曲》和《西風歌》都採用了抑揚格五音步（iambic pentameter）的詩體形式，《西風歌》詩中多處還使用了 thou、art、chariotest、thine、thy 等古英語詞彙，使詩歌語言顯得莊重典雅。為什麼《雲鳥曲》適合用五言體譯而《西風歌》不適合？這個問題的答案不在於五言體本身，而在於譯者郭沫若覺得用五言體翻譯適合，當我們將譯詩視為譯者的再創造時，再創造並非無源之水無本之木，譯者的再創造植根於其自身的詩學修養，郭沫若覺得用騷體翻譯最適宜，就意味著譯者在進行再創造的過程中選擇了騷體，騷體的選擇與其說最適合翻譯《招「不幸」辭》，毋寧說郭沫若覺得騷體最適宜表現他想要表達的原詩中的思想。

胡適《嘗試集》中的譯詩極力採取白話自由體的詩形，創作的新詩卻多用五七詩行或詞牌等舊體式。與《嘗試集》不同，郭沫若的新詩創作盡可能地解放詩體，採用新的詞語，而在文學翻譯尤其是詩歌翻譯上卻經常採用舊的詩歌樣式，如五七詩行、騷體等，譯詞的選擇往往也很古雅。從《魯拜集》到《雪萊的詩》，皆存在舊體譯詩，譯者對採用舊體譯詩形式的說明也有了較大的變化。《魯拜集》第 51、第 52 首譯詩用了四言古體，郭沫若解釋說：「以上兩節只是一節，是一種形而上學的理論，頗含嘲笑之意，故變調譯之。」〔註80〕用古體的形式「變調譯之」，以便表現原詩的「嘲笑之意」，說明譯者並不是覺得古體更適宜表現原詩的思想情感，只是通過古體這樣的形式實現「變調」，凸顯這兩首譯詩與其他 99 首譯詩的不同。至於「嘲笑

〔註79〕郭沫若致宗白華，《郭沫若全集》文學編第 15 卷，北京：人民文學出版社，1990 年，第 129 頁。

〔註80〕郭沫若：《波斯詩人莪默伽亞謨》，《創造》季刊 1922 年 12 月第 1 卷第 3 期，第 27 頁。

之意」，恐怕很少讀者能夠通過古體形式進行領略。當譯者自以為四言古體的「變調」能夠傳達「嘲笑之意」時，他陳述的可能並非是一種客觀標準，而是他內心的詩體等級觀念，即四言古體已經成了陳腐的象徵，是應該受到譏嘲的對象。郭沫若在翻譯雪萊的詩篇時，他對古體詩的態度顯然已經發生了轉變，這在《小引》中有著非常明顯的表現。

郭沫若的雪萊譯詩最初在《創造》季刊第 1 卷第 4 期上發表時，總題為《雪萊的詩》，後來由泰東圖書局結集出版時，題名為《雪萊詩選》，是郭沫若的第二本譯詩集。與郭沫若的第一本譯詩集《魯拜集》相比，譯詩所用語言相差甚巨；從翻譯時間上來看，郭沫若對這兩位外國詩人作品的譯介非常接近。實際上，倒是第二本譯詩集中的某些作品被先翻譯了出來。早在 1920 年 3 月 30 日，郭沫若在致宗白華的信中就翻譯了歌德、Max Weber 和雪萊等人的詩。歌德、Max Weber 和雪萊三位詩人的譯詩同時出現在同一封信中，歌德曾從浪漫主義的狂飆運動轉向古典主義，至於雪萊，卻始終都在浪漫主義文藝陣營中，可是郭沫若的譯文卻偏偏獨以五言體譯雪萊詩，不免令人感到奇怪。

有研究者企圖從接受美學的角度探究郭沫若這一選擇的原因。「從讀者角度看，郭沫若先生用古典騷體來翻譯，且用詞典雅，主要是為了迎合讀者的閱讀習慣。因為 20 世紀 20 年代初，儘管白話文已經興起，但白話文還非常不成熟，其表達力有限，而且文言文依然有著龐大的讀者群。」〔註81〕認為白話文不成熟、表達力有限，這是對的，但這絕不是郭沫若譯雪萊某些詩篇時不用白話的因由。至於說「主要是為了迎合讀者的閱讀習慣」，更是為了與江楓等當代譯者相對照而想當然的推論。只要是關注郭沫若早期文學事業、尤其是初期創造社時期的文學活動的研究者，都會知道郭沫若此時竭力主張的是自由體詩歌形式，面向的也是新的讀者群。若說郭沫若的翻譯也會迎合讀者的閱讀習慣，那麼迎合的也是新的讀者的閱讀習慣，這種迎合不是媚俗，而是藉以培育與創造新的讀者。

唐曉渡談到自己閱讀王力、盛成、卞之琳等人翻譯的波德萊爾詩，對舊詩形式的譯詩頗為拒斥。然後，談及盛成對他說過的一些話：「大意是：由於《海濱墓園》在法語世界早已是公認的經典之作，而他與瓦雷里又有非同

〔註81〕唐春梅：《雪萊 Invocation to Misery 漢譯對比》，《郭沫若學刊》2018 年第 1 期，第 73 頁。

尋常的交誼，故翻譯時在體式上頗費了一番思量；之所以最後決定採用五言古體，是因為五言在中國古詩中最為莊重和典雅，最適合被用來表示禮敬，云云。」唐曉渡指出，「這一看法同時還隱含了對新詩體式的某種不信任以至詩體等級觀念」。「歷經探索鍛鍊，今天或許已很少有誰會動念，要訴諸古體文言譯介現代詩；這固然與漢語新詩早已成熟到足夠勝任其詩學擔當有關，但是否也同時表明，『信、達、雅』這一譯介的傳統金科玉律，經由『現代性』的持續衝擊和滲透，其意蘊正變得越來越富於彈性，邊界也越來越模糊不清，許多情況下反而更跡近某種質詢和挑戰？」〔註82〕郭沫若翻譯《雲鳥曲》時，是否也存在「表示禮敬」的意思？

四、譯詩形式與新詩的現代化

在現代文學發生期，新文學家們都強調文學創作的工具是白話文，同時也很快意識到新文學的「新」不僅在於表達工具（即語言）上的新，更在於思想上的新。儘管如此，表達工具與表達形式的新依然是人們關注的焦點。彭燕郊談到世界詩歌的發展時指出：「十九世紀中葉以來，隨著詩歌觀念的更新，詩人們開拓了詩歌內容的新的領域，進行了詩歌表現形式和表現手法的多種實驗，現代自由詩和現代散文詩的出現，標誌著詩歌史新時代的來臨。」〔註83〕新的表現形式與表現手法並不一定就是表現新的思想，新的思想必然要求新的表現形式與表現手法。郭沫若的《女神》之所以被視為真正的新詩，一個最重要的原因便是新的詩歌形式的創造與使用。《中國現代文學三十年》談到《女神》的形式時說：「和《女神》所表現的『五四』狂飆突進的時代精神及雄奇風格相適應，《女神》創造了自由詩的形式。」〔註84〕從自由、解放的角度肯定《女神》的詩形創造，成了文學史（新詩史）論著最為常見的敘述模式。

新的表現形式與表現手法並不能夠憑空產生，即便是有西洋詩可以模仿，新詩的表現形式與表現手法依然步履維艱。就新詩人的新詩創作而言，

〔註82〕唐曉渡：《漢語中的波德萊爾：不斷生成，繼續生成──兼評劉楠祺新譯〈巴黎的憂鬱〉》，《世界文學》2019 年第 6 期，第 306～307 頁。

〔註83〕彭燕郊：《總序》，〔法〕蘭波，王道乾譯：《地獄一季》，廣州：花城出版社，2004 年，第 1 頁。

〔註84〕錢理群、溫儒敏、吳福輝：《中國現代文學三十年》，北京：北京大學出版社，2016 年，第 95～96 頁。

真正的新與現代，似乎並不是通過與舊和傳統的斷裂就能夠輕易實現的。在現代新詩的發生期，像胡適那樣想要遠離舊詩傳統刻意求新的詩人，新詩創作中卻又帶有濃鬱的舊體詩詞的氣息，而像郭沫若那樣呼喚在現實人生中復活中國傳統文化精神的詩人，卻反而寫出了真正的新詩。蔡震指出，郭沫若對新文化與傳統文化的思考應該「受到日本近代明治維新以來啟蒙主義思想對待儒家文化傳統態度的很大影響」，「比較郭沫若在《兩片葉子》中的主張，我們可以看到，他與橫井小楠、福澤諭吉對待儒家傳統文化思想的基本態度和基本認識如出一轍，所不同的只是，他在現代意義上對於傳統文化精神所做的具體闡釋。」〔註85〕胡適、魯迅、郭沫若等現代知識分子皆飽讀中外書籍，視野開闊。古今中外對傳統思想所持種種態度，他們大多都不陌生，關鍵在於如何選擇自身立場。作為研究者，我們只能通過他們的選擇來梳理影響與被影響的線索，當事者究竟如何在紛繁複雜的思潮中選擇立場態度，卻已難以復原深究。

　　刻意求新的胡適在《嘗試集》中保留了一些帶有舊體詩詞氣息的創作，讓人清晰地感受到新詩創作嘗試期的艱難與黏滯。郭沫若結集出版的詩歌作品均為自由體新詩，呈現給讀者的是真正的新詩，同時期創作的一些舊體詩則被遮蔽了。胡適與郭沫若，代表了新詩人與舊詩之間關聯的兩種類型：公開展示型與潛隱型。公開展示型就是在正式出版物中將自己的新舊兩種詩體創作都展示給讀者，潛隱型則是盡力在正式出版物中展示新詩創作，舊體詩的創作則束之高閣。束之高閣並不就是銷毀或密不示人，詩人有時也會以某種方式和途徑談及或展示舊體詩詞創作，但是談論和展示的方式與途徑，迥然有異於新詩創作。有研究者指出：「中國最早寫現代格律詩的詩人，是郭沫若，而不是劉半農，更不是聞一多。」〔註86〕雖然郭沫若沒有將舊體詩收入早期詩集，舊體詩的某些因素仍以種種方式呈現在郭沫若的新詩創作中。

　　公開展示型詩人新舊詩歌創作之間的糾纏與影響是顯在的，潛隱型詩人新舊詩歌創作之間的糾纏與影響則是潛在的。蔡震談到郭沫若留學時期創作的舊體詩時說：「從題材、內容到表達的思想情感，都與他同時期的新

〔註85〕蔡震：《芽生の二葉，全貌與背景》，《郭沫若生平文獻史料考辨》，北京：社會科學文獻出版社，2014 年，第 90～91 頁。

〔註86〕黃澤佩：《〈女神〉中的現代格律詩評議》，《郭沫若學刊》1995 年第 2 期，第58 頁。

詩創作密切相關，有些更直接成為其新詩創作的題材，或者徑直被改作為新詩。」〔註 87〕對於詩人自身的創作來說，新舊不是障礙，但是詩人公開展示的時候卻選取新的形式，說明詩人希望思想能夠被盛放在新的「皮囊」裏。對郭沫若來說，新的思想似乎不能簡單等同於當下的思想或西方的思想，因為當郭沫若致力於《卷耳集》的翻譯時，看重的不是《詩經》裏的舊思想。或者可以說，郭沫若眼裏並無亙古不變的新舊思想，傳統文化的精神一旦能夠被恢復轉來，曾被認定為舊思想的也就變成了新思想，正如鳳凰涅槃浴火更生一樣。

郭沫若在《沫若譯詩集》「小序」中說：「這些譯詩大抵是按著時代編纂的，雖是翻譯，從這裡也可以看出我自己的思想的變遷和時代精神的變遷。」〔註 88〕將譯詩看作自己「思想的變遷和時代精神的變遷」之表現，說明譯者思想的變遷才是關鍵，譯詩呈現出來的變化則是郭沫若思想變遷的外化。所以，不是詩歌的翻譯影響和改變了郭沫若，而是郭沫若思想的變遷使得他的詩歌翻譯出現了某些變化。當然，譯者思想的變化與譯詩之間可能存在複雜的交互影響關係，但是就譯詩形式的選擇和衍變而言，起到決定性作用的還是郭沫若主體思想的變遷，更具體地來說便是郭沫若對舊詩的思想態度發生了一些變化。

五、被忽略的譯詩形式

譯詩形式重不重要？只要看看郭沫若譯詩題解與注釋，郭沫若以降眾多譯者對譯詩形式的討論，就明白譯詩形式的選擇之於詩歌翻譯不可替代的重要性。奇怪的是人們反覆強調詩歌形式在翻譯中的重要性，批評他人的譯詩時卻很少就譯詩形式展開討論，於是譯詩批評與反批評的真正落腳點往往就是錯譯誤譯，追隨的其實就是郭沫若等創造社同人所開創的現代翻譯文學批評模式。

1923 年 8 月 27 日，《文學週報》第 85 期出版，梁宗岱在《雜感》中全方位地批評了郭沫若的雪萊譯詩。「譯詩本是一件很難的事，尤其是以神韻見長的詩！有時因為需要或心起共鳴到不能不譯，也只是不得已的。雪萊的詩是

〔註 87〕 蔡震：《留學佚詩的整理與思考》，《郭沫若生平文獻史料考辨》，北京：社會科學文獻出版社，2014 年，第 108 頁。

〔註 88〕 郭沫若：《小序》，《沫若譯詩集》，上海：新文藝出版社，1955 年，第 1～2 頁。

尤以神韻見長的。我們愛讀他的詩，不獨受（排版錯誤，應為『愛』字——引者注）看他的圖畫的表現他的優美偉大的思想和想像，還愛聽他的詩中神妙的音樂，把他的詩譯成了詰倔聱牙，煞費思索的不通的中國文。」〔註89〕梁宗岱指出雪萊詩中有「神妙的音樂」等等，這些自然都很正確，但是「神韻」與詩形有著密切的關聯，梁宗岱的批評並沒有具體展開詩形與「神妙的音樂」等方面的論述，具體剖析的都是 Sunken sun, even, Silver sphere 等原詩中詞語的翻譯。詩形與神韻等問題的討論，往往見仁見智，不像錯譯誤譯問題是非對錯較為明確。

郭沫若並沒有直接回應梁宗岱的批評，僅在答覆孫銘傳的批評文字時，順帶提及梁宗岱：「最近《文學》（從前的《文學旬刊》）上有一位姓梁的人說我譯的中文『不通』該『向雪萊請罪』，我自己倒不覺得何處不通，而梁君所指謫的，『雲鳥曲』的我的自注，我看了，覺得他不僅對於雪萊是全無研究，便是他的常識也還不足。他連『雲雀鳴於朝而不鳴於夕』也還不知道。」〔註90〕郭沫若的回應文字也只是針對錯譯誤譯。錯譯誤譯的批評顯然比譯詩形式選擇方面的批評有著更大的傷害力，前者追究的是譯者的語言水平，這是翻譯的根本，後者追究的是詩意，這是一個沒有確切標準難以衡量的對象。幾十年來，《雲鳥曲》的譯詩形式問題間或有人提及，卻都像梁宗岱一般，大都是一帶而過，真正的批評都落在了錯譯誤譯上，譯詩形式的問題在事實上一直都處於被忽略的狀態。

第三節　詩歌直譯的可能及其限度：以《轉徙》為中心的考察

直譯出現在郭沫若的各種文字中，用法可以分為兩種：一種用法是與重譯、轉譯相對，意思是直接譯；一種用法是與意譯、風韻譯相對，「直譯的意義若就淺處說，只是『不妄改原文的字句』；就深處說，還求『能保留原文的情調與文格』。」〔註91〕「所謂直譯，就是在譯文語言條件許可時，在譯文中

〔註89〕梁宗岱：《雜感》，《文學週報》1923 年 8 月 27 日第 85 期。

〔註90〕郭沫若：《答孫銘傳君》黃人影編：《郭沫若論》，上海：上海書店影印出版，1988 年，第 210 頁。

〔註91〕雁冰（沈雁冰）：《「直譯」與「死譯」》，《小說月報》第 13 卷第 8 號，第 4 頁。

既保持原文的內容，又保持原文的形式——特別指保持原文的比喻、形象和民族、地方色彩等。」〔註92〕此處所要探討的直譯，是後一種。本書以譯詩《轉徙》作為剖析郭沫若直譯的案例，是因郭沫若在譯詩後面的注中寫道：「此詩原文每節本五行，為調韻計，各譯成五言八句。『愛戀如曇花，苦多樂良瘦』兩句是意譯，原文直譯出來是：『戀愛，彼以何等僅少的幸福賣得何等失望的高價喲！』此外大抵是直譯。」〔註93〕短短的一段注解，「直譯」出現了兩次，譯者點出兩個五言詩句是意譯，直譯出來時卻是自由體，究竟五言是直譯，還是自由體是直譯，抑或直譯意譯的判斷與詩形無關？推而廣之，原詩每節五行，而「大抵是直譯」的譯詩卻是五言八句，譯詩與原詩形式差別如此之大，《轉徙》如何還能夠稱得上「大抵是直譯」？本書以為，《轉徙》及其注解文字呈現出來的上述問題，正是郭沫若獨具特色的直譯觀的體現，而郭沫若的直譯觀，也正如他提出的「風韻譯」一樣，都是有待深入探討的譯學問題。

一、直譯在郭沫若翻譯實踐和思想中的位置

郭沫若是「風韻譯」的倡導者。但是，當郭沫若談到自己的譯著時，首先強調的主要是直譯。談到《茵夢湖》的改譯時，郭沫若說：「我用的是直譯體，有些地方因為遷就初譯的原故，有時也流於意譯，但那全書的格調我覺得並沒有損壞。」〔註94〕1923 年 9 月 30 日，郭沫若為《波斯詩人莪默伽亞謨》寫了「附白」：「本譯稿不必是全部直譯，詩中難解處多憑我一人的私見意譯了。」〔註95〕所謂「不必是全部直譯」，意味著郭沫若自認《魯拜集》譯詩採取的主要是直譯，意譯主要集中在「難解處」。談到「風韻譯」的時候，郭沫若也並沒有忽略直譯。「譯詩的手腕於直譯意譯之外，當得有種『風韻譯』」，〔註96〕「我始終相信，譯詩於直譯，意譯之外，還有一種風韻譯。」〔註97〕郭沫若將「風韻譯」與直譯意譯並列，而不是特別推崇「風韻譯」。

〔註92〕張培基：《英漢翻譯教程》，上海：上海外語教育出版社，1980 年，第 13 頁。

〔註93〕郭沫若：《雪萊的詩》，《創造》季刊 1923 年第 1 卷第 4 期，第 33 頁。

〔註94〕郭沫若：《創造十年》，《郭沫若全集》文學編第 12 卷，北京：人民文學出版社，1992 年，第 97 頁。

〔註95〕郭沫若：《波斯詩人莪默伽亞謨》，《創造》季刊 1922 年 12 月第 1 卷第 3 期，第 41 頁。

〔註96〕郭沫若：《〈歌德詩中所表現的思想〉「沫若附白」》，《少年中國》1920 年 3 月15 日第 1 卷第 9 期，第 86 頁。

〔註97〕郭沫若：《批判意門湖譯本及其他》，《創造》季刊 1922 年第 1 卷第 2 期，第

從翻譯實踐到翻譯理論，郭沫若向來都很重視直譯。

　　儘管郭沫若反覆強調自己的譯著採用直譯的方法，談「風韻譯」時也沒有忽略直譯，但是留給人們的印象卻是直譯的反對者。仔細閱讀郭沫若反對直譯的文字，可知郭沫若反對的是不好的直譯，那些直譯都被郭沫若加了限定詞，如「逐字逐句的直譯」〔註98〕、「逐字逐句的呆譯」〔註99〕、「純粹的直譯死譯」〔註100〕、「胡適的流水式的直譯法」〔註101〕，諸如此類。郭沫若自己反覆強調「詩不能直譯」：「詩的翻譯應得是譯者在原詩中所感得的情緒的復現。這個問題我不只說過一次了，然而一般人的先入見總不容易打破。最捷近的辦法是：請讀費茲吉拉德英譯的《魯拜集》（Rubaiyat）吧！我們且看他的譯文究竟是否針對，而他的譯詩究竟是否成功。便是西洋詩家譯中國的詩，如德國檀默爾（Dehmel）之譯李太白，我們讀了他的譯詩每不知道原詩的出處。獨於我們的譯家定要主張直譯，而又強人以必須直譯，所得的結論當然是詩不能譯了。朋友們喲，你們的腦筋要改換過一次才行！詩不能譯的話，當得是詩不能直譯呀！」〔註102〕首刊本《古書今譯的問題》中，郭沫若用的是 Fitzgerald，而不是音譯的人名「費茲吉拉德」。不能認為「大抵是直譯」就不是直譯，也不能認為郭沫若的譯詩思想自相矛盾，而應該從整體上理解郭沫若的直譯觀，即郭沫若所說的直譯，並不完全一致。

　　在不同的語境裏，郭沫若文字中直譯的具體指向存在一定的差異，這種差異不是對譯作好與壞的簡單判斷，而是與郭沫若的其他翻譯觀念一起構成了相對完整的譯學思想。郭沫若在《關於紅專問題及其他》一文中說：「翻譯工作是有些問題的，有一種傾向就是硬梆梆，很不好讀。蘇聯翻譯詩是經過兩道手，一道是從原文直譯出，一道是經過詩人潤色。」〔註103〕從「兩道手」

　　　　28 頁。
〔註98〕郭沫若：《序》，《郭沫若全集》文學編第 5 卷，北京：人民文學出版社，1984年，第 157 頁。
〔註99〕郭沫若：《討論注譯運動及其他》，《郭沫若全集》文學編第 16 卷，北京：人民文學出版社，1989 年，第 144 頁。
〔註100〕郭沫若：《批判意門湖譯本及其他》，《創造》季刊 1922 年第 1 卷第 2 期，第 28 頁。
〔註101〕郭沫若：《反響之反響》，《郭沫若全集》文學編第 16 卷，北京：人民文學出版社，1989 年，第 125 頁。
〔註102〕郭沫若：《古書今譯的問題》，《郭沫若全集》文學編第 15 卷，北京：人民文學出版社，1990 年，第 166～167 頁。
〔註103〕郭沫若：《關於紅專問題及其他》，《郭沫若全集》文學編第 17 卷，北京：人

的角度理解郭沫若的直譯觀，就能明白郭沫若所說的直譯大致相當於翻譯工作的初級階段。也就是說，「兩道手」並不是並列的兩道手，而是翻譯工作中先後相繼的兩道程序。直譯是第一道手，是翻譯的初級階段的工作；「詩人潤色」是第二道手，是翻譯完成階段的工作。

郭沫若談過翻譯的標準問題，認為嚴復提出的信達雅是翻譯「必備的條件」〔註104〕。中華人民共和國成立後，郭沫若曾在全國文學翻譯工作會議上談到嚴復，「嚴復對翻譯工作有很多的貢獻，他曾經主張翻譯要具備信、達、雅三個條件。我認為他這種主張是很重要的，也是很完備的。翻譯文學作品尤其需要注重第三個條件，因為譯文同樣應該是一件藝術品。」〔註105〕從信、達、雅的角度理解郭沫若的直譯、「風韻譯」，「風韻譯」大概對應的就是雅，直譯對應的是信與達。郭沫若認可的是信與達的直譯，反對的便是不能信與達的直譯。郭沫若批評有些譯者的直譯「呆」而且「硬」，標準便是雅，也就是要求「風韻譯」。郭沫若批評死譯、呆譯，指的往往便是不能信與達的直譯。郭沫若回憶自己在成都上英文課時的情況：「我們讀的是Chamberlain 的《二十世紀讀本》，我記得是卷二，那開始的一課是《一條Newfoundland 的狗》。我們那位英文科長，他竟不知道這『Newfoundland』是一個海島的名字，他竟拿出我們中國人的望文生義的本事出來，把它直譯成為『新大陸』。」〔註106〕郭沫若沒有說那位英文科長「錯譯」，而是稱之為「直譯」，這樣的直譯就是郭沫若所反對的，因為既不信也不達。

二、直譯還是意譯？

最早著文批評郭沫若雪萊譯詩的是孫銘傳。他在《論雪萊「Naples 灣畔悼傷書懷」的郭譯》一文中指謫了郭沫若譯文的不足之處，又質詢郭沫若對原詩翻譯處理的隨意性，「郭君把原詩第二第三兩行『I could lie down like a tired child ／And weep away the life of care』譯成三行：『我能偃臥而號哭，／如個倦了的孩嬰，／哭去我傷心的前塵後影』，而把原詩第四行『which I have

民文學出版社，1989 年，第 275 頁。

〔註104〕《郭沫若同志關於翻譯標準問題的一封信》，《蘇聯文學》1979 年 11 月第 1
期。
〔註105〕郭沫若：《談談文學翻譯工作》，《郭沫若全集》文學編第 17 卷，第 73 頁。
〔註106〕郭沫若：《反正前後》，《郭沫若全集》文學編第 11 卷，北京：人民文學出版
社，1992 年，第 181 頁。

borne and yet must bear』缺漏不譯，不知何故。」〔註107〕郭沫若在《答孫銘傳君》一文中重申了自己「不贊成逐字逐句的直譯」的翻譯觀，認為譯者在不損及原詩意義的情況下有移易原詩字句的自由。「尊文中所指謫處多以直譯相繩，這是我們彼此未能十分瞭解的原故。」對於孫銘傳在批評中「以直譯相繩」，郭沫若不予認可。其實，郭沫若不認可的是「逐字逐句的直譯」，而不是寬泛意義上的直譯。隨後，郭沫若談到 which I have borne and yet must bear 一句的翻譯，「這句你譯成『此生我前既承受，今須繼續』，在文法上講來是可以通過去，但是我所譯的『前塵後影』的四個字正是你所譯的這十一個字，可惜簡單了，被你看忽略了。」〔註108〕孫銘傳的十一個字是直譯，郭沫若的四個字也是直譯，但是前者是「逐字逐句的直譯」，帶有形式對等的意味，郭沫若的四字直譯卻移易了原詩字句。郭沫若沒有具體談及《拿波里灣畔書懷》採用的是直譯還是意譯，就譯詩形體而言，這首譯詩顯然比《轉徙》更接近於直譯，但恰恰是這樣的譯詩招來了「以直譯相繩」者的批評。

郭沫若只明確地談到《轉徙》是直譯，沒有談及其他雪萊譯詩的直譯問題。批評者孫銘傳顯然認為郭沫若的雪萊譯詩不是直譯，至少不是好的直譯。另一位批評郭沫若譯詩的田楚僑，則在《雪萊譯詩之商榷》一文中將郭沫若的《西風歌》視為「忠實的直譯」。「寒假無事，把創造季刊雪萊號，郭君譯的雪萊詩，與原詩細細的對讀。中間除西風歌及拿坡里灣畔書懷二首以外，餘俱無缺憾。西風歌原詩格律謹嚴，若照郭君自己的，及仿吾君的譯詩主張，郭君的譯詩，只算是忠實的直譯，而尚未顧到原詩的神韻。」宣稱自己將《西風歌》「重譯為歌行」。〔註109〕郭沫若感謝田楚僑的批評，同時表示：「《西風歌》一譯比較尚能愜意，尊譯出世時務請賜讀。」〔註110〕對田楚僑「忠實的直譯」的批評，郭沫若沒有提出任何異議，等於默認了這一評價。

郭沫若賦予了直譯一詞多種內涵，在直譯一詞的使用上頗具個人化的色彩，這也就使得郭沫若自以為是直譯的文學翻譯，在他人眼裏卻未必是

〔註107〕孫銘傳：《論雪萊「Naples 灣畔悼傷書懷」的郭譯》，黃人影編《郭沫若論》，上海：上海書店影印出版，1988 年，第 196、199 頁。

〔註108〕郭沫若：《答孫銘傳君》，黃人影編《郭沫若論》，上海：上海書店影印出版，1988 年，第 205、209 頁。

〔註109〕田楚僑：《雪萊譯詩之商榷》，《創造週報》1924 年 4 月 5 日第 47 號，第 14 ～15 頁。

〔註110〕郭沫若答田楚僑，《創造週報》1924 年 4 月 5 日第 47 號，第 16 頁。

直譯；郭沫若自以為多直譯的譯作，別人卻認為主要是意譯。郭沫若以為《魯拜集》的翻譯主要是直譯，意譯為輔，聞一多《莪默伽亞謨的絕詩》（目錄頁用此名，內容頁用的是《莪默伽亞謨之絕句》）一文的批評意見卻並正相反。「郭君步武斐氏意譯底方法，很對。」逕直把郭譯與斐譯歸為一類，視之為意譯的典範；至於直譯，雖然也有，卻似乎只是點綴。「有時雖是絕對的直譯，然而神工鬼斧，絲毫不現痕跡。」〔註111〕聞一多顯然認為《魯拜集》的翻譯主要是意譯，直譯為輔。郭沫若和聞一多在直譯和意譯區別問題上呈現出來的分歧，頗具代表性。在郭沫若其他譯著的批評上，常常也能夠見到譯者郭沫若與翻譯批評者之間存在類似的分歧。

三、直譯的限度

　　直譯的極致的逐字逐句譯，這是郭沫若所反對的。字譯是直譯的基礎，不必逐字譯不是不要字譯，只是強調不必一一對應，核心字詞的對譯卻是不可缺少的。郭沫若在注解中點明「愛戀如曇花，苦多樂良瘦」是意譯，與曇花這一核心意象在原詩中無對應的字有很大關係。討論譯者對原詩字句的自由移易，有模糊直譯意譯界限的嫌疑，界限的模糊是郭沫若直譯觀的一大典型特徵，但是為了討論的明晰起見，本書暫將 Mutability 直譯的討論限定在具體詞語的對譯上。

　　Mutability 是詩題，江楓等後來的譯者大都將其譯為「無常」，唯獨郭沫若譯為「轉徙」。「無常」與「轉徙」，都是漢語古已有之的詞彙，也都是對 Mutability 的直譯。「無常」因宗教的關係為一般國人所熟知，「轉徙」則不然。在古詩文中，「轉徙」有輾轉遷移和變化兩種含義，屬於頻繁出現的詞彙。郭沫若以「轉徙」對譯 Mutability，取的是變化之義，此種用法最早見於《莊子·大宗師》：「夫堯既已黥汝以仁義，而劓汝以是非矣，汝將何以遊夫遙蕩恣睢轉徙之途乎？」成玄英疏：「轉徙，變化也。」郭沫若在新詩《瓶》中也用過「轉徙」：「我看她的來信呀，／有一個天大的轉徙：／前回是聲聲『先生』，／這回是聲聲『你』。」〔註112〕「無常」與「轉徙」，皆有變化之義，側重點有所不同，前者帶有宿命論的色彩，後者則是以文言詞表達的科學思想。郭

〔註111〕聞一多：《莪默伽亞謨的絕詩》，《創造》季刊 1923 年 5 月第 2 卷第 1 號，第11 頁。

〔註112〕郭沫若：《瓶·第二十一首》，《郭沫若全集》文學編第 1 卷，北京：人民文學出版社，1982 年，第 281 頁。

沫若選擇「轉徙」對譯 Mutability，竊以為與其醫科學習背景有關，更具體地說是與 20 世紀初生物突變學說的流行有關。

《東方雜誌》第 13 卷第 6 號刊載《生物遺傳突變例之發明》，開篇曰：「生物之變化，至不一例。最近有主張突變者，與曩昔生物漸變之學說，截分二途，是亦生物學史上一大進步也。」《東方雜誌》第 18 卷第 21 號刊載《科學雜俎》，開篇曰：「當五十或百年前，世人於達爾文所創之天演學理，莫不抱懷疑態度。甚或聞而駭怪，斥為謬妄無稽。今則此態已稍稍變矣。而一般人之懷疑驚駭之目光，忽又集中於新創之突變學理（Theory of Mutation）。突變之說，露布未久，創之者為荷蘭植物學家囂俄佛利士（Hugo De Vries）。當一九〇三年間，佛利士第一次刊布其於突變學說之著作，於是此新穎之名詞，始得於學術界上露其頭角。」在《突變與潛變》一文中，張東蓀從章行嚴的「移行」與「調和」論談起，認為其思想乃是出於常識而非專門的科學，達爾文的學說便是「移行的漸進說」，「現代一班生物學家，都曉得這個是推理，不是實際。實際上生物的進化，乃是突變（Mutation）。自抵費里（de Voie）發明突變說以來，加以古生物學（即化石生物學）的證明，已經是沒有疑義了。」〔註 113〕學醫的郭沫若，對 Mutation 一詞自然不陌生，在張東蓀介紹生物突變理論時，郭沫若與張東蓀也有過交往。郭沫若對 Mutability 的翻譯，當與 Mutation 的接受和理解有關，譯詞「轉徙」表達的是對宇宙變化的科學理解。1920 年 3 月 30 日，郭沫若在致宗白華的信中譯了立體派詩人 Max Weber 的 The Eye Moment（瞬間）一詩，隨即說「最後一句借河流自然音律表示全宇宙之無時無刻無晝無夜都在流徙創化，最妙，最妙，不可譯，不可譯。」〔註 114〕竊以為用郭沫若談 Weber 的這段文字詮釋「轉徙」最為恰切，所表達的應該是「全宇宙之無時無刻無晝無夜都在流徙創化」，這是建立在現代科學知識基礎上的世界認知，崇尚智慧而非宗教的詩人應有的審美選擇。所謂應有，就是不排除偶而也會有宿命論等帶有宗教氣息的審美傾向，但若是沒有特殊情況說明，還是從詩人一般的情感選擇出發進行詮釋較為符合實際。

下面是郭沫若和徐遲譯的 MUTABILITY（1921 年）第一詩節：

〔註 113〕《教育叢刊》第 1 集，第 1～2 頁。
〔註 114〕郭沫若致宗白華信，《郭沫若全集》文學編第 15 卷，北京：人民文學出版社，1990 年，第 124 頁。

原　詩	郭沫若譯	徐遲譯
MUTABILITY〔註115〕	轉徙〔註116〕	無常〔註117〕
The flower that smiles today	好花今日開	今天歡樂地笑的
Tomorrow dies;	明日即凋謝;	花朵明天死掉;
All that we wish to stay,	人慾所繫念	那希望它永在的,
Tempts and then flies.	轉瞬即飛逝;	逗一下就飛開。
What is this world's delight？	試問人世間歡樂究何謂？	什麼是這世界的歡樂？
Lightning that mocks the night,	電光嘲暗夜	一個夜裏的嘲弄的電,
Brief even as bright.	亦無終夕媚。	雖然明亮, 可是短促到極點。

　　筆者所見雪萊詩原文，都是每節七個詩行，所不同者，在於第三個詩行結尾處是否用逗號。郭沫若在譯詩後的注裏說:「此詩原文每節本五行」，「五行」之說不知何謂，從何而來。若是郭沫若翻譯所據版本為每個詩節五個詩行，就意味著他所閱讀的是別樣的版本。徐遲譯詩用的是七個詩行，與原詩一一對應，就此而言，與郭沫若譯詩相比，徐遲的譯詩直譯色彩更濃。徐遲說:「我不是一個翻譯雪萊的合適的人，因為我雖然愛雪萊，卻不愛抒情詩。」〔註118〕不愛抒情詩的徐遲，自承不是翻譯雪萊的合適的人選，或許正是這種自知之明，使他選擇了直譯。對照郭沫若和徐遲兩位譯者的直譯，郭沫若的直譯明顯經過了詩人的改潤，而徐遲的直譯則給人以逐字逐句譯的生硬感覺。惟其生硬，徐遲的譯詩直譯色彩更加明顯;圓潤的郭沫若譯詩，許多地方直譯與意譯已難以區分。

　　魯迅談到《苦悶的象徵》時說:「我的譯《苦悶的象徵》，也和現在一樣，是按板規逐句，甚而至於逐字譯的」，魯迅稱自己的翻譯方法為「硬譯」，這「硬譯」也便是直譯的一種，翻譯的結果，便是「許多句子，即也須新造，

〔註115〕 Percy Bysshe Shelley, *MUTABILITY, Shelley's Poetical* Works, Houghton Mifflin Company, Boston New York, Chicago, 1892, p404-405.

〔註116〕 〔英〕雪萊:《轉徙·其二》,《創造》季刊 1923 年 2 月第 1 卷第 4 期, 第 32 頁。

〔註117〕 〔英〕雪萊:《無常》,《明天》, 徐遲譯, 桂林:雅典書屋, 1943 年, 第 117～118 頁。

〔註118〕 徐遲:《雪萊欣賞》,〔英〕雪萊:《明天》, 徐遲譯, 桂林:雅典書屋, 1943 年, 第 160 頁。

——說得壞點，就是硬造。」〔註119〕郭沫若的文學翻譯，也有新造的語詞和句子，整體而言，郭沫若不喜歡生硬的表達，他的譯詩跨行斷句很少，讀起來更符合國人傳統的閱讀習慣。徐遲譯詩首句：「今天歡樂地笑的／花朵明天死掉」，這樣的斷行乃是歐化的典型特徵，極少出現在郭沫若的譯詩中。至於徐遲所譯「一個夜裏的嘲弄的電」，若不是出現了排印錯誤，就是譯者理解上出現了問題，屬於「硬造」或者說是錯譯，因為原詩 Lightning 嘲弄的是 night，而不是 Lightning in the night。江楓將此句譯為：「那是戲弄黑夜的電火」，〔註120〕查良錚將其譯為：「它是嘲笑黑夜的閃電」，〔註121〕這兩位譯者用的是白話自由體，所表達的意思與郭沫若譯詩完全相同。「電光嘲暗夜」這句譯詩就是典型的郭沫若式的直譯，雖然使用的是五言古體，與原詩相比卻能一一對應，順暢自然毫無雕琢感，渾然天成。

新的句法，新的詩歌斷句法，諸如此類，經由翻譯進入中國，慢慢地被國人接受，這是文學翻譯的一大貢獻。但是，郭沫若文學翻譯尤其是詩歌翻譯的貢獻不在於此。郭沫若是新詩創作的先鋒，卻從沒有試圖通過翻譯引入新的句法、新鮮的斷行等，而這些是英語詩歌有別於漢語詩歌的典型的特徵，郭沫若從事詩歌翻譯時不可能看不到這些，在翻譯的過程中也不可能沒有按照原詩的句法語法進行閱讀理解，然而這些最終都沒有體現在譯詩中，主要原因自然便是郭沫若的改潤。

首句 The flower that smiles today，直譯應是：今日歡笑的花朵。徐遲的譯文顯然是直譯。郭沫若將其譯為：好花今日開。「好」字屬於添譯，將 smiles 譯為「開」，實屬譯者的再創作，已經超出了直譯的界限而屬於意譯的範疇了。然而，恰恰是這些地方，郭沫若視之為直譯而非意譯。這不是郭沫若的個人翻譯偏見，而是他對於直譯分出了不同的類型，像徐遲的那種直譯，就屬於郭沫若批評的「呆」、「硬」的直譯。花兒今天「笑」，明天「死」，這樣的譯文與原詩固然對應，也能體現譯詩題名「無常」的內涵。在漢詩語境中，這樣的詩句帶給人的是生硬的議論，不是具體鮮明的意象建構起來的

〔註119〕 魯迅：《「硬譯」與「文學的階級性」》，《魯迅全集》第 4 卷，北京：人民文學出版社，2005 年，第 204 頁。

〔註120〕 〔英〕雪萊：《無常》，《雪萊抒情詩全編·無憂集》，江楓譯，北京：十月文藝出版社，2014 年，第 24 頁。

〔註121〕 〔英〕雪萊：《無常》，《雪萊抒情詩選》，查良錚譯，北京：人民文學出版社，1958 年，第 155 頁。

意境。郭沫若的翻譯：「好花今日開 明日即凋謝」，「好」與「開」等字眼
在原詩中找不到一一對應的詞，意象卻因此而更鮮明，意境也變得更加優
美。開與謝、今日與明日，給人時光匆匆的感覺，這種感覺與無常有對應之
處，但更多的是時光易逝的感慨。郭沫若將詩題譯為「轉徙」，不用「無常」，
歎息的不是命運的不可捉摸，而是感慨於人生逆旅，萬物變動不居。兩者看
似相似，實則不同；前者導向的是宿命，後者則是智慧的洞察。

　　郭沫若踐行的直譯，從來都不是與意譯、風韻譯割裂的單獨的存在。郭
沫若直譯的，不是能夠一一對應的語詞，而是鮮明可見的意象。這些意象不
是譯者自創的，而是原詩中就有的。換言之，郭沫若不是不講究翻譯的一一
對應，他只是在關鍵的意象翻譯上要求一一對應，其他輔助性的次要的語詞
則不必一一對應。郭沫若在小說《孟夫子出妻》中，敘述孟子清早起來養其
「浩然之氣」，小說以戲謔的筆觸點明孟子的動作古時候被稱為「熊經鳥申」，
直譯出來是「老熊弔頸，雞公司晨」，意譯出來就是「深呼吸」。〔註122〕《孟
夫子出妻》雖是小說，關於直譯與意譯的敘述卻值得深思。熊、鳥核心詞彙
不變，便是直譯。不以熊、鳥的形象翻譯動作，而是徑直用現代醫學詞彙翻
譯動作，就是意譯。以之觀郭沫若的譯詩，譯文中直譯與意譯的區別，大致
如是。

　　直譯想要既信且達，並不是一件容易的事。譯者既要能夠把握原文中的
一詞多義等情況，也要準確地理解原文語氣。郭沫若在給趙景深的信中說：
「『Nevermore』一字照原詩意義直譯出時，本有『永不』和『永沒』兩義。這
種一音兩義的字，要在別一國中求出同樣的字來迻譯，本很困難。」〔註123〕
又在《反響之反響》中說：「翻譯之所以困難，並不是瞭解原書之為難，是翻
譯難得恰當之為難。兩種國語，沒有絕對相同的可能性。而一種國語中有許
多文字又多含歧義。譬如A字有甲乙丙丁數義，在譯者本取甲義去譯書，而
讀者卻各取乙丙丁數義去解釋，於是與原義便大相徑庭，而解釋亦互相爭執
不下了。」《反響之反響》是反批評文字，談的主要是譯者與讀者之間的分歧，
其實譯者為何一定要取某一義，譯者所取之義就恰當嗎？郭沫若對此並沒有

〔註122〕郭沫若：《孟夫子出妻》，《郭沫若全集》文學編第10卷，北京：人民文學出
　　　　版社，1985年，第175頁。
〔註123〕郭沫若：《〈烏鴉〉譯詩的討論——通信二則》，《創造週報》1924年3月22
　　　　日第45號。

完全展開論述，只是指出譯者的翻譯實「含有無限的困難」〔註124〕，將能否把握原文和理想地再現原文交給了譯者，若是譯者自身的素養不夠，對原文理解不深，譯文用詞不夠恰切，往往就會出現「呆譯」或「流水式」的直譯。

郭沫若談到《雲鳥曲》的翻譯時說，詩句「晨光融嫩紫」在《三葉集》版中原為「夜光融嫩紫」。「晨光句原文為『The pale purple even melt……』，even 一字有解作副詞的，但在此處的等於 Twilight，是『黎明』，不是『暮』。晨字《三葉集》中誤作『夜』字去了。」〔註125〕「誤作」而不是「誤排」，說明郭沫若先前的翻譯出現了誤解。Even 與 Nevermore 相似，都屬於「一音兩義的字」，這就對譯者的翻譯提出了更高的要求。《轉徙・其二》原詩第一節末句也有一個 even：Brief even as bright。這個詩句徐遲譯為：「雖然明亮，可是短促到極點」，查良錚將其譯為：「雖明亮，卻短暫」〔註126〕，皆明確地將 even 理解為副詞。郭沫若將其譯為：「亦無終夕媚」，譯文中雖然有個「夕」字，竊以為不宜將其視為 even 的直譯。郭沫若應該是和徐遲一樣，都將 even 理解為了副詞。這一點並不能夠從郭沫若譯詩的字面上看出來。郭沫若的這句譯詩，很難稱得上是直譯，只能說是意譯。用五言直譯這一詩句並不困難，如將查良錚譯詩刪掉一個副詞即可：「明亮卻短暫」。郭沫若為何不用這樣的直譯，一個重要的原因估計是為了詩句押韻。

就譯詩《轉徙》而言，與原詩不能對應之處甚多，郭沫若說「此外大抵是直譯」，「此外大抵」的範圍未免太寬泛了些。若是據此否定郭沫若「大抵是直譯」的說明，似乎也不恰當。批評者和研究者據以評判的，是譯者最終呈現給讀者的譯詩，依據郭沫若「兩道手」的說法，譯詩第一道手是直譯，第二道手則是詩人的改潤，直譯經過了改潤後，有些地方難免就變得面目模糊起來。

《轉徙・其一》第一節最後一個詩行：night closes round, and they are lost forever，郭沫若譯為：「須臾夜幕開 浮雲永無跡。」郭沫若將 close 譯為「開」，從原詩與譯詩語詞和詩句對應的角度看，郭沫若的翻譯不能稱之為直譯。直譯，就應該像其他譯者那樣譯為「包圍」：「瞬時黑夜包圍了。浮

〔註124〕郭沫若：《反響之反響》，《郭沫若全集》文學編第 16 卷，北京：人民文學出版社，1989 年，第 130 頁。

〔註125〕郭沫若：《雪萊的詩》，《創造》季刊 1923 年第 1 卷第 3 期，第 35 頁。

〔註126〕〔英〕雪萊：《無常》，《雪萊抒情詩選》，查良錚譯，北京：人民文學出版社，1958 年，第 155 頁。

雲一概消沉。」〔註 127〕「夜幕收起，便從此影失形消。」〔註 128〕close（關）與 open（開）互為反義詞，郭沫若不會在這樣簡單的問題上出現翻譯錯誤。原詩中是 close，譯詩對應的位置用的卻是「開」，從翻譯實踐的角度來說，郭沫若讀到原詩 close 時，第一反應是這個詞的意思是「關」或「包圍」，這也就是郭沫若所說的翻譯的第一道手。然後，在斟酌、潤色譯詩時選用了「開」字，這也就是郭沫若所說的翻譯的第二道手。也就是說，從最終的譯詩來看，「開」不是直譯；從翻譯的過程來看，「開」卻是對直譯的改潤。

《轉徙·其一》第二節第一個詩行：Or like forgotten lyres whose dissonant strings，郭沫若譯為：「又或如古琴 絃索未更張」，將 forgotten lyres 譯為「古琴」，以「琴」譯 lyres 是直譯，以「古」譯 forgotten 卻不能算直譯。Forgotten 一般譯為遺忘、忘記，遺忘、忘記了的東西可以是「古」，也可以不是「古」；「古」有舊的意思，用在琴上也可以是傳承久遠故而名貴的意思；而琴是否「古」與絃索是否更張沒有必然關係。若是認為「古琴」對譯的就是 lyres，這是可以接受的，因為 lyres 一般被解釋為古希臘所用的一種樂器（a harp used by ancient Greeks for accompaniment），雪萊在詩中使用這個詞，猶如中國現代詩人在詩中用編鐘意象，自然都是「古」樂器，而不僅僅只是被遺忘的樂器。若將「古琴」視為 lyres 的對譯，也就意味著郭沫若沒有譯 forgotten，而雪萊此詩強調的是琴沒有人理會，絃索的音律不準，如此一來，郭沫若的直譯之說更不可靠。這一詩句的直譯應如江楓：「又似被忘卻的琴那參差的絃索／給多變的振動以多變的響應」〔註 129〕，或查良錚：「又像被忘卻的琴，不調和的弦」〔註 130〕，「不調和」比「參差」要好，因為參差並不就意味著音律「不調和」。在這兩位譯者之前，郝淑菊的譯詩與原詩對應關係更密切：「或像那被忘卻的古琴」〔註 131〕。整體而言，郝淑菊和江楓兩位譯者的譯

〔註 127〕 〔英〕雪萊：《無常》，郝淑菊譯，《朝華月刊》1930 年第 1 卷第 3 期，第 1 頁。

〔註 128〕 〔英〕雪萊：《無常》，《雪萊抒情詩全編·西風集》，江楓譯，北京：十月文藝出版社，2014 年，第 12 頁。

〔註 129〕 〔英〕雪萊：《無常》，《雪萊抒情詩全編·西風集》，江楓譯，北京：十月文藝出版社，2014 年，第 12 頁。

〔註 130〕 〔英〕雪萊：《無常》，《雪萊抒情詩選》，查良錚譯，北京：人民文學出版社，1958 年，第 26 頁。

〔註 131〕 〔英〕雪萊：《無常》，郝淑菊譯，《朝華月刊》1930 年第 1 卷第 3 期，第 1 頁。

詩並不比郭沫若的高明；就直譯而言，郝淑菊和江楓譯 forgotten lyres 為「被忘卻的琴」、「被忘卻的古琴」才是真正的直譯，郭沫若的譯詩頂多只能如譯者自己所言，「大抵是直譯」。

批評者和研究者看到的只是最終的翻譯產品，並不能看到譯者從第一道手到第二道手的翻譯過程，以結果論翻譯，有時候也並不完全符合事實，美國 Jonathon Stalling 等提出翻譯過程的研究，從過程的角度研究翻譯，庶幾有助於解決上述難題。翻譯過程的研究建立在譯者手稿的基礎上，若是譯者留給人們的只有最終的成品，而沒有能夠顯示從第一道手到第二道手的「證據」，翻譯過程了無痕跡，往事不可追蹤，研究無從著手，能夠體現直譯的第一道手也就湮沒在歷史的煙塵中，譯者據此而談的直譯遂成了無源之水無本之木。當然，從翻譯過程研究的角度來說，無源無本的第一道手指的是直譯環節的不可追蹤，而不是原本就沒有。

第四節 但丁之遺風：《西風歌》譯語的選擇與詩意重構

在郭沫若之前，伍劍禪翻譯了 Ode to the West Wind，採用的譯名就是《西風歌》。伍劍禪的譯文發表在《晨光》雜誌 1922 年 5 月 30 日出版的第 1 卷第 1 期，譯名下有日期款識：「十一，三，三十夜」，即翻譯於 1922 年 3 月 30 日。伍劍禪翻譯《西風歌》時，《創造》季刊創刊號尚未問世；伍劍禪翻譯的《西風歌》剛發表時，《創造》季刊創刊號問世尚不足一個月。此時的郭沫若正在日本，應該還沒有組織雪萊紀念專欄的想法。因為郭沫若的名氣太大，《創造》季刊組織的雪萊紀念專輯也影響深遠，許多人徑直將郭沫若當成了最早的《西風歌》譯者。一位研究者敘述《西風歌》漢譯情況時說：「早在 20 世紀 20 年代，郭沫若就已把這首詩譯成中文。此後，眾多翻譯家如王佐良、江楓、查良錚、卞之琳和施穎洲都曾做過不同的嘗試。」〔註 132〕有的研究者說：「雪萊《詩選》中的《西風頌》兩句，經過郭沫若的翻譯，更是傳誦至今，形成一種超文字的思想力量。」〔註 133〕論者還特別為此加

〔註 132〕 常銘芮、曾喆：《從〈西風頌〉的翻譯看「五四」以來西方詩學對譯者的影響》，《中州大學學報》2005 年第 2 期，第 50 頁。
〔註 133〕 顧國柱：《郭沫若與雪萊》，《郭沫若學刊》1991 年第 2 期，第 7 頁。

了注釋，說明現在流行的並不是郭沫若原樣的譯語。類似這樣的表述，其實是文學閱讀接受眾善歸之的結果，聲望日隆的郭沫若成了凝聚所有因素的代表。實際上，《西風歌》最後兩句被傳誦至今，乃是各種因素共同作用的結果。僅就翻譯而言，各位譯者對這一相對簡單的詩句的翻譯大同小異。伍劍禪將其譯為：「西風呀！倘是冬天來了，／春天怎能還棄在後面嗎？」「還棄在後面」雖然不如「還會遠嗎」譯得暢達，大體意思還是不錯的。綜上所述，無論是譯詩題名的選擇，還是詩歌翻譯與發表的時間，《西風歌》最早的譯者都是伍劍禪。雪萊《西風歌》中的結尾兩句廣為國人所知，與郭沫若的譯介有關，但直接歸功於郭沫若卻並不恰當。

　　與伍劍禪和郭沫若一樣，採用《西風歌》這一譯名的有：澗漪譯《西風歌》（《朝華》1929 年第 1 卷第 1 期）、石靈譯《西風歌》（《文藝月刊》1936 年第 8 卷第 6 期）、芳信譯《西風歌》（《大陸》1941 年第 2 卷第 3 期）、李雷譯《西風歌》（《詩創作》1942 年第 8 期）、胡光廷譯《西風歌》（《翻譯月刊》1947 年第 1 卷第 4、5 期合刊號）、方平譯《西風歌》（《詩創造》1948 年第 8 期）。1943 年雅典書屋出版了徐遲翻譯的雪萊抒情詩選《明天》，《西風歌》是其中的第四首。有意思的是，《中國公論》1942 年第 7 卷第 4 期刊發了歐涅金譯的《西風歌》，但不是雪萊的《西風歌》，而是 John Mase Pielp 的詩。此外，現代詩人常任俠還創作了一首《西風歌》（《文藝月刊》1933 年第 4 卷第 6 期）。這些雪萊之外的《西風歌》的翻譯與創作，是否與雪萊《西風歌》的翻譯有關，難以確定。隨著雪萊《西風歌》的譯介，在現代文壇上刮起了強烈的「西風」卻是不爭的事實，且這股「西風」並不隨著時間的流逝而削弱了自己的威力。

　　中華人民共和國成立前，譯者們大都將 Ode to the West Wind 譯為《西風歌》。中華人民共和國成立後，《西風頌》漸漸成了新的被廣泛地接受的譯名。查良錚譯《雪萊抒情詩選》（人民文學出版社 1958 年版）、江楓譯《雪萊詩選》（湖南人民出版社 1980 年版）、王佐良譯《英國詩文選譯集》（外語教學與研究出版社 1980 年版）、卞之琳譯《西風頌》（《譯林》1982 年第 2 期）、李霽野譯《妙意曲‧英國抒情詩二百首》（四川人民出版社 1984 年版）、江水華譯《英美名詩選譯》（陝西人民出版社 1984 年版）等，都將 Ode to the West Wind 譯為《西風頌》。就譯名選擇的大體趨向而言，表現為棄《西風歌》而取《西風頌》。以「頌」代「歌」，譯名用字的變化也呈現了漢語詞

彙審美意蘊的細微流變。

（一）郭沫若譯《西風歌》的三個版本

郭沫若譯《西風歌》，以譯文的編排形式及修訂情況來看，可列出三種有校對價值的版本：《創造》季刊首刊本、1928 年創造社出版部《雪萊選集》初版本、1947 年建文書店《沫若譯詩集》初版本。三個版本，《創造》季刊首刊本與 1928 年創造社出版部初版本最為接近，排除印刷出版造成的兩三個詩行末尾標點的缺失問題，版本的修訂主要集中在三處：第一，刪除首刊本漢譯題名後所附的英文原詩題名。第二，將首刊本中的篇首說明和文中注釋統一置後，以書末注釋的形式出現。第三，注釋部分的文字稍作改動。

首刊本篇首說明如下：

「此詩注家以為作於一八一九年（二十七歲）之秋，時寄居意大利，在 Florence 的 Arno 林畔，一日暴風驟起，瞬即雷電交加，雨雹齊下。詩人即感受大自然的靈動而成此傑作。原詩音調極其雄厚，真如暴風馳騁，有但丁之遺風。」〔註 134〕

1928 年創造社出版部《雪萊選集》初版本書末注〔1〕如下：

「西風歌──此詩注家以為作於 1819 年（二十七歲）之秋，時寄居意大利，在 Florence 的 Arno 林畔，一日暴風驟起，瞬即雷電交加，雨雹齊下。詩人即感受大自然的靈動而成此傑作。原詩音調極其雄厚，真如暴風馳騁，有但丁之遺風。」

對比兩處文字，變動很細微。《雪萊選集》初版本增加了詩題《西風歌》三個字，又將「一八一九」改為「1819」。

首刊本在第三詩節後以小號字體做了文中注，全文如下：

「（注）巴延（Baiae）羅馬中部濱海之一小鎮。」

1928 年創造社出版部《雪萊選集》初版本書末注〔2〕如下：

「巴延──原文 Baiae，羅馬中部濱海之一小鎮。」

上述更改，只是技術層面的調整，對譯詩文本的閱讀和理解並無直接影響。譯詩正文部分，兩個版本一致，並無改動。真正對譯文做出修訂的，是1947 年建文書店《沫若譯詩集》初版本。1947 年建文書店《沫若譯詩集》初

〔註134〕郭沫若：《雪萊的詩》，《創造》季刊 1923 年第 1 卷第 4 期，第 20 頁。

版本，與首刊本極為相似，漢譯詩的題名下都附有英文原詩題名，亦如首刊本一樣保留了篇首說明。只是將首刊本第三詩節後的文中注改為了詩末注。在譯詩文本方面，建文版所作修訂如下：

第一詩節第七詩行首刊本和出版部版皆為：「冷冷沉沉去睡在他們黑暗的冬床」，建文版則改為：「冷冷沉沉的去睡在他們黑暗的冬床」。句中添加了一個「的」字。

第四詩節第八、第九詩行首刊本和出版部版皆為：「那時我的幻想即使超過你的神速，／也覺不算稀奇」。建文版則改為：「那時我的幻想即使超過／你的神速，也覺不算稀奇」。此處的修改，主要是兩個詩行之間的斷行問題。首刊本和出版部版本以漢語閱讀習慣斷行，兩個詩行都是相對完整的句子，建文版的斷行則與英語原詩的斷行更相吻合。

第五詩節第五至第十二詩行首刊本和出版部版皆為：「嚴烈的精靈喲，你請化成我的精靈！／你請化成我，你個猛烈者喲！／你請把我沉悶的思想如像敗葉一般，／吹越乎宇宙之外促起一番新生！／你請用我這有韻的咒文，／把我的言辭散佈人間，／如像從未滅的爐頭吹起熱灰火爐！／你請從我的唇間吹出醒世的警號！」建文版則改為：「嚴烈的精靈喲，請你化成我的精靈！／請你化成我，你個猛烈者喲！／請你把我沉悶的思想如像敗葉一般，／吹越乎宇宙之外促起一番新生！／你請用我這有韻的咒文，／把我的言辭散佈人間，／如像從未滅的爐頭吹起熱灰火爐！／請你從我的唇間吹出醒世的警號！」在上述幾行詩句中，郭沫若在首刊本中一共使用了五次「你請」，建文版將其中的四個「你請」修改為「請你」。「你請」和「請你」在郭沫若的文學創作中都是經常出現的詞彙。創作於 1922 年的詩劇《月光》中，夫人對博士說：「你請好好靜養」，博士對夫人說：「你請在這沙發上我們並著肩兒坐下罷。」〔註135〕創作於 1924 年的劇作《王昭君》中，毛淑姬對漢元帝說：「你請先看這幅畫像吧。」毛延壽對漢元帝說話時，也用了「你請」：「陛下，你請饒恕我吧。」〔註136〕1920 年創作、1941 年修改定稿的詩劇《棠棣之花》中，聶政對聶嫈說：「你請再唱下去吧。」聶嫈對聶政說：

〔註135〕郭沫若：《月光》，《郭沫若劇作全集》第 1 卷，北京：中國戲劇出版社，1982年，第 49 頁。

〔註136〕郭沫若：《王昭君》，《郭沫若劇作全集》第 1 卷，北京：中國戲劇出版社，1982 年，第 129、142 頁。

「你請照樣地吹，我也照樣地唱啦。」〔註137〕1942年創作的歷史劇《屈原》中，子蘭對屈原說：「先生，你請放心。」屈原對南后說：「啊，南后，你請讓我冒昧地說幾句話吧：我有好些詩，其實是你給我的。」宋玉對嬋娟說：「你請上來，我要送你一樣東西。」〔註138〕筆者不厭其煩地引用郭沫若不同時期創作的不同作品中對「你請」一詞的使用情況，目的在於說明郭沫若將「你請」改為「請你」，並不是因為自己改變了用詞習慣，或追求漢語表達的規範化。就郭沫若文學創作整體情況來看，以「你請」和「請你」兩個詞的使用情況為例，郭沫若的版本修訂中的語言使用，有時候也表現得較為隨意，在《西風歌》版本修訂時雖然將「你請」改為了「請你」，在這之後，其他文學作品的創作中仍然時時可見「你請」一詞。當然，若是從兩個詞彙的使用概率方面看，「你請」與「請你」兩個詞彙的使用，存在一些細微差異，「你請」在對話中使用的頻率更高，似乎在郭沫若的使用習慣中更偏向於口語化。之所以用「似乎」，是因為話劇創作中「你請」雖然出現的頻率較高。1923年7月創作的《王昭君》中，毛女和父親毛延壽的對話連續使用了「你請」和「請你」。毛女先是向父親轉述王昭君的話：「好姑娘，請你可憐我們在難的母女。」「你請聽我把她們的身世詳細告訴你罷。」〔註139〕而在修訂後的《西風歌》譯文裏，正如前文所引，「你請」和「請你」也同時被譯者所用。

（二）保護者與破壞者

詩人雪萊賦予了西風以複雜的審美內涵，《西風歌》裏的西風既是破壞者（Destroyer）又是保護者（Preserver）。一身兼二任的西風，破壞的同時又保護，保護的同時又破壞，兩種相反的因素緊緊糾纏在一起。翻譯，首先是譯者對原文的閱讀與理解，對原文中複雜的相互糾纏的因素，不同的譯者在理解和把握西風的審美內涵時，總會有所不同，而翻譯自然也就帶上了不同譯者主體的印痕。

〔註137〕郭沫若：《棠棣之花》，《郭沫若劇作全集》第1卷，北京：中國戲劇出版社，1982年，第252頁。

〔註138〕郭沫若：《屈原》，《郭沫若劇作全集》第1卷，北京：中國戲劇出版社，1982年，第393～420頁。

〔註139〕郭沫若：《王昭君》，《郭沫若劇作全集》第1卷，北京：中國戲劇出版社，1982年，第129頁。

原　文	郭沫若譯	查良錚譯〔註140〕	江楓譯〔註141〕
Who chariotest to their dark wintry bed	你又催送一切的翅果速去安眠，	以車駕把有翼的種子催送到	哦，你又把有翅的種子
The winged seeds,where they lie cold and low,	冷冷沉沉去睡在他們黑暗的冬床，	黑暗的冬床上，它們就躺在那裡，	凌空運送到他們黑暗的越冬床圃；
Each like a corpse within its grave,	如像——死屍睡在墓中一樣，	像是墓中的死屍，冰冷，深藏，低賤，	彷彿是一具具僵臥在墳墓裏的屍體，

　　凜冽的西風吹過，將種子吹到大地上，然後被深深埋在土壤裏。土壤冰冷，可是這冰冷對於種子來說就是保護，因為寒冷讓種子們睡眠，不至於在不合適的時間裏發芽生長。就此而言，西風的作用就是保護與培育，讓未來的希望在恰當時間裏萌發。上述詩句中，三位譯者對 Chariotest 和 wintry bed 的翻譯不盡相同。Chariot 的意思是戰車、兵車，來自拉丁語 carrus。在《西風歌》中，Who chariotest 的意思就是：「誰駕戰車送」的意思。三位譯者都沒有將 Chariotest 譯為「戰車」，查良錚將其譯為「車架」，郭沫若和江楓都沒有譯出「車」字。用車運送，也就是譯出原詩本來就有的運送方式。不譯「車」而直言「運送」，符合中國傳統語言的表達模式，正如 he stand on his feet，我們並不將其譯成「他站在他的腳上」，而是譯為「他站著」。

　　英語原文 Who chariotest（「戰車送」）本身帶有強力因素，這種帶有軍事強力因素的運送方式可以有多種層面的理解，既可以是保護，也可以是強制、監視，又或者二者兼有。郭沫若和查良錚雖然沒有譯出「戰車」，連「車」字都沒有譯出，卻都將其譯為「催送」，「催」字的選用，在某種程度上也就譯出了原詩內含的強迫之意。從英語原詩所表達的意思來看，破壞者和保護者兼於一身的西風，並不是什麼和善的保護大使，而是帶有強迫的破壞意味的保護。所以，「催送」比「運送」之譯更恰切。且「催送」與後文敘及請西風把自己的舊思想吹去，催促新思想的誕生時，幾位譯者也都採用了「催促」或「促」，同為「催促」，一者是強制舊的離開，一者則是幫助新的誕生，一個詞彙先後用法合併起來，呈現出來的正是西風保護者與破壞者雙重角色。

〔註140〕〔英〕雪萊：《西風頌》，查良錚譯，《雪萊抒情詩選》，北京：人民文學出版社，1958 年，第 75 頁。

〔註141〕〔英〕雪萊：《西風頌》，江楓譯，《雪萊抒情詩全編·西風集》，北京：十月文藝出版社，2014 年，第 172 頁。

三位譯者中，都譯出了 wintry bed（「黑暗的冬床」），但只有郭沫若在相應的位置譯出了原詩中的 cold and low（「冷冷沉沉」）。江楓顯然是將 lie 與後面詩句合併了，此處只譯出運送種子到冬床，至於種子到了冬床之後又如何，則選擇了省略。查良錚的翻譯「它們就躺在那裡」，「就」字含有強調的意思，可以理解為種子接受這種命運，隨遇而安，也可以理解為雖然環境惡劣，卻依然選擇了躺下，而且就躺在冰冷的冬床上。查良錚以 lie 對譯「躺」，採取的是直譯。郭沫若用的是「去睡」，「去睡」與「躺」表達的意思相近，若與下一個詩句的翻譯聯繫起來看，郭沫若採用的「睡」字就別有意味了：「如像死屍睡在墓中一樣」。前面一個去睡是指動作，後面一個睡是狀態，郭沫若反覆使用「睡」這個字眼，著意表現的是種子在被強制狀態下的個體選擇，與後面敘述的落葉相似。

（三） 落葉隨秋風舞

O wild West Wind, thou breath of Autumn's being,

Thou, from whose unseen presence the leaves dead

Are driven, like ghosts from an enchanter fleeing,

哦，不羈的西風喲，你秋神之呼吸，

你雖不可見，敗葉為你吹飛，

好像魍魎之群在詛咒之前逃退（郭沫若）

哦，狂暴的西風，秋之生命的呼吸！

你無形，但枯死的落葉被你橫掃，

有如鬼魅碰上了巫師，紛紛逃避（查良錚）

哦，獷野的西風哦，你哦秋的氣息！

由於你無形無影的出現，萬木蕭疏，

似鬼魅逃離驅魔巫師，萎黃，黢黑〔註142〕（江楓）

Autumn's being，看似郭沫若將其譯為「秋神」，實則是將 Autumn's being 與後面 an enchanter 合譯了。所以，在其他譯者將 an enchanter 譯為「巫師」、「驅魔巫師」的地方，郭沫若簡單地以「你」指代。「秋神」與「巫師」的譯語選擇，給人的閱讀感覺截然不同。巫師在西方文化傳統中是黑暗的存在，

〔註142〕〔英〕雪萊：《西風頌》，江楓譯，《雪萊抒情詩全編‧西風集》，北京：十月文藝出版社，2014年，第172頁。

詩人用這個意象，應該是側重表現西風作為破壞者（Destroyer）的一面。「秋神」，若不是譯者郭沫若隨意將「秋」與「神」放在一起，則「秋神」一詞，應本於中國傳統神話。《呂氏春秋‧孟秋紀》有云：「孟秋之月：日在翼，昏斗中，旦畢中。其日庚辛。其帝少皞。其神蓐收。」因為西方屬金，金者刑也，因此蓐收又是掌管刑殺之神。李白《古風‧蓐收肅金氣》詩云：

> 蓐收肅金氣，西陸弦海月。
>
> 秋蟬號階軒，感物憂不歇。
>
> 良辰竟何許，大運有淪忽。
>
> 天寒悲風生，夜久眾星沒。
>
> 惻惻不忍言，哀歌達明發。

在中國神話中，「秋神」也是生命的破壞者（Destroyer），但卻是正面的毀滅神祇。當郭沫若選擇合譯之後，相當於「神」（enchanter）的位置被前置，對於後面的比喻句 like ghosts from an enchanter fleeing，郭沫若顯然不想重複使用「秋神」再次對譯 enchanter，於是使用了「詛咒」一詞。幾位譯者的翻譯處理，各有所長，相對來說，自由不羈的譯者郭沫若，在譯詩形式的處理上更加隨心所欲一些。上述三個詩行的尾韻，查良錚和江楓的譯文都採取了 aba 的押韻方式，郭沫若則採用了 aaa 的押韻方式；查良錚將 wild 譯為「狂暴的」，江楓譯為「獷野的」，而郭沫若則譯為「不羈的」。將三位譯者對 wild 一詞的翻譯放在一起進行比較，可以發現一個很有趣味的現象。「狂暴」側重在「暴」，強調不可控暴力因素；「獷野」給人的感覺是粗獷且野性難馴；至於「不羈」，強調的則是自由自在無拘無束。從「狂暴」到「不羈」，可以見出譯者們對譯語的選擇各有側重。強調強力的查良錚，與原詩表達的意蘊更為接近，強調自由的郭沫若，譯語的選擇有以他人酒杯澆自己塊壘的意思。在自傳中，郭沫若曾多次敘及家累、耳疾等因素對自己生活的影響。1920 年郭沫若曾一度想要放棄醫科學習，轉入文科，最終因安娜的反對而作罷；1921 年到上海泰東圖書局終於實現了創辦純文學雜誌的理想，然而，事情正如郭沫若後來所回憶的：「辦雜誌的確不是甚麼乾脆的事情，在起初的時候大家迫於一種內在的要求，雖然是人辦雜誌，但弄到後來大都是弄到雜誌辦人去了（完全是營利性質的，當然又當別論）。」〔註143〕組織

〔註143〕1925 年 5 月 2 日郭沫若致 LT 信，《郭沫若書信集（上）》，北京：中國社會科學出版社，1992 年，第 293 頁。

「雪萊紀念欄」，翻譯《西風歌》時，《創造週報》《創造日》還沒有問世，郭沫若等人還沒有陷入「雜誌辦人」的境地。泰東圖書局裏令人沮喪的工作環境，讓郭沫若不僅感到束縛，還有被壓榨的感覺。嚮往自由自在的郭沫若，為實現這一目標不斷努力前進，可是家累、疾病、資本家的壓榨、新文學界同人的攻擊等等，都使郭沫若深切地感受到擺在理想面前的羈絆。「不羈的」西風，這是郭沫若對西風的理解，灌注了譯者的主體性精神訴求。

對自由「不羈」的嚮往，貫穿在郭沫若整個譯詩中。「不羈」的西風在郭沫若的譯文中成為了「秋神」的呼吸，神是自由自在的，郭沫若雖然浪漫，喜歡誇張，卻並不自大到想要神的自由。譯詩中，讓郭沫若產生共鳴的，是隨風飄舞的落葉。在落葉身上，郭沫若感受到了可能的自由，翻譯的時候選用的詞彙，帶有明顯的自由自在的追求。

> If I were a dead leaf thou mightest bear;
>
> If I were a swift cloud to fly with thee;
>
> 假使我是一片敗葉你能飄揚；／假使我是一片流雲隨你飛舞（郭沫若）
>
> 唉，假如我是一片枯葉被你浮起，／假如我是能和你飛跑的雲霧〔註144〕（查良錚）
>
> 我若是一朵輕捷的浮雲能和你同飛，／我若是一片落葉，你所能提攜（江楓）

以「流雲」對譯 a swift cloud，swift 的意思也就蘊涵在內，「一朵輕捷的浮雲」就顯得囉嗦，「浮雲」給人的感覺自然就是「輕捷的」，查良錚的「雲霧」又沒有譯出 swift。「流雲」與「敗葉」相對，一在天一在地，兩個意象的選擇，意思是西風能夠讓天上地下各種事物一起隨之飄揚。查良錚譯為「被你浮起」，江楓譯為「你所能提攜」，與「浮起」、「提攜」相比，郭沫若用的「飄揚」更輕鬆寫意，與下一句的「飛舞」相對照，給人一種在風中覓到自由的感覺。在郭沫若的想像中，西風中的落葉是在「舞」，這樣的「舞」不僅僅是被西風吹拂下的被動行為，也是主體內在的主動訴求，故而詩人將 only less free than you 譯為「幾乎和你一樣的不羈」。查良錚和江楓對此句的翻譯，採用的都是和原文相似的否定句式，如查良錚譯為：「僅僅不如／你

〔註144〕〔英〕雪萊：《西風頌》，查良錚譯，《雪萊抒情詩選》，北京：人民文學出版社，1958 年，第 78 頁。

那麼自由」。肯定句式與否定句式表達的意思本質上一致，兩種表達方式之間仍然存在細微的差別。郭沫若肯定句式的翻譯，是從主體出發肯定的「我」的自由，而查良錚和江楓的翻譯最突出的則是「西風」的自由與意志。郭沫若的翻譯，在向著原詩靠攏的過程中，譯者主體的自我表達自始至終滲透其中。就此而言，「雪萊即我」恰好說明郭沫若翻譯雪萊過程中存在著的濃郁的主體性介入。

強烈的譯者主體性的參與，使翻譯帶著濃郁的創作意味。郭沫若將 Oh, lift me as a wave, a leaf, a cloud!譯為：「啊！你吹舞我如波如葉如雲罷！」譯語非常富有詩意，同時也準確地將詩人內心對於風中葉舞的豔羨傳達了出來。查良錚的翻譯：「哦，舉起我吧，當我是水波、樹葉、浮雲！」與江楓的翻譯：「就像你颺起波浪、浮雲、落葉！」三位譯者的譯文各有所長。lift 本意為「舉，舉起；舉高」。在基督教文化中，「舉起我」有榮耀的意思，基督教聖歌中常用 rise me up。這裡用 lift me，而不用 rise me，就是要去神聖化，要在世俗的層面上表達 lift 所含有的「舉起」之意。查良錚將其譯為「舉起我吧」，漢語一般說風吹樹葉，而不說風舉樹葉，向上吹就是吹起，很少有用「舉起」的，查良錚此譯是否暗含基督教為神眷顧的意思，不得而知。江楓此句的翻譯中規中矩，很客觀，側重的是西風的動作，而郭沫若則隱含著對風中葉舞的嚮往。

風中葉也就是「我」，「我」便是風中之葉。如下面一句的翻譯：

What if my leaves are falling like its own!

我縱使如敗葉飄飛也是無妨！（郭沫若）

儘管我的葉落了，那有什麼關係！（查良錚）

哪怕我的葉片也像森林的一樣凋謝！（江楓）

郭沫若直接以「我」作為主語，詩句用的是郭沫若詩歌創作最常使用的表達模式。其他兩位譯者「我的葉」「我的樹葉」雖然也有「我」，這個「我」卻只是起到了修飾、限定的作用，與郭沫若濃鬱的自我主體抒情存在明顯的差別。三位譯者中，郭沫若明顯更喜歡以「我」作為句首主語。譯者自我主體性的高揚，使得郭沫若的譯詩帶著一種超越性，總是按照自身的理解詮釋原詩，有些翻譯雖然與原詩並不十分吻合，卻與郭沫若譯詩自身營造的詩意氛圍非常契合。

Drive my dead thoughts over the universe

Like wither'd leaves to quicken a new birth!

你請把我沉悶的思想如像敗葉一般，

吹越乎宇宙之外促起一番新生！（郭沫若）

請把我枯死的思想向世界吹落，

讓它像枯葉一樣促成新的生命！（查良錚）

請把我枯萎的思緒向全世界播送，

就像你驅遣落葉催促新的生命（江楓）

　　對 over the universe 的理解，三位譯者顯然各有不同。查良錚和江楓將 over 理解為 all，「向世界」「向全世界」的翻譯更吻合原詩表達的意思。郭沫若理解 over 為「上、外」，故而譯為「宇宙之外」，嚴格來說，就是對原詩的誤讀。但是，若從郭沫若《鳳凰涅槃》和《天狗》等詩歌創作精神來理解，這誤讀恰表現了郭沫若對自由的理解：宇宙之外，方有新生，以及真正的自由。

第七章 劇作家譯劇：郭沫若
戲劇文學翻譯研究

　　郭沫若是一位劇作家，而且是 20 世紀中國現代話劇成就斐然的劇作家。提出「詩人譯詩」思想的郭沫若，雖然沒有說過劇作家譯劇的觀點，但是身為劇作家的郭沫若對於他的戲劇翻譯肯定存在某些影響，而他的戲劇翻譯同樣也會對他的戲劇創作產生影響。

　　《郭沫若劇作全集》（中國戲劇出版社 1982 年版）第 1 卷編入郭沫若劇作 13 部：《黎明》（1919）、《棠棣之花》（1920）、《湘累》（1920）、《女神之再生》（1921）、《廣寒宮》（1922）、《月光》（1922）、《孤竹君之二子》（1922）、《卓文君》（1923）、《王昭君》（1923）、《聶嫈》（1925）、《甘願做炮灰》（1937）、《棠棣之花》（1941 年重新整理定稿）、《屈原》（1942）；第 2 卷編入郭沫若劇作 4 部《虎符》（1942）、《高漸離》（1942）、《孔雀膽》（1942）、《南冠草》（1943）；第 3 卷編入劇作 3 部：《蔡文姬》（1959）、《武則天》（1960）、《鄭成功》（1962）。此外，郭沫若 1951 年還創作了《火燒紙老虎》（副標題「燈影劇」），在劇的樣式和意味上都比《黎明》和《女神之再生》更為濃郁，理應與之同視為劇作，收入《郭沫若劇作全集》。既然《郭沫若劇作全集》沒有收錄，本書為了避免在個別篇目文體類別的辨析上花費過多的筆墨，故存而不論，徑直以《郭沫若劇作全集》作為底本談論郭沫若的戲劇文學創作。

　　就《郭沫若劇作全集》所展示的郭沫若戲劇文學創作來說，從 1919 年到 1962 年，郭沫若戲劇文學創作時間跨度長，前後共計四十三年。其間，郭沫

若的劇作活動曾出現過兩個高峰：第一個高峰出現在創造社籌備和初期活動階段，第二個高峰出現在抗日相持階段。最早在《女神》中出現的《棠棣之花》《湘累》《女神之再生》和《星空》中出現的《廣寒宮》《孤竹君之二子》都被稱為詩劇，《黎明》被作者稱為「一幕小小的兒童歌劇」〔註1〕。〔註2〕《棠棣之花》（重新整理定稿）《屈原》《虎符》《高漸離》《孔雀膽》《南冠草》是郭沫若抗戰時期創作的 6 部歷史劇。此外，《月光》《甘願做炮灰》是現實劇，《鄭成功》是電影劇本。戲劇創作活動持續時間久，劇作類型多樣，20 世紀中國現代詩劇和史劇長廊裏，郭沫若的戲劇創作是開端也是最有分量的收穫之一。

郭沫若將《浮士德》視為詩劇，並說正是《浮士德》的翻譯促使他開始了詩劇的創作，收入《女神》集中的三部詩劇，都在某種程度上受到了歌德《浮士德》的影響。就此而言，劇作翻譯激發並影響了郭沫若的戲劇創作，乃是不爭的事實。當郭沫若動手翻譯高爾斯華綏和約翰·沁孤的劇本時，郭沫若已經創作出了較為成熟的劇作，並對歌德《浮士德》代表的西洋劇作形式有了較為深刻的認識和反思，在這種情況下，本書認為有必要從劇作家譯劇的角度審視郭沫若對高爾斯華綏和約翰·沁孤劇本進行的翻譯。

劇作家譯劇與非劇作家譯劇的真正區別在哪裏？郭沫若既是詩人，也是劇作家。當郭沫若以詩人的身份接觸劇翻譯劇的時候，注重的主要是作品中的詩意，而當郭沫若以劇作家的身份譯劇的時候，注意力自然就轉向了劇情結構與舞臺表演等。郭沫若自身的戲劇創作及劇作翻譯，大都存在一個由詩到劇的轉變過程。談到《棠棣之花》這部劇作時，郭沫若說：「完全受著歌德的影響」，「全部只在詩意上盤旋，毫沒有劇情的統一。」〔註3〕和《黎明》相似，《女神》時期創作的《棠棣之花》情節非常簡單，只是通過人物大體交待已經發生的和將要發生的事情，然後就是詩意的抒情。《女神之再生》和《廣寒宮》等詩劇雖然也有故事，不過只是簡略的介紹，劇中的人物對話更像是舞臺對唱式的抒情，而不是推動戲劇情節發展的重要的要素。在郭沫若的這

〔註1〕郭沫若：《兒童文學之管見》，《郭沫若全集》文學編第 15 卷，北京：人民文學出版社，1990 年，第 282 頁。

〔註2〕《郭沫若全集》文學編第 6 卷注釋一，北京：人民文學出版社，1986 年，第118 頁。

〔註3〕郭沫若：《寫在〈三個叛逆的女性〉後面》，《郭沫若劇作全集》第 1 卷，1982年，第 198 頁。

些詩劇創作中，看不到現代話劇推崇的激烈的矛盾衝突，也缺少情節結構的承轉起合、起伏跌宕。所有這些無不說明郭沫若的興趣在「詩」而不在「戲」上，他只是在以劇的形式寫詩。詩是主導，融劇入詩是早期郭沫若文體選擇的主要方向。

　　談到 1940 年代重寫《棠棣之花》時，郭沫若自言他將第二幕中出現的單純的「食客」演化為韓山堅，讓韓山堅做了聶政的嚮導，承擔起連接第二幕到第三幕劇情的任務。這樣的劇情設計，對郭沫若來說乃是「並未前定的偶然生出的著想」，「是一個意外的收穫。」〔註4〕「意外」是郭沫若談到自己劇作情節結構設計時常用的詞彙。《屈原》全劇寫成後，郭沫若說：「目前的《屈原》真可以說是意想外的收穫……回想到第三幕中宋玉贈嬋娟以《橘頌》尚未交代，便率性拉來做了祭文，實在再合適也沒有。而且和第一幕生出了一個有機的叫應，儼然像是執筆之初的預定計劃一樣。這也純全是出乎意外。」〔註5〕郭沫若談到自己的戲劇創作時，屢屢談到情節設置的「意外」性，他的戲劇創作如同新詩創作，帶有迷狂的性質。創作的天賦不時地閃爍出來的火花，總是能夠被作家捕捉到，這就是所謂的妙手偶得之。妙手偶得不應該理解為率爾操觚，乃是天才作家厚積薄發的結果。就話劇《屈原》的創作來說，郭沫若的厚積表現為兩個方面：第一，屈原研究的積累。從青年時期創作《湘累》開始，到後來的《屈原研究》，對於屈原，郭沫若的理解越來越深刻。第二，話劇創作的積累。郭沫若的話劇創作，經歷了從融劇入詩到融詩入劇的文類融匯和轉變歷程。〔註6〕在這個轉變的歷程中，歌德劇作的翻譯，以及高爾斯華綏和約翰・沁孤劇本的翻譯，對於劇作家郭沫若的生成有著非常重要的影響和作用。因此，高爾斯華綏和沁孤劇作翻譯的研究，有利於揭示郭沫若文學創作由詩到劇的轉變及相應的審美問題。

〔註4〕郭沫若：《我怎樣寫〈棠棣之花〉》，《郭沫若劇作全集》第 1 卷，北京：中國戲劇出版社，1982 年，第 329 頁。

〔註5〕郭沫若：《我怎樣寫五幕史劇〈屈原〉》，《郭沫若劇作全集》第 1 卷，北京：中國戲劇出版社，1982 年，第 485、486、487 頁。

〔註6〕咸立強：《郭沫若戲劇創作的文類選擇與融匯》，《戲裏戲外：郭沫若與老舍戲劇藝術創作交往學術論文集暨展覽紀實》，北京：當代中國出版社，2017 年，第 71〜86 頁。

第一節　約翰‧沁孤的戲曲進入中國的橋樑

　　John Millington Synge（1871 年 4 月 16 日～1909 年 3 月 24 日）出生於愛爾蘭都柏林郊區的拉什法恩海姆，1892 年畢業於都柏林三一學院愛爾蘭皇家音樂學院，致力於愛爾蘭文學復興運動，是愛爾蘭文學復興運動的領導人。他創作的戲劇共有六部：In the Shadow of the Glen（1903）、Riders to the Sea（1904）、The Well of the Saints（1905）、The Playboy of the Western World（1907）、The Tinker's Wedding（1908）、Deirdre of the Sorrows（1910）。郭沫若在介紹沁孤一生的文學事業時，將 In the Shadow of the Glen 的創作時間誤為 1905 年，而將 Riders to the Sea 的創作時間誤為 1903 年，這說明郭沫若據以翻譯的資料有些問題，這有待史料的進一步發掘方能確定問題出在哪兒。

　　對於愛爾蘭的這位短命的劇作家，很早便有國人給予了關注。1919 年《學生雜誌》第 7 期刊登了茅盾撰寫的《近代戲劇家傳》，文中介紹了葉芝、沁孤和格雷戈里夫人三位愛爾蘭的戲劇家。在《研究近代劇的一個簡略書目》中，在「近代諷刺劇」一類中列舉了 Synge J.M.的 The Playboy of the Western World。1921 年 6 月，《THE ENGLISH STUDENT》第 6 期刊登了周越然介紹沁孤的文章《Lives of Great Writers: John Millington Synge》，結尾一段對沁孤的評價很高：（Regarding Synge's best play, opinion differs. But one thing is certain. The characters he created in his plays reveal the basal elements of human nature. He dramatized primal hope, fear, sorrows, and loneliness of life. All his plays are written in prose, but no rhythm is lost. He belongs to the first rank of modern dramatists. In many ways, he is Shakespeare after Shakespeare.）周越然在文章中轉述了別人對約翰‧沁孤的評價：莎士比亞之後出現的莎士比亞，充分肯定了約翰‧沁孤戲劇創作的價值。周壽民在《辛基（J.M.Synge）》一文中梳理了愛爾蘭戲劇發展的歷史進程之後，指出了戲劇發展之於愛爾蘭民族的重要意義，然後評價辛基說：「愛爾蘭最偉大的戲劇家既不是葉慈也不是馬丁，也不是葛雷高雷夫人，而是辛基。」〔註7〕

〔註 7〕周壽民：《辛基（J.M.Synge）》，《南大半月刊》1933 年第 8、9 期合刊號，第 2 頁。

一、漢譯奠名者

郭沫若將 John Millington Synge 譯為約翰・沁孤。郭沫若解釋說：「Synge 我譯成『沁孤』，或許便會引起讀者的懷疑，但這正是愛英兩地發音不同之一例。劇中人名地名等固有名詞——我也不十分知道愛爾蘭的正確的發音——我大概依我自己的方便，任意音譯了。」〔註 8〕所謂「任意音譯」，實則是盡己所能地貼近「愛爾蘭的正確的發音」。郭沫若的努力顯然沒有白費，他使用的這個譯名沿用至今。郭沫若對劇作家約翰・沁孤及其劇作的翻譯被廣為接受，郭沫若所用的劇名與人名也都成了國內通用的譯名。

郭沫若不僅是約翰・沁孤劇作最早的漢譯者，也是迄今為止約翰・沁孤劇作唯一的漢語全譯者。孟昭毅、李載道主編的《中國翻譯文學史》談到郭沫若的文學翻譯時說：「他所翻譯的雪萊的詩和愛爾蘭劇作家約翰・沁孤的劇本，在中國現代翻譯文學史上具有特殊的意義。」在第十三章「郭沫若對戲劇文學翻譯的特殊貢獻」中具體指出，「約翰・沁孤的六部劇作和高爾斯華綏的《爭鬥》，郭沫若是把它們翻譯介紹到中國來的第一個譯者。」章節末尾再次重申：「他對愛爾蘭文藝復興運動代表作家約翰・沁孤全部劇作的翻譯，填補了我國現代翻譯文學史這方面的空白。約翰・沁孤全部劇本被翻譯介紹到中國來，在當時是獨一無二，在國內的今天也仍然是獨一無二的。因此，郭沫若翻譯的《約翰・沁孤戲曲集》，可說是中國現代翻譯文學史上的珍品之一。」〔註 9〕「珍品」可以有兩種理解，一是因少而珍，一是因好而珍。《中國翻譯文學史》的敘述角度顯然是因少而珍，反覆強調的價值和意義是填補空白。孟偉根在《戲劇翻譯研究》中說，郭沫若「在戲劇譯介方面的成就與貢獻是少人可比的」，「他的譯作《約翰・沁孤戲曲集》收集了約翰・沁孤全部劇作，填補了我國現代翻譯文學史上的一個空白」。〔註 10〕填補空白這個評價成了學界共識。

郭沫若所譯愛爾蘭劇作家約翰・沁孤的劇集名稱，現有的較為流行的論著中的表述頗有不同之處，本書且列出三種如下：

〔註 8〕郭沫若：《譯後》，《約翰沁孤的戲曲集》，郭鼎堂譯，上海：商務印書館，1926
　　　　年，第 4 頁。

〔註 9〕孟昭毅、李載道主編：《中國翻譯文學史》，北京：北京大學出版社，2005 年，
　　　　第 109 頁、第 159～161 頁。

〔註 10〕孟偉根：《戲劇翻譯研究》，杭州：浙江大學出版社，2012 年，第 49 頁。

1. 《約翰沁孤的戲曲集》，見王繼權、童煒剛編《郭沫若年譜》。1925 年 5 月 26 日條目：「為所譯《約翰沁孤的戲曲集》寫《譯後》。」〔註11〕

2. 《約翰‧沁孤戲曲集》，見孟昭毅、李載道主編《中國翻譯文學史》。該書第十三章「郭沫若對戲劇文學翻譯的特殊貢獻」末尾：「郭沫若翻譯的《約翰‧沁孤戲曲集》，可說是中國現代翻譯文學史上的珍品之一。」〔註12〕

3. 《約翰沁孤的戲劇集》，見林甘泉、蔡震主編《郭沫若年譜長編（1892～1978）》。1925 年 5 月 26 日條目：「譯《約翰沁孤的戲劇集》（愛爾蘭作家）訖，並作《譯後》。」〔註13〕

所用劇集名稱與第一種相同者有龔濟民、方仁念編的《郭沫若年譜》（天津人民出版社 1992 年），與第二種相同者有孟偉根著《戲劇翻譯研究》（浙江大學出版社 2012 年）。除了所用的劇集名稱，《郭沫若年譜長編》的敘述文字與龔濟民、方仁念編的《郭沫若年譜》極為相似：「譯《約翰沁孤的戲曲集》（〔愛爾蘭〕約翰沁孤作）訖，並作《譯後》。」〔註14〕相比之下，《郭沫若年譜》在陳述事實方面用詞更為簡約。以上所見三種題名，與筆者所見商務印書館發行版本相同者為第一種。第二種在約翰沁孤中間加「‧」，這可視為譯名規範化要求下所作處理，但是書名中少了一個「的」字就令人費解了。郭沫若所譯沁孤的劇集名稱本無版本差異問題，但在學者們的論著中卻出現了錯亂，尤其是《郭沫若年譜長編》與《中國翻譯文學史》皆在二十一世紀出版問世，大有名氣且傳播甚廣，《中國翻譯文學史》作為大學教材影響更是深遠。由於種種原因，書籍難免有誤，作為後來者，卻不宜將先行者正確的表述愈弄愈錯，反而使得歷史的面相模糊起來。為了避免謬誤繼續流傳，是以有必要正本清源。

〔註11〕 王繼權、童煒剛編：《郭沫若年譜（上）》，南京：江蘇人民出版社，1983 年，第 190 頁。

〔註12〕 孟昭毅、李載道主編：《中國翻譯文學史》，北京：北京大學出版社，2005 年，第 161 頁。

〔註13〕 林甘泉、蔡震主編：《郭沫若年譜長編（1892～1978）》第 1 冊，北京：中國社會科學出版社，2017 年，第 322 頁。

〔註14〕 龔濟民、方仁念編：《郭沫若年譜（上）》，天津：天津人民出版社，1992 年，第 166 頁。

二、郭沫若譯約翰‧沁孤時間考

郭沫若談及文學翻譯時說：「屠格涅夫的《新時代》、河上肇的《社會組織與社會革命》、霍普特曼的《異端》、約翰沁孤的《戲曲集》、高斯華綏的《爭鬥》，都是在這前後一二年間先先後後地化成了麵包的。」〔註15〕「這前後一二年間」指的就是 1924～1925 年間。

《郭沫若年譜》與《郭沫若年譜長編》敘及《約翰沁孤的戲曲集》，只敘述 5 月 26 日這個時間點，依據則是郭沫若《譯後》的落款：「一九二五年五月廿六日誌於上海。」〔註16〕此外，別無《約翰沁孤的戲曲集》翻譯時間的敘述。《譯後》的寫作，可以是譯事完成的當天所寫，也可以是譯事完成後，譯者再三通讀譯稿之後才寫。以郭沫若當時的情況來說，再三通讀不太可能，譯完後當天所寫的可能性比較大，但這也只是對於可能性的推測而已。具體情況如何，有待新的文獻史料的發掘。現在能夠明確的，便是郭沫若在 5 月 26 日或之前完成了《約翰沁孤的戲曲集》的翻譯工作。

因有《譯後》為證，譯事結束時間相對來說較為明確，最為模糊的是郭沫若最初接觸進而開始翻譯約翰‧沁孤的時間。郭沫若何時接觸了約翰‧沁孤的戲劇？據現有文字材料，約翰‧沁孤之名最早見於《三葉集》通信。田漢在寫給郭沫若的信中，大談世界各地的新浪漫主義運動，敘及英國時說「英國方面以愛爾蘭為最盛」，隨後羅列了愛爾蘭劇作家葉芝和沁孤的劇作，「John Millington Synge 的 The Mell of the Saints, The playboy of the Western World, Riders to the sea, Desire of the Sorrow 等」。在這封信中，田漢提到自己正在搜集劇本，「現在我所搜集的近代腳本凡五十餘種，大都很重要的。等到滿了百種，我想開一個紀念會哩。」〔註17〕田漢搜集的「五十餘種」劇作，有沒有約翰‧沁孤的戲曲集的作品？以田漢後來寫的《薔薇日記》作為參證，可推知其中並無約翰‧沁孤的劇作。1921 年 10 月 23 日，田漢在日記中寫道：「歸途經大觀堂借五哥九十錢，取前日預訂的西書歸。書為愛爾蘭薄命作家 John M. Synge 的劇曲集，中有 Riders to the Sea 一篇，

〔註15〕郭沫若：《創造十年續編》，《郭沫若全集》文學編第 12 卷，北京：人民文學出版社，1992 年，第 220 頁。

〔註16〕郭沫若：《譯後》，《約翰沁孤的戲曲集》，郭鼎堂譯，上海：商務印書館，1926 年，第 4 頁。

〔註17〕田漢致郭沫若，《郭沫若全集》文學編第 15 卷，北京：人民文學出版社，1990 年，第 74 頁。

近世一幕劇中的名作。因此我特別要買他哩。」26 曰:「上午讀完 John Synge 的 Riders to the Sea,擬費數日力譯之,擬其名為《入海之群騎》。」〔註 18〕田漢在日記中寫的是「上午讀完」,而不是「重讀」,這應該是田漢第一次閱讀約翰·沁孤的劇作。由此可以進一步推知,田漢寫給郭沫若的信中談及約翰·沁孤,應該不是出於自身對這位劇作家劇作的閱讀感受,而是依據自己那時剛剛讀過的 Ludwig Lewisohn 的 The Modern Drama,在那封信的最後,田漢還提到自己想要翻譯這本書,「此刻至少也想把最後 The Neo-Romantic Movement in the Modern Drama 譯出來哩。」〔註 19〕

　　郭沫若是否在田漢之前就讀過約翰·沁孤的劇作,現在已難知曉。無論如何,我們現在可以確定郭沫若知曉約翰·沁孤最晚也是在讀田漢來信之時。郭沫若是否讀過田漢的《薔薇之路》,未知。通過郭沫若創作的新詩《勝利的死》等,可以推知郭沫若對愛爾蘭及愛爾蘭的文學早就有所關注。

　　在自傳體小說《行路難》中,郭沫若描寫了愛牟一家在日本熊川和古湯溫泉的生活。其中,主人公愛牟曾經寫了五天日記,1924 年 10 月 3 日的日記中有這樣的記載:

　　朝浴,午前讀 Synge 戲曲三篇。

　　午後二時出遊,登山拾栗,得《採栗謠》三首:

　　(一)上山採栗,栗熟茨深。栗刺手指,茨刺足心。一滴一粒,血
　　　　　染刺針。

　　(二)下山數栗,栗不盈斗;欲食不可,秋風怒吼。兒尚無衣,安
　　　　　能顧口!

　　(三)衣不厭暖,食不厭甘。富也食栗,猶慊肉單。焉知貧賤,血
　　　　　以禦寒?〔註 20〕

　　《行路難》於 1924 年 10 月 15 日脫稿。在郭沫若留下的文字中,最早提及沁孤的便是這篇小說。小說中的《採栗謠》三首,表現了貧寒之家生活的艱辛。「兒尚無衣,安能顧口!」採栗為了飽腹,也就是生存,可是在怒

〔註 18〕田漢:《薔薇之路》,《田漢全集》第 20 卷,花山文藝出版社,第 257 頁、第263 頁。

〔註 19〕田漢致郭沫若,《郭沫若全集》文學編第 15 卷,北京:人民文學出版社,1990年,第 93 頁。

〔註 20〕郭沫若:《行路難》,《郭沫若全集》文學編第 9 卷,北京:人民文學出版社,1985 年,第 327 頁。

吼的秋風中，無衣的孩子已經等不得填飽肚子了，需要抵禦冷風的衣服。貧困的生活千瘡百孔，悲涼之意充溢心胸，與沁孤《騎馬下海的人》中的男性為了生計在惡劣的天氣中不得不強行乘船下海到遠處的市集進行交易非常相似。

　　郭沫若明確談到約翰·沁孤翻譯時間，是在與蒲風的談話中。「那時住在環龍路，正苦得要命。《瓶》可以用『苦悶的象徵』來解釋。——別的詩作是沒有。約翰·沁孤 John Synge 的戲曲集，《到宜興去》（《水平線下》），是這一時期的譯和作。」從郭沫若和蒲風的對話來看，「那時」指的是「產生《瓶》的時候」。〔註21〕郭沫若的這一回憶應該較為確切。郭沫若回憶在日本進行《社會組織與社會革命》和《新時代》等書的翻譯工作時，都未提及沁孤戲曲集的翻譯。兩相對照，似可確定沁孤戲曲集的翻譯乃是郭沫若「住在環龍路」時的產物。《瓶》第一首寫於 1925 年 2 月 18 日早晨，第四十二首寫於 1925 年 3 月 30 日。《到宜興去》寫的是郭沫若和周全平於 1924 年12 月初去宜興調查盧齊戰禍的經過，於調查事畢的當月完稿。1924 年 11 月16 日，郭沫若從日本回到上海，得到商務印書館編譯所工作的何公敢的支持，擬翻譯《資本論》，為此還「預定了一個五年譯完的計劃」，〔註22〕故而沁孤戲劇的翻譯應該不會在 11 月著手。接著郭沫若在 12 月又去宜興調查，翻譯沁孤劇作的可能性也不太大。按照郭沫若自己的說法，從事沁孤戲劇的翻譯工作，應是在 1925 年愛情詩集《瓶》創作時期。《瓶》呈現了郭沫若火熱的戀情，在此詩集創作期間，翻譯沁孤那樣哀愁的戲劇似乎也有些勉強。戀情過後，生活窮愁，這個時間段譯沁孤的戲劇最為合適，這個時間段大致便是 1925 年 4、5 月間。

　　1925 年 4 月 6 日，郭沫若為所譯《新時代》撰寫了《序》，談到自己很喜歡這部小說，「因為這書裏的主人翁涅暑大諾夫，和我自己有點相像。還有是這書裏面所流動著的社會革命的思潮。」〔註23〕屠格涅夫的《新時代》是郭沫若談到這段時期在上海「賣文為生」時提到的第一部作品，據郭沫若

〔註21〕郭沫若：《郭沫若答蒲風問》，《中國現代文藝資料叢刊》第 4 輯，上海：上海文藝出版社，1979 年，第 242 頁。

〔註22〕郭沫若：《創造十年續篇》，《郭沫若全集》文學編第 12 卷，北京：人民文學出版社，1992 年，第 218 頁。

〔註23〕郭沫若：《序》，〔俄〕屠格涅夫：《新時代》，郭沫若譯，上海：商務印書館，1925 年，第 3 頁。

1924 年 8 月 9 日致成仿吾信可知，這部譯著於 1924 年 8 月 8 日已經譯完。
「從七月初頭譯起，譯到昨天晚上才譯完了，整整譯了四十天。」〔註24〕第
二部是河上肇的《社會組織與社會革命》，據郭沫若 1924 年 7 月 22 日致何
公敢信可知，這部譯著當於 1924 年 7 月已經譯完。第三部是霍普特曼的《異
端》，1925 年 9 月 14 日，「譯小說《異端》（德國霍普特曼原著）訖，並作
序。」〔註25〕第四部是《約翰沁孤的戲曲集》，郭沫若為《約翰沁孤的戲曲
集》撰寫《譯後》的時間是 1925 年 5 月 26 日。通過對郭沫若自敘文字提及
的譯著的分析可知，郭沫若對賣文生活中的幾部譯著的敘述並沒有嚴格按照
翻譯時間的順序排列，幾部譯著的具體翻譯時間也難以確知，序言和譯後的
撰寫時間往往是在譯稿提交出版時，這個時間與翻譯時間有時相差甚大。上
述譯著，最早出版的也是最早譯完的，即河上肇的《社會組織與社會革命》，
1925 年 5 月由上海商務印書館出版，第二部則是屠格涅夫的《新時代》，1925
年 6 月由商務印書館出版。1925 年 4 月 6 日，郭沫若為《新時代》寫序時，
應該是已經和商務印書館談妥了賣稿事宜，在將手中保存的譯稿賣給商務印
書館後，郭沫若隨即著手新的翻譯工作，即約翰沁孤與高爾斯華綏劇作的翻
譯，這翻譯似乎也與郭沫若在 1925 年 4 月受聘大夏大學有點關係。郭沫若
回憶說，他去大夏大學擔任講師，講授「文學概論」，郭沫若曾設想構建一
種新的文藝論，通過詩歌、小說和戲劇等的分析，「構成所懸想著的『文藝
的科學』。」〔註26〕綜上所言，約翰沁孤戲劇的翻譯，似應開始於 1925 年 4
月中下旬。

　　綜上所述，就已知材料而言，郭沫若於 1924 年 10 月 3 日閱讀沁孤的戲
曲集，於 1925 年 4 月中下旬翻譯沁孤的戲曲集，中間相隔半年有餘，這樣的
翻譯算不得率爾操觚。郭沫若的文學翻譯，有時候也是身邊有什麼外國書就
翻譯什麼，但是能被譯者隨身帶著的外國書，在當時自然是深受譯者的喜愛。
考證郭沫若翻譯沁孤戲曲集的時間，有這樣幾個方面的意義：首先，有助於
翻譯過程的研究，能夠更為準確地把握譯者主體進行翻譯時的情況，重建當

〔註24〕郭沫若：《孤鴻》，《創造月刊》1926 年 4 月第 1 卷第 2 期。

〔註25〕林甘泉、蔡震：《郭沫若年譜長編》第 1 卷，北京：中國社會科學出版社，2017
　　　　年，第 331 頁。

〔註26〕郭沫若：《創造十年續篇》，《郭沫若全集》文學編第 12 卷，北京：人民文學
　　　　出版社，1992 年，第 226 頁。

時的翻譯場景；其次，從閱讀到翻譯，一系列具體時間點的確定，能夠將沁
孤戲曲集的翻譯與其他譯著的翻譯時間進行比照，從而更清晰地梳理譯者的
翻譯選擇及變化軌跡；再次，翻譯時間的確定有助於將郭沫若的文學創作、
文學翻譯、個人與家庭生活等納入整體視野進行觀照，有助於重構郭沫若文
學世界的版圖。

三、新浪漫主義：現實主義與象徵主義結合之路

　　葉芝談到沁孤的戲劇創作時說：「在《騎馬下海的人》內那位老太太，在
替她的六個佳兒哀悼著時，哀悼一切的美與力的消逝。」〔註 27〕沁孤的劇作
既是新浪漫主義的，也是現實主義的。「在現代，只有 J.M.沁孤能達到伊麗莎
白時代劇作家的異常有力的現實主義。」〔註 28〕約翰·沁孤的戲劇創作融合
了現實主義與象徵主義（He pointed a way to a perfect blend of realism and
symbolism. The other dramatists have drawn to one or the other of the two
techniques, but not to that happy poetic unity which marks Synge's miniature
tragedies and comedies of peasant life.〔註 29〕）在現代文學的發生期，沁孤的劇
作被視為新浪漫主義的代表。悲喜交融、「哀悼一切的美與力的消逝」，這些
被田漢視為新浪漫主義文藝的典型特徵。

　　1920 年 2 月 29 日，田漢在給郭沫若的信中說：「悲喜誠如 Chesterton
所言，不過一物之兩面。悲喜分明白的便是 Realism 的精神。悲，喜，都使
他變其本形成一種超悲喜的永劫的美境，這便是 Neo-Roanticism 的本領。」
田漢列舉出來的新浪漫主義劇作，沁孤的有四部。「John Millington Synge 的
《The well of the Saints》，《The Playboy of the Western World》，《Riders to the
Sea》，《Deirdre of the Sorrows》，etc.」〔註 30〕田漢對新浪漫主義的態度是否
影響了郭沫若，有待進一步考證。郭沫若對新浪漫主義的瞭解與認可卻是
毋庸置疑的。在創造社成立之前，郭沫若回答好友陶晶孫有關文學主張的

〔註 27〕 W.B.Yeats 著，楊晦譯：《沁孤〈詩及譯品集〉的初版序》，《新中華報副刊》
　　　　　1928 年 11 月 29 日。
〔註 28〕 〔美〕約翰·霍華德·勞遜：《戲劇與電影的劇作理論與技巧》，邵牧君、齊
　　　　　宙譯，北京：中國電影出版社，1989 年，第 363 頁。
〔註 29〕 20th CENTURY BRITISH AUTHORS: J. M. SYNGE（1871～1909），《中華英
　　　　　語半月刊》1946 年第 5 卷第 2 期，第 12 頁。
〔註 30〕 田漢致郭沫若，《郭沫若全集》文學編第 15 卷，北京：人民文學出版社，1990
　　　　　年，第 91 頁。

詢問時說：「新羅曼主義」。〔註31〕郭沫若談到沁孤的戲劇創作時說：「他所同情的人物都是下流階級的流氓和乞丐。他的每篇劇本裏面都有一種幻滅的哀情流淌著，對於人類的幻滅的哀情，對於現實的幻滅的哀情。但他對於人類也全未絕望。」〔註32〕與田漢相比，郭沫若在沁孤戲劇中領略最深的是「幻滅的哀情」，而不是「超悲喜」的美感。雖然田漢也注意到了沁孤劇中的悲，最終卻被歸於「永劫的美境」。悲傷、憂鬱等都被置於浪漫的「美境」中，昂頭天外的田漢，雖引郭沫若為同道，但興趣愛好並不完全相同。

1920年1月25日，《小說月報》第11卷第1號出版，茅盾在《「小說新潮」欄宣言》中首次明確提及「新浪漫主義（New Romanticism）」。有學者認為，茅盾此時介紹新浪漫主義並不就等同於贊同和倡導新浪漫主義，「直到1920年8、9月間的《非殺論的文學家》《為新文學研究者進一解》中，沈雁冰將巴比塞、羅曼·羅蘭的『新理想主義』引入了『新浪漫』的範疇之後，他對於『新浪漫』的態度才轉而為肯定。」〔註33〕從茅盾《為新文學研究者進一解》一文顯露的觀點來看，潘正文的分析是中肯的。「能幫助新思潮的文學該是新浪漫的文學，能引我們到真確人生觀的文學該是新浪漫的文學，不是自然主義的文學，所以今後的新文學運動該是浪漫主義的文學。」談到新浪漫運動在戲曲方面的表現時說，「在英國有新愛爾蘭文人 W.B. Yeats 和 Lady Gregory 和 John Millington Synge 三人。他們這般新浪漫運動的戲曲家是欲使靈肉的感覺一致」。在茅盾看來，「新浪漫主義想綜合的表現人生的企圖」「在戲曲沒有得到大成績」，「大放光明」的是小說創作，「這是羅蘭（Romain Rolland）的新浪漫主義的文學。」〔註34〕沁孤那樣的新浪漫主義戲劇，與「新理想主義」不合，「沒有得到大成績」的評價說明茅盾並沒有真正認識到沁孤劇作的價值。

王向遠談到新浪漫主義時說：「『新浪漫主義』這個漢字詞組是日本文壇對西文 New romanticism 的翻譯。」日本文壇的新浪漫主義與歐洲的 New

---

〔註31〕陶晶孫：《記創造社》，《陶晶孫選集》，北京：人民文學出版社，1995年，第240頁。

〔註32〕郭沫若：《譯後》，《約翰沁孤的戲曲集》，郭鼎堂譯，上海：商務印書館，1926年，第2頁。

〔註33〕潘正文：《沈雁冰提倡「新浪漫主義」新考》，《文學評論》2009年第6期，第129頁。

〔註34〕雁冰：《為新文學研究者進一解》，《改造》1920年9月15日第3卷第1期。

romanticism「詞語相同而含義並不相同」。當「新浪漫主義」這個詞語進入中國後，自身在表述上也出現了差異。「留學日本、通曉日語和日本文壇狀況的作者的文章」裏，「都較明確地把唯美派、象徵派歸為『新浪漫主義』」，如田漢標榜的「新浪漫主義」，實質上就是唯美主義加象徵主義。像茅盾那樣「不太瞭解日本文壇、資料來源主要是西文的作者」，對「新浪漫主義」的解說與日本文壇流行觀點便有所不同，如將唯美派、表象主義（象徵主義）排除在外。〔註35〕郭沫若和田漢都受到了日本廚川白村等人的影響，他們對沁孤的欣賞也表明在「新浪漫主義」理解與接受上的共同性。田漢說：「我看 Neo-Romantic 的劇曲從《沉鐘》起……我們做藝術家的，一面應把人生的黑暗面暴露出來，排斥世間一切虛偽，立定人生的基本。一方面更當引人入於一種藝術的境界，使生活藝術化 Artification，即把人生美化 Beautify 使人家忘現實生活的苦痛而入於一種陶醉法悅渾然一致之境，才能算盡其能事。」田漢談到自己的志向時說：「第一熱心做 Dramatist. 我嘗自署為 A Budding Ibsen in China」，他打算創作的第一個劇本卻是「通過了 Realistic 熔爐的 Neo-Romantic 劇」。〔註36〕茅盾也談到過「藝術的人生觀」的問題：「藝術家是拿藝術品的自身做目的，決不與旁人相干的。我相信混亂的社會，愈有趨向藝術的人生觀的必要。」〔註37〕田漢的「生活藝術化」與茅盾的「藝術的人生觀」有相似之處，側重點卻不盡相同。明確地以肯定的態度將新浪漫主義介紹給國人的，首推田漢；真正欣賞將現實主義與象徵主義融為一爐的沁孤新浪漫主義劇作的，當屬田漢與郭沫若。

　　汪馥泉將沁孤的戲劇思想歸結為五條：

　　（一）在戲劇中，不能不有「真實」，同時，不能不有「喜悅」。

　　（二）崇高而荒暴的自然（又人生），正豐富地包含著喜悅。

　　（三）戲劇底用語，應該是詩味濃厚的。

　　（四）「想像」所攝以養生的滋養分，不能不由戲劇來給與。在這個
　　　　　滋養分中，最重要的是「幽默」。

〔註35〕王向遠：《中日浪漫主義因緣論》，《四川外語學院學報》，1998 年第 3 期，第 1～4 頁。

〔註36〕田漢致郭沫若，《郭沫若全集》文學編第 15 卷，北京：人民文學出版社，1990 年，第 90 頁、第 74 頁。

〔註37〕佩韋（沈雁冰）：《藝術的人生觀》，《學生雜誌》1920 年 8 月 5 日《學生雜誌》第 7 卷第 8 號。

（五）戲劇是一大音樂，既不是教訓的東西，也不是證明的東西。

汪馥泉在文末注明：「本文根據騰田孝真著《沁孤》（岩波講座世界文學第一次配本《迎代作家論》）及昇曙夢等著《近代文學十二講》。」〔註38〕郭沫若的譯介選擇與日本學界對沁孤的關注有沒有關係？這方面的材料尚有待進一步發掘。郭沫若留日期間，正值沁孤流行，日本學者野口米次郎說：「日本人於外國文學中特別喜歡愛爾蘭文學。」〔註39〕郭沫若與日本人對沁孤的喜歡有無共鳴之處？筆者以為郭沫若對沁孤的喜歡以及選擇翻譯沁孤，日本是一架不可忽視的橋樑，這從郭沫若對《聶嫈》創作的敘述中便可窺見一二。

在《創造十年》中，郭沫若談到《聶嫈》的創作時說：「《聶嫈》的寫出自己很得意，而尤其得意的是那第一幕裏面的盲叟。那盲目的流浪藝人所吐露出的情緒是我的心理之最深奧處的表白。但那種心理之得以具象化，卻是受了愛爾蘭作家約翰沁孤的影響。愛爾蘭文學裏面，尤其約翰沁孤的戲曲裏面，有一種普遍的情調，很平淡而又很深湛，頗像秋天的黃昏時在潔淨的山崖下靜靜地流瀉著的清泉。日本的舊文藝裏面所有的一種『物之哀』（mono no aware）頗為相近。這是有點近於虛無的哀愁，然而在那哀愁的底層卻又含蓄有那麼深湛的慈愛。釋迦牟尼捨身飼虎的精神，大約便是由那兒發揮出來的。」〔註40〕「具象化」是心理（情感）的表現方式，「物之哀」是劇作內在的情緒（或者說「呼吸」）。郭沫若將《聶嫈》中的盲叟視為自己「心理之最深奧處的表白」，指的應該是流浪的生涯和對生命易逝而功業未成的嘆息，但這種嘆息並非全是悲傷，其中還有創作的歡欣。

《聶嫈》中的盲叟是一個流浪歌者，以行吟歌唱謀取一份生活。行吟歌唱雖然是為了生活，卻不僅僅是為了生活。戲劇中，盲叟和自己的女兒將所聽所見「編成曲子」，「就和小鳥兒的唱出歌來一樣」，雖是「無心無意」，但「那時候真是再開心沒有的呢」。〔註41〕盲叟的自編自唱，和郭沫若自身的詩歌創作實踐及詩歌觀念非常相似。「於自然流露之中，也自有他自然的諧樂，

〔註38〕汪馥泉：《約翰沁孤的生涯及其作品》，《青年界》1934 年第 6 卷第 3 期，第 39 頁、第 48 頁。

〔註39〕轉引自靳明全：《攻玉論：關於 20 世紀初期中國文人赴日留學的研究》，貴陽：貴州人民出版社，1995 年，第 249 頁。

〔註40〕郭沫若：《創造十年》，《郭沫若全集》文學編第 12 卷，北京：人民文學出版社，1992 年，第 234 頁。

〔註41〕郭沫若：《聶嫈》，《郭沫若全集》文學編第 6 卷，北京：人民文學出版社，1986 年，第 104 頁。

自然的畫意存在，因為情緒自身本是具有音樂與繪畫之二作用故。情緒的呂律，情緒的色彩便是詩。詩的文字便是情緒自身的表現（不是用人力去表示情緒的）。」〔註42〕表現的快樂不能掩蓋被表現對象的哀愁，整體上來說，哀仍然是盲叟的情感基調。以歌唱凸顯劇作哀愁的效果，這是沁孤戲劇常用的手法。

汪馥泉認為沁孤《騎馬下海的人》這部劇作有四個優點，其中第一點是這部「最激情的作品」，同時也是「極寫實的戲劇」，第四點就是：「奏著與內容相一致的強有力的調音的用語（如歌唱悲哀的葬歌），特別顯著地，使這個劇本顯示了效果。」〔註43〕使用「與內容相一致的強有力的調音的用語」也是《聶嫈》的顯著特色，也是《聶嫈》之後郭沫若戲劇創作的主要藝術特色之一。就此而言，沁孤之於郭沫若戲劇創作的重要影響，便是改變了早期歌德詩劇對郭沫若劇作的影響，使得詩體劇向著舞臺劇發展；郭沫若的劇作始終帶有濃鬱的「詩味」的句子，在沁孤的影響之前更重視的是「詩」，此後更為側重的則是「劇」，即舞臺演出的效果。

郭沫若以釋迦牟尼捨身飼虎的精神詮釋沁孤劇作表現出來的哀愁，又將其與日本的物哀相聯繫，從積極的角度詮釋沁孤象徵主義的劇作，這也正是現代作家早期譯介新浪漫主義思潮時所表現出來的共同的價值傾向。作為流浪歌者，《聶嫈》中的盲叟被郭沫若塑造成為一個神經敏感的人，總能從身邊事物中感受人世間的種種悲哀，且思及己身。「我們的生離也就和她們的死別一樣，我們這一次離開，誰個能夠說我們還能有再見的機會呢」〔註44〕這也是物哀的一種具體表現。「物」（mono）是認識感知的對象，「物の哀れ」（翻譯為「物之哀」或「物哀」，mono no aware）就是作為主體的人與物吻合一致時產生的和諧的美感。「物哀」是日本特有的審美意識，指的就是人對外物生發的同情、哀傷、悲嘆、讚頌、愛憐、憐惜等諸多情感。「『物哀』是客觀的對象（物）與主觀感情（哀）一致而產生的一種美的情趣。」〔註45〕提倡人要

〔註42〕郭沫若致宗白華，《郭沫若全集》文學編第 15 卷，北京：人民文學出版社，1990 年，第 47～48 頁。

〔註43〕汪馥泉：《約翰沁孤的生涯及其作品》，《青年界》1934 年第 6 卷第 3 期，第 43 頁。

〔註44〕郭沫若：《聶嫈》，《郭沫若全集》文學編第 6 卷，北京：人民文學出版社，1986 年，第 111 頁。

〔註45〕葉渭渠，唐月梅：《物哀與幽玄：日本人的美意識》，桂林：廣西師範大學出版社，2002 年，第 86 頁。

有一顆敏感的心,「要有女性般的柔軟、柔弱、細膩之心」,「看見美麗的櫻花開放,覺得美麗可愛,這就是知『物之心』,見櫻花之美,從而心生感動,就是『知物哀』。」〔註46〕也就是要能感物所感,能懂得事物的情致,便懂得了物之哀。本居宣長在《紫文要領》中說:「世上萬事萬物,形形色色,不論是目之所及,抑或耳之所聞,抑或身之所觸,都收納於心,加以體味,加以理解,這就是感知『事之心』、感知『物之心』,也就是『知物哀』。」〔註47〕就是人要懂得自然之物的情致。

約翰・沁孤的作品刻畫了一批栩栩如生的愛爾蘭農民與小手藝人的形象,全方位地展現了當時的愛爾蘭社會,曾極大地激發了愛爾蘭人民的愛國情懷。郭沫若敏銳地認識到了這一點,所以他在《創造十年續篇》中說:「我自己在這樣感覺著,只有真正地瞭解得深切的慈悲的人,才能有真切的救世的情緒⋯⋯愛爾蘭人有哀愁的文學,而也富於民族解放的英勇精神,誰能說兩者之間沒有關係呢?日本人在還懂得『物之哀』的時候,他們的國勢是蒸蒸日上的。」〔註48〕在郭沫若的理解中,物哀並非是無為的哀怨,反而帶有積極的奮鬥的精神因素;惟其能夠懂得「物之哀」,故而能夠奮起反抗。救世的情緒未必只是指民族國家之間的矛盾衝突,也可能指的是人與自然之間存在的生存危機。郭沫若對工業化的讚歌,以及他對遠離自然的都市社會的批判,一起構成了他複雜的現代思想體系。沁孤戲劇中表現出來的物哀,可能正如美國環境文學理論家布伊爾指出的那樣,「把我們帶到戶外,除了通過人物的投射性想像以及希臘悲劇風格的信使報告。這種方式所傳達的,遠遠多過用恪守傳統戲劇三一律的方式。無論上述兩種情況中的哪一種,其文本最核心的前提條件,是演示一種特定的生態文化責任。」〔註49〕從前文對郭沫若閱讀、翻譯沁孤戲劇時間的分析來看,在日本閱讀沁孤時優美的自然環境,在上海翻譯沁孤戲劇時喧囂的都市環境,形成了一種鮮明的對比,這種對比因為孩子身心健康等問題,對郭沫若的思想情感觸動頗深,因而沁孤劇作中「演

〔註46〕本居宣長:《代譯序》,《日本物哀》,長春:吉林出版集團有限責任公司,2010年,第3頁、第7頁。

〔註47〕本居宣長:《紫文要領》,《日本物哀》,長春:吉林出版集團有限責任公司,2010年,第66頁。

〔註48〕郭沫若:《創造十年續編》,《郭沫若全集》文學編第12卷,北京:人民文學出版社,1992年,第234～235頁。

〔註49〕〔美〕勞倫斯・布伊爾:《環境批評的未來:環境危機與文學想像》,劉蓓譯,北京:北京大學出版社,2010年,第55頁。

示」的「特定的生態文化責任」，郭沫若或許以自身特別的方式產生了別樣的共鳴，這種共鳴與物哀有關，卻又與物哀不完全相同。

對於「物哀」與民族解放的問題，郭沫若沒有多加解釋，他的理解卻可以視為創造社同人對沁孤接受的基點，郭沫若的好友鄭伯奇沒有從事沁孤的翻譯，他在 1925 年發表的《國民文學論》，與沁孤等代表的愛爾蘭文學運動的影響不無關係。郭沫若、郁達夫、成仿吾、鄭伯奇等長期留日的帝國大學的學生們，精神上受著各種各樣的刺激，對民族國家懷抱的情感反而更為激烈，是以在現代中國文壇上，正是這樣的一群天才的留日學生率先譯介了約翰・沁孤，最早呼籲建設國民文學。

第二節　讀演意識與《騎馬下海的人》的譯語選擇

1904 年 1 月 25 日，Riders to the Sea（《騎馬下海的人》）一劇在都柏林的 Molesworth Hall 首演。這是沁孤創作的第二部劇作，自問世之初便好評如潮。Vintage Books 出版的 The Complete Plays of John M. Synge 談到《騎馬下海的人》（Riders to the Sea）時說，「（這部劇）被認為是沁孤最好的悲劇」（considered one of the finest tragedies ever written）。〔註 50〕沁孤劇作進入中國時，人們一般也都充分肯定了這部劇作的藝術價值。周壽民說：「《騎馬下海的人》是一個成功的作品，從此便建下了辛基不獨在愛爾蘭戲劇的地位，也獲得世界文學的一個位置。批評家都認為這是近代最佳的一篇獨幕劇。」〔註 51〕汪馥泉介紹沁孤時也特別強調《騎馬下海的人》：「這戲劇，一般人承認是沁孤底最大的傑作。」〔註 52〕

諾爾貝文學獎得主希尼也是愛爾蘭人，他非常推崇沁孤，曾寫詩致敬這位前輩：

> 沁孤在《騎馬下海的人》一劇的開場
> 對舞臺做出如下安排：「沿牆擺靠

〔註 50〕 John M. Synge ,*The Complete Plays of John M. Synge*, The Modern Library, Inc. 1935, p1.
〔註 51〕 周壽民：《辛基（J.M.Synge）》，《南大半月刊》1933 年第 8、9 期合刊號，第 7 頁。
〔註 52〕 汪馥泉：《約翰沁孤的生涯及其作品》，《青年界》1934 年第 6 卷第 3 期，第 43 頁。

一些新木板」，在劇末莫莉婭的獨白中

「白木板」一詞，像是潮湧之上

風暴的閃爍，或從鹽水中撈起的材料

做成載書的木筏，一個將要誕生的棺材架。

我想像，我們打起精神迎接第一波抬升，

隨即，在一輕之後，搖搖晃晃地取得平衡。〔註53〕

　　希尼自稱受到沁孤的影響頗多，他的這首詩寫的其實就是沁孤劇作的巨大影響，《騎馬下海的人》一劇中的棺材板被詩人想像成書架，而書架則是文學影響與傳承的象徵。在中國，沁孤此劇的影響也甚為顯著，且已超出了戲劇的範疇。劇作家陳白塵回憶說：「半個世紀以前讀過約翰·沁孤的獨幕劇《騎馬下海的人》，它那悲愴的結尾，使我永難忘懷。」〔註54〕詩人許淇回憶說：「約翰·沁孤（郭沫若譯）的中譯本我也曾讀過，郭沫若翻譯的《約翰·沁孤戲劇集》，其中《騎馬下海的人》那特有的愛爾蘭風情和詩一般的臺詞，也是我散文詩創作的養料。」〔註55〕最早向郭沫若提及沁孤的田漢，也翻譯過這部劇作。《田漢傳》敘及田漢翻譯作品時說：「出版的有莎劇《哈姆雷特》《羅密歐與朱麗葉》，王爾德的《莎樂美》，約翰·沁孤的《騎馬下海的人》及日本劇作家菊池寬、武者小路篤實、秋田雨雀的一些作品。」〔註56〕

　　漢譯者郭沫若對《騎馬下海的人》這部劇作自然也很偏愛。1962 年 6 月，《劇本》月刊第 6 期重新刊發了郭沫若譯的《騎馬下海的人》，郭沫若專門為此寫了《前言》。「這個劇本（《騎馬下海的人》）是三十七年前譯的。《劇本》月刊想重新發表它，讓我看了一遍。我把語句改順了一些。這劇本是平平淡淡的，但你讀完它，總禁不住要使你的眼角發酸。沁孤（1871～1909）本質上是一位詩人，他只活了三十八歲。他的劇本只有六個，大抵都是這樣的情調。素樸，不矜持，但很精練。這似乎是愛爾蘭文學的特色。其所以形成這種特色的原因，我沒有進行過深入的研究。我以前想從階級的分析去說

〔註53〕〔愛爾蘭〕謝默思·希尼（Seamus Heaney）：《書架》，《電燈光》，南寧：廣西人民出版社，2016 年，第 76～77 頁。

〔註54〕陳白塵：《學寫戲》，《中國作家自述》，上海：上海教育出版社，2000 年，第 27 頁。

〔註55〕許淇：《愛爾蘭的後期象徵主義》，《閃光的珍藏：外國散文詩名家名作賞析》，深圳：海天出版社，2015 年，第 79 頁。

〔註56〕田本相、吳衛民、宋寶珍：《響噹噹一粒銅豌豆：田漢傳》，上海：上海古籍出版社，2013 年，第 40 頁。

明它；我相信還是正確的。例如沁孤劇本中所處理的人物，都是下層社會的
人。作者是同情這一階層的，這一階層的生活情調，在他看來好像是一種宿
命性的悲劇。他體會到了這種悲劇，但不知道如何來消滅這種悲劇的根源。
這也就是舊現實主義的侷限性。但他已經走到這兒，就只差得一步。再前進
一步便是反抗統治階級。到了那一步，愛爾蘭的文學是會改變色彩的。現在
的情形是怎樣？可惜我的見聞有限，不知其詳。但我相信灰色的沁孤一定在
變成紅色的沁孤。」〔註57〕《前言》基本是對幾十年前所寫《譯後》的重複，
特別之處在於強調「灰色的沁孤一定在變成紅色的沁孤」，這表明了時代語
境下對《騎馬下海的人》劇作的獨特接受視角。

　　獨幕劇《騎馬下海的人》的經典性及其巨大影響，還體現在劇作理論方
面的論著也多以之作為分析案例。蔡慕暉在《獨幕劇 ABC》中說：「作者必須
用疑問引起觀者的懷疑，然後能捉住他們的注意，注意是造成緊張的基石。」
列舉出來的例子，便是約翰・沁孤的《騎馬下海的人》與《谷中的暗影》，認
為這兩部劇作「都可以說曾得個中的三昧」。〔註58〕張庚在《可以上演的壞劇
本》中，對於舞臺上不失為「成功」的劇本提出了批評，因為這些劇作讓觀眾
感覺到是在「做戲」，而那些從生活出發的偉大的劇本創作卻不會讓讀者產生
這樣的感覺，結尾處列舉出來供人學習的偉大劇本，獨幕劇有兩種，分別是
格黎歌里夫人的《月之初升》與約翰・沁孤的《騎馬下海的人》。〔註59〕格黎
歌里夫人和沁孤都是愛爾蘭劇作家。

一、理想的戲劇翻譯

　　譯事不易，戲劇翻譯尤難。因為戲劇翻譯除了一般文學翻譯需要解決的
問題之外，還需要考慮戲劇的演出問題。Ortrun Zuber-Skerritt 認為，戲劇翻譯
就是「將戲劇文本從一種語言和文化譯為另一種語言和文化，並將翻譯或改
編後的文本搬上舞臺。」〔註60〕也就是說，戲劇翻譯需要考慮譯劇的閱讀和
舞臺演出兩個層面的問題。沒有兩種完全相同的語言，經過翻譯的語句在節
奏和持續時間等方面或多或少都會有所差異，這就對戲劇翻譯的對等問題提

〔註57〕郭沫若：《前言》，《戲劇》月刊 1962 年第 6 期，第 61 頁。
〔註58〕蔡慕暉：《獨幕劇 ABC》，上海：世界書局，1928 年，第 79 頁。
〔註59〕張庚：《可以上演的壞劇本》，《新學識》1937 年 2 月第 1 卷第 2 期。
〔註60〕Ortrun Zuber-Skerritt, O. Towards a Typology of Literary Translation Science: Drama Translation Science, Meta, 1988, 33（4），p 485.

出了更高的要求。「原語文本和舞臺演出文本的節奏和韻律的對等，至少是它們之間的轉換，常被視為優秀譯文必不可少的要素。」〔註61〕對於戲劇來說，舞臺對話中話語的節奏與長度就是舞臺審美與意義生成的構成因素，遺漏了這些因素，翻譯出來的戲劇也就失掉了原劇應有的味道。

　　譯劇需要考慮舞臺上的實際演出，這個問題在現代文學發生期就已得到中國知識分子們的關注。毛文麟在《演劇改革的幾個基本問題》中談到戲劇的翻譯時說：「外國語的對話法，不拘是西洋，是日本，與中國對話法，呼吸大不相同。假使翻譯了的對話，呼吸與中國話不合，那麼文意上便是怎樣傑出的名譯，於實演上全無效用的。英國的 Ibsen 譯本，與德國的譯本比較起來，我們就看得到德譯的本子上，往往有的話是英譯本上所無的。這並不是英國的譯者略去了他自己不懂的原文，只是為了若把這話直譯出來，反與英國話的呼吸不合，故意略去吧〔罷〕了。德國譯呢，因為德國話語原作的那威話相近，照原作的話直譯出來，並不妨礙德國話的呼吸。劇本的翻譯，若非為了供外國語研究用的，那麼只要不傷原作的精神。或應補，或應略，凡是譯語合於中國話的呼吸，就是理想的翻譯。」〔註62〕毛文麟談的主要是戲劇「對話」的翻譯，在「譯本」與「實演」、中外對話法及其呼吸等問題上提出了自己的觀點。簡單地說，便是毛文麟以「實演」為基點，強調「理想」的戲劇翻譯應「合於中國話的呼吸」，譯語中的增刪等皆應為此服務。

　　毛文麟的文章刊登在創造社的機關刊物《創造月刊》上，他的觀點與郭沫若頗為相似。郭沫若談到約翰‧沁孤戲劇的翻譯時說：「我譯他這部戲曲集很感困難的便是在用語上面。」「我們中國的語言是有千差萬別的，究竟該用那一種方言去譯他？」若是單用一種方言，又怕讀者看不懂。最終決定用「一種普通的話來迻譯」，這樣一來，「原書的精神，原書中各種人物的傳神上，恐不免要有大大的失敗了。」「大大的失敗」，這樣的語言使用應是受到了日本語的影響，郭沫若文學語言中的日本因素是一個很值得研究的課題。郭沫若認為，從舞臺演出的角度來說，他的翻譯是「失敗」的，如果要上演的話，

〔註61〕 Pavis, P. *Theatre at the Crossroads of Cultures* [M]. London: Routledge, 1992, p143.
〔註62〕 毛文麟：《演劇改革的幾個基本問題》，《創造月刊》1928 年第 2 卷第 2 期，第 20 頁。

「希望各地方的人再用各地方的方言來翻譯一遍」，這樣一來，「在舞臺上是定可以成功的」。〔註63〕在郭沫若的心目中，理想的譯劇也是以「實演」為旨歸的，不能「實演」的譯劇便不是理想的譯劇。這裡的「實演」，指的是能夠呈現原劇「呼吸」的演出。在毛文麟和郭沫若看來，譯劇呈現原劇「呼吸」的方法並不是照搬外國的「對話法」，而是要使其「合於中國話的呼吸」。在「合於中國話的呼吸」這個問題上，郭沫若比毛文麟說的更為細緻，即中國的語言千差萬別，要想真正地呈現原劇的「呼吸」就應該用各地的方言進行翻譯，而這是「普通的話」所不能實現的。

　　用「普通的話」譯出的劇本是供人閱讀的，「用地方的方言來翻譯」的劇本才是「實演」所需要的。郭沫若談的雖然是戲劇翻譯，卻也是他語言觀的表現。在郭沫若看來，「普通的話」代表的是方便、通行，而蘊涵有生命的內在「呼吸」的則是「方言」。由此審視郭沫若譯著中出現的各種方言詞彙，似乎不宜簡單地將其視為方言強大影響的遺留，而是應該將其視為郭沫若語言運用的主動選擇。郭沫若筆下的方言應該以方言的方式去閱讀，而不能以普通話的標準進行審視。20世紀50年代，在漢語規範化的浪潮中，一些文章中的方言土語被編輯們大加刪改，黃秋雲大發感慨地說：「如此這般，語言倒是完全『規範化』了，既沒有方言土語，也沒有半文不白的詞句了，可是全都乾燥無味，像個癟三……本世紀初葉的著名劇作家約翰・沁孤的用語多是愛爾蘭方言，就非要都把它們改為標準的牛津英語不可了。」〔註64〕中華人民共和國成立後，身居高位的郭沫若自動地對文學創作的語言進行了「規範化」處理，這種「規範化」的處理恰如沁孤戲劇的翻譯，實則是以犧牲作品內在的「呼吸」作為代價的。

二、劇中語氣的翻譯

　　與「呼吸」密切相關的，是「語氣」。有學者認為：「一個句子除了包含結構平面的要素之外，還有語用平面的東西。丟開了語氣，僅僅是詞和詞的組合，不成其為句子。」〔註65〕在這個意義上，「語氣」也就是句子的「呼吸」。

〔註63〕郭鼎堂（郭沫若）：《譯後》，〔愛爾蘭〕約翰・沁孤：《約翰沁孤的戲曲集》，郭鼎堂譯，上海：商務印書館，1926年，第4頁。
〔註64〕黃秋雲：《病梅》，《苔花集》，上海：新文藝出版社，1957年，第36～37頁。
〔註65〕文煉：《詞語之間的搭配關係──語法劄記》，《中國語文》1982年第1期。

郭沫若在《譯後》中特別強調了「語氣」:「我譯用的語氣,只從我們中國人的慣例,很有些地方沒有逐字逐句地照原文死譯的。」〔註66〕不同的語言有不同的語氣,伍光建說他譯書的方法是:「先把一句話的意思明白了以後,然後再融會貫通,顛倒排列,用中國語氣寫出來。」趙景深認為「這是譯書的箴言」。〔註67〕「中國語氣」也就是郭沫若所說的「中國人的慣例」。戲劇翻譯的語氣問題指的絕不只是中國人語言使用的習慣,而是與語言口頭表達的生命體驗等密切相關,有著更為豐富的內容。

郭沫若在《譯後》中所談到的「譯用的語氣」,實際具有兩個層面的含義,即存在著對書面語與口語兩個方面的考量。郭沫若有時候也用「口語氣態」,「例如『孔子者聖人也』,就是『孔子啊聖人呀!』完全是白話。唯以文字固定下去,讀音變更,就失掉了口語氣態,文字與口語逐亦漸次的分開了。」〔註68〕「口語氣態」應該指的就是說話時的口氣,如悔恨、報復、嚴厲、沉著等。話劇《屈原》中,嬋娟有段對話有提示語「語氣轉沉著」,〔註69〕指的便是嬋娟應有的「口語氣態」。此外,「語氣」還被郭沫若用於區分貴族文學與平民文學。「貴族文學與平民文學,從語氣上,可以很清楚的辨別出來。《詩經》《風》《雅》《頌》也是兩種不同的體裁,《雅》《頌》是貴族文學,《國風》便是民間文學。」〔註70〕郭沫若在不同文字裏使用的「語氣」各有細微的差別,《譯後》所用「語氣」究為何意?這是一個很值得探討的問題。

郭沫若不是語法學家,並未詳細探究過「語氣」一詞的概念界定。其實,郭沫若翻譯沁孤的劇作時,國人對於「語氣」的認知和界定普遍地都還很模糊。有研究者指出:「從1898年《馬氏文通》至二十世紀三十年代,語氣研究主要模仿西方,對語氣的定義不太明確」,劉復、趙元任等語法學家們似乎「都把『語氣』當成了共識而不作界定」,同時他們「在模仿西方語法描

〔註66〕郭鼎堂(郭沫若):《譯後》,〔愛爾蘭〕約翰・沁孤:《約翰沁孤的戲曲集》,郭鼎堂譯,上海:商務印書館,1926年,第4頁。

〔註67〕趙景深:《伍光建》,《文人剪影 文人印象》,太原:三晉出版社,2014年,第226頁。

〔註68〕郭沫若:《屈原的藝術與思想》,《郭沫若全集》文學編第19卷,北京:人民文學出版社,1992年,第123頁。

〔註69〕郭沫若:《屈原》,《郭沫若全集》文學編第6卷,北京:人民文學出版社,1986年,第367頁。

〔註70〕郭沫若:《論古代文學》,《郭沫若全集》文學編第19卷,北京:人民文學出版社,1992年,第267頁。

寫漢語語氣的同時，都注意到了兩種語言語氣表達的差異。」〔註71〕新時期以來，國人對「語氣」的界定才逐漸開始擺脫西方的影響而有較為明確的界定。賀陽認為：「語氣（modality）是通過語法形式表達的說話人針對句中命題的主觀意識。」〔註72〕孫汝建對「語氣」與「口氣」進行了區分：「語氣（Modality）是指說話人根據句子的不同用途所採取的說話方式和態度。口氣（tone）是指句子中思想感情色彩的種種表達方法。語氣只有陳述、疑問、祈使、感嘆四種，口氣包括肯定與否定、強調與委婉、活潑與遲疑等等。」〔註73〕如果說「語氣」主要針對的是語言層面，「口氣」針對的則主要是言語的層面。言語層面的「口氣」與方言等因素密切相關，因而使得問題愈加複雜，正如有的學者所指出的那樣：「現代漢語語氣系統嚴格地說，應該分為書面語的語氣系統和口語的語氣系統兩類。口語中語氣的類別很複雜，表達的方式又是多種多樣的，更何況口語中的語氣表達深受方言和土語的影響，其複雜性要遠遠超過書面語中的語氣表達。」〔註74〕不宜將「口氣」與「口語中的語氣」簡單等同，但兩位論者對口語表達複雜性的認識卻是一致的，兩種「語氣」都與舞臺上的「呼吸」密切相關，「口氣」／「口語中的語氣」的處理無疑更為重要，因為其關涉的是劇本在舞臺上的實現。

　　按照孫汝建的概念界定，劇本中所有的對話都有一個「口氣」上的問題。劇本中的「口氣」理解各不相同，舞臺上的表現更是千差萬別，詳盡地探討每一個對話的「口氣」是導演與演員的職責，我們的任務是討論郭沫若翻譯實踐中表現出來的譯者主體在「口氣」處理方面的一些主要特徵。然而，僅從語法的角度提出「口氣」並不是很妥當，因為郭沫若《譯後》所說的「語氣」似乎還包含著「文氣」方面的考慮。「文氣這東西，看是看不出的，聞也聞不到的，唯一領略的方法，似乎就在用口念誦。文章由一個個的文字積累而成，每個文字在念誦時所佔的時間，因情形不同而並不一致。」〔註75〕為了避免在概念上的糾纏，我們在這裡暫且不辨析「文氣」的問題，在敘述中

〔註71〕王飛華：《漢英語氣系統對比研究》，上海：復旦大學出版社，2014年，第5頁。
〔註72〕賀陽：《試論漢語書面語的語氣系統》，《中國人民大學學報》1992年第5期，第59頁。
〔註73〕孫汝建：《語氣和口氣研究》，北京：中國文聯出版社，1999年，第9頁。
〔註74〕齊滬揚：《論現代漢語語氣系統的建立》，《漢語學習》2002年第2期，第11頁。
〔註75〕夏丏尊、葉聖陶：《文章講話》，武漢，湖北人民出版社，1982年，第84頁。

簡單地以「口氣」和「語氣」概括研究的對象。為了便於對比研究，我們選擇的是劇本中反覆出現的一些語句，通過對郭沫若譯語選擇中變與不變因素的分析，探討郭沫若譯劇中的「口氣」或者說「呼吸」的呈現問題。在這裡，我們選擇的是 Riders to the Sea 一劇中與 God 一詞有關的語氣詞的翻譯。中國人感嘆時常說：「哎喲佛」「老天爺呀」「天哪」，這些感嘆詞都與宗教有關，信奉基督教的愛爾蘭人在感慨的時候最常說的便是與 God 有關的詞。

劇本 Riders to the Sea 中，the young priest（年青的牧師）反覆出現，Maurya（毛里亞）和女兒 Cathleen（伽特林）都對年青牧師的話很信任，這表明 Maurya（毛里亞）一家應該是信教的家庭，當他們以帶有 God 這個詞彙的語言表達震驚等語氣的時候，自然與非基督徒的普通人的口氣大不相同，而口中的 God 指的當然是上帝。Riders to the Sea 中帶有 God 一詞的句子共有 24 處，現將原文及郭沫若的對譯按照出現的先後順序羅列如下：

序號	原　　文	郭　　譯
1	God help her	怪可憐的（3）
2	He's got a clean burial by the grace of God	託上帝的福，已經安葬了（2）
3	the Almighty God won't leave her destitute	我們全能的上帝（2）
4	God help us	倒還好
5	a deep grave we'll make him by the grace of God	我們要靠天老爺幫助
6	The blessing of God on you	好，你們請了（2）
7	God spare us	老天爺喲
8	The Son of God forgive us	救命的菩薩
9	God speed you	一路福星（2）
10	God spare his soul	啊
11	God forgive you	啊（2）
12	The Son of God spare us	啊，真可怕
13	God spare him	（未譯）
14	God rest his soul	他升了天了
15	prayed for you, Bartley, to the Almighty God	向著上帝祈禱
16	the Almighty God have mercy on Bartley's soul	威靈赫赫的天老爺
17	by the grace of the Almighty God	多謝天老爺的恩惠

上述所引英語原文來自 The Modern Library, Inc. 1935 出版的 The Complete

Plays of John M. Synge。據上表可知，帶有 God 的 24 處語句中，重複出現的 7 處，其中只有 God speed you 兩次都被譯為「一路福星」，其他重複的語句譯文多少都有所不同。God help her 的前後差異算是最小的，第一次出現時郭沫若譯為「怪可憐的」，第二次譯為「真是可憐」，第三次譯為「可憐」。He's got a clean burial by the grace of God 第一次出現時，郭沫若譯為：「他是託上帝的福，已經安葬了」，第二次譯為：「託天老爺的恩惠，他已經受了安葬了」。含有 the Almighty God won't leave her destitute 的句子第一次出現時，郭沫若譯為：「我們全能的上帝不會使她孤淒得——連一個兒子也不剩著呢」，第二次譯為：「全能的上帝是不肯使你沒剩著一個兒送終的」。The blessing of God on you 第一次出現時，郭沫若譯為：「好，你們請了」，第二次譯為：「菩薩保祐你」。God forgive you 第一次出現時，郭沫若譯為：「啊」，第二次譯為：「噯，你老人家真是沒辦法」。

　　就含有 God 的語句的對譯來說，郭沫若翻譯的特點有三：第一，並不機械對譯，「上帝」「老天爺」「天老爺」「菩薩」都被郭沫若用作 God 的漢譯；第二，長度相同的原文語句，譯文卻長短有別，整體而言比原文更為簡短，即便是句子總體長度相似，也都是將原文中的複雜的長句改譯為幾個短句；第三，感嘆語氣的翻譯弱化了 God 的存在。簡短的譯文，實際上是郭沫若在一些感嘆語氣的翻譯上做了漢化處理。有學者指出：「漢語習慣於整齊的、較短的句式，四字句、七字句較常見；過長的、歐化的句式不如傳統句式流暢。句子中的多音節詞或譯音詞，要盡可能『漢化』……臨別時他親切地說了聲『沙約拉拉』（日語），宜改為：臨別時他親切地說了聲『再見』。」〔註 76〕焦菊隱談到戲劇翻譯時說：「劇本的翻譯者，常常不顧我國語言的語言規律，把人物對話譯得非常生澀，或者用些觀眾極不熟悉的語法和詞彙，或者用些觀眾聽到後半句就忘了前半句那樣長的造句，所以觀眾也是聽不懂的。」〔註 77〕以舞臺演出為旨歸的戲劇翻譯，必然要考慮到「句式流暢」的問題；句式不流暢，舞臺表達生硬，戲劇效果就會大打折扣。郭沫若對含有 God 語句的翻譯，顯然考慮到了漢語的語言規律，有些語句可以譯成中國式的感嘆句，有些卻沒法迴避原文帶有的宗教色彩，故而郭沫若在譯文中保留了「上帝」等對譯。

〔註 76〕沈祥源：《文藝音韻學》，武漢：武漢大學出版社，1998 年，第 126 頁。
〔註 77〕焦菊隱：《焦菊隱文集》第 3 卷，北京：文化藝術出版社，2005 年，第 1 頁。

「上帝」與「老天爺」／「天老爺」／「菩薩」同時出現，這在郭沫若譯《約翰沁孤的戲曲集》中隨處可見，如 In the Shadow of the Glen 一劇的開篇部分，浮浪者對老闆娘說：The Lord have mercy on us all！郭沫若譯為：「哦，菩薩保祐！」在結尾部分，米海爾對丹白克說：God reward you，郭沫若譯為：「上帝保祐你」。〔註78〕郭沫若也是同時使用了「菩薩」和「上帝」。Deirdre of the Sorrows 一劇中有句 The gods send they don't set eyes on her，郭沫若譯為：「菩薩們要不使他們看見她才好。」將 The gods save and keep you kindly 譯為「菩薩保祐你，使你們無災無難。」〔註79〕當 God 首字母採用大寫的形式時，表示上帝，用小寫的形式時表示上帝之外的眾神。綜觀郭沫若譯約翰·沁孤戲劇，無意區別主神與諸神，是以譯文中菩薩與上帝之名混用，給人的感覺比較怪異。郭沫若譯納希（Thomas Nashe）詩 Spring, the sweet Spring, is the year's pleasant king 為「春，甘美之春，一年之中的堯舜」。屠岸批評說：「納希沒有接觸過中國歷史和中國文化，他怎麼可能想到要用『堯舜』來比喻春天呢？」〔註80〕沁孤劇中的人物自然也想不到菩薩。從劇作的實演與接受來看，譯文用「菩薩」也並非不可。菩薩與上帝之名混用，若不是譯者有意以此消弱劇作的宗教色彩，或以此混亂的呼告表現劇中人物的淒苦無助，則只能是粗心大意的亂譯。

將 the blessing of God on you 譯為「你們請了」，「請了」也就是告別的意思。郭沫若的新詩《鳳凰涅槃》中，鳳凰高歌：「身外的一切！／身內的一切！／一切的一切！／請了！請了！」〔註81〕這裡的「請了」，也就是「再見」。以「請了」對譯 The blessing of God on you，除了原文所含的宗教情感外，並無其他不妥。Throw it down quickly, for the Lord knows when she'll be out of it again，郭沫若將其譯為：「你快把那扔一下來，我們不曉得她幾時會

〔註78〕〔愛爾蘭〕約翰·沁孤：《谷中的暗影》，《約翰沁孤的戲曲集》，郭鼎堂譯，上海：商務印書館，1926年，第318頁、340頁。

〔註79〕〔愛爾蘭〕約翰·沁孤：《悲哀之戴黛兒》，《約翰沁孤的戲曲集》，郭鼎堂譯，上海：商務印書館，1926年，第1頁、第4頁。

〔註80〕屠岸：《橫看成嶺側成峰——關於詩歌翻譯答香港〈詩雙月刊〉王偉明先生問》，海岸編選《中西詩歌翻譯百年論集》，上海：上海外語教育出版社，2007年，第397頁。

〔註81〕郭沫若：《鳳凰涅槃》，《郭沫若全集》文學編第1卷，北京：人民文學出版社，1982年，第41頁。

轉來的。」〔註82〕郭沫若沒有用「主」或「上帝」對譯 Lord，而是以「我們不曉得」意譯「天曉得」／「上帝曉得」。Lord 即 God，Lord knows 直譯便是「上帝知道」，中國人習慣說的則是「天知道」。「上帝」與「天」，本來都是中國原有的宗教信仰詞彙。當基督教用「上帝」對譯 God 後，慢慢地「上帝」就變成了基督教的專名。對於信教者來說，呼上帝之名，還是省略上帝之名，很多時候是信仰之有無的表現。

就《騎馬下海的人》的漢譯而言，原文宗教色彩的弱化，是郭沫若譯文的顯著特點，其主要表現有二：第一，譯文省略 God；第二，用「老天爺」、「菩薩」等東方神對譯 God。「老天爺」和「天老爺」兩個詞都在郭沫若的創作中出現過，相比較而言，使用「老天爺」的次數比較少，在人民文學出版社出版的郭沫若全集中，只出現過 8 次，其中第 17 卷就用到了 4 次。郭沫若在《人民詩人屈原》中談到《哀郢》時，認為《哀郢》開頭所說「皇天」就是「老天爺」。〔註83〕郭沫若曾用白話翻譯《詩經·小雅·巷伯》中的這段文字：「彼譖人者，誰適與謀？取彼譖人，投畀豺虎！豺虎不食，投畀有北！有北不受，投畀有昊！」〔註84〕郭沫若的白話譯文為：「你這個壞蛋！誰給你出的主意？捉住這個壞蛋餵虎狼，虎狼都不吃，把他趕到北極圈去，北極不留他，就把他交給老天爺，愛怎麼發落就怎麼發落！」並說：「我們今天是不相信『老天爺』了，今天的老天爺就是咱們人民！」〔註85〕「昊」指的就是「皇天」，劉毓慶、李蹊將其解為「上天」，郭沫若將其譯為「老天爺」，更為口語化大眾化，也是中國底層人民常用的口頭語。

「天老爺」在《郭沫若全集》中共出現過 21 次。「天老爺」與「老天爺」的使用概率大約是三比一。郭沫若對「老天爺」和「天老爺」兩個詞的使用情況，在《騎馬下海的人》譯文中也有相應的體現。郭沫若在譯文中用了三次「天老爺」，一次「老天爺」，兩個詞的使用概率也是三比一。翻譯固然是譯者尋找並確立自身話語的方式和途徑，同時翻譯也必然體現著譯者自身語言

〔註82〕〔愛爾蘭〕約翰·沁孤：《約翰沁孤的戲曲集》，郭鼎堂譯，上海：商務印書館，1926 年，第 4 頁。

〔註83〕郭沫若：《人民詩人屈原》，《郭沫若全集》文學編第 17 卷，北京：人民文學出版社，1989 年，第 234 頁。

〔註84〕劉毓慶、李蹊譯注：《巷伯》，《詩經》，北京：中華書局，2014 年，第 537 頁。

〔註85〕郭沫若：《關於紅專問題及其他》，《郭沫若全集》文學編第 17 卷，北京：人民文學出版社，1989 年，第 274 頁。

運用的習慣，「老天爺」和「天老爺」兩個詞的使用便是一個例證。

作為一個失去了六位男性親屬（丈夫、兒子）的老婦人，她內心的悲痛可想而知。原文中的毛里亞提及 God 時，總是不忘記 Almighty、mercy 和 grace 等修飾詞，這是一個虔誠的信教者，悲苦的人生令人哀傷，卻並不埋怨，這也就是郭沫若所說的在沁孤的劇中呈現出來的「物の哀れ」的意味。不信教且帶有強烈叛逆精神的郭沫若，理解毛里亞的精神，卻難以接受，故而譯文也就對原文稍稍作了修正，主要表現有二：第一，譯文除了省略 God 之外，還對 God 的修飾詞進行了刪減，如將 Cathleen 對 Maurya 連續兩次說的 God forgive you 譯為「啊，我的老人家」和「噯，你老人家真是沒法」，〔註86〕完全略掉了原文中感嘆語氣中的宗教色彩；第二，郭沫若的譯文強化了劇中人物呼天搶地的情感表達，這也與郭沫若一貫的創作激情相符，劇末 He have mercy on my soul，郭沫若譯為「天老爺喲，請你也保祐我的靈魂」，「天老爺喲」這個呼告便是添譯。通過添加與省略，郭沫若譯文實際上在某種程度上改變了原劇中的語氣，「灰色的沁孤」雖然沒有變成「紅色的沁孤」，卻已經滲入了郭沫若的精神。

三、「普通的話」與方言

郭沫若在《譯後》中說，要用「一種普通的話來迻譯」沁孤的劇作，這「普通的話」並非就是中華人民共和國成立以來所說的「普通話」，兩者在本質上是一致的。「新中國成立以後，由於國家和民族的高度統一，由於政治、經濟和文化發展的需要，對在歷史發展過程中自然形成的民族共同語進一步提出了全面的規範化的要求，並正式採納了清末民初作為『國語』俗名使用的『普通話』來稱呼它。」〔註87〕由此可見，「普通話」便是「國語」的俗稱，郭沫若所說的「普通的話」也就是「國語」。在《流沙》中，郭沫若這樣敘述南昌起義失敗後在流沙找嚮導的事情：「魁梧的一位，自命為能懂廣府話，也能懂普通話，我們的話他是聽懂了。」〔註88〕這裡所說的「普

〔註86〕〔愛爾蘭〕約翰·沁孤：《約翰沁孤的戲曲集》，郭鼎堂譯，上海：商務印書館，1926 年，第 308 頁。

〔註87〕北京大學中文系現代漢語教研室編：《現代漢語》，北京：商務印書館，1993年，第 4 頁。

〔註88〕郭沫若：《流沙》，《郭沫若全集》第 13 卷，北京：人民文學出版社，1992 年，第 250 頁。

通話」，自然也就是「國語」。在《由日本回來了》中，郭沫若寫道：「吃早餐時，會普通話的廣東女士走來報告……上臺時備受熱烈的鼓掌歡迎，下臺時卻沒有人鼓掌。大約因為聽的多是廣東人，不懂普通話的原故吧。」〔註89〕《流沙》和《由日本回來了》兩篇文章所敘故事，皆發生在郭沫若翻譯沁孤戲劇之後，對於自小在外求學的郭沫若來說，方言與普通話的區別自然並不陌生，翻譯沁孤戲劇時提出的方言與普通話的問題，絕對是有感而發，表明郭沫若當時對「國語」與「方言」有過深切的體驗與思考。筆者摘引《流沙》與《由日本回來了》兩文中的句子，乃是因為其中提到的案例恰好能說明郭沫若譯劇語言的選擇策略。戲劇的翻譯，無論是為了閱讀還是實演，首先需要的是人能懂，聽得懂看得懂乃是交流的基礎，郭沫若選擇普通話進行翻譯是為了能讓更多的人讀懂；其次，普通話的普通乃是相對方言而言，並不是所有人都懂得普通話，因此選擇普通話進行翻譯就是選擇了懂得普通話的讀者；再次，普通話不像方言那樣帶有言說者的生命體驗，無論說者還是聽者往往都不能起到方言交流的效果。老鄉見老鄉兩眼淚汪汪，前提便是方言交流帶給交談者一種生命體驗上的共鳴。

國語運動雖然早已有之，但在中華人民共和國成立前，文學國語仍然是一個較為模糊的存在，在文學翻譯領域尤其如此。一些譯作語言上的差異，表面上看是譯者自身語言偏好所致，實質上卻根源於譯者對國語的理解和追求各不相同。《騎馬下海的人》中，開幕時 Nora 從外面回來，Cathleen 正在家中紡織。劇本提示：Spinning the wheel rapidly，郭沫若譯為：「迅速地紡著車」，涂序瑄譯為：「速轉著車輪」。〔註90〕Wheel 是車輪的意思，涂序瑄的翻譯是直譯，郭沫若的翻譯則是意譯。放在具體的語境中，兩位譯者的翻譯都能讓人懂。至於誰的更確切，卻需要看 Cathleen 所用的是哪一種類型的紡車。在沒有舞臺實物作為背景的情況下，顯然郭沫若的翻譯更好些。「紡著車」就是紡織的意思，「轉著車輪」卻不一定是紡織；劇本沒有其他的提示語，在表達的清晰明確方面，涂譯不如郭譯。

譯文中有些語句郭沫若可能覺得是普通的話，對於今天的讀者來說，可

〔註89〕郭沫若：《由日本回來了》，《郭沫若全集》第 13 卷，北京：人民文學出版社，
　　　　1992 年，第 425 頁。
〔註90〕〔愛爾蘭〕莘谷：《海葬》，《愛爾蘭名劇選》，涂序瑄譯，上海：中華書局，
　　　　1927 年，第 3 頁。

能覺得更像是方言，比如「把來」。「把來」這個詞頻繁地出現在《騎馬下海的人》譯文中，如「把來放進灶旁的烘爐裏」「等我把來放在炭樓上」「我們把來藏在這只角上罷」「你把給我罷」等，這裡的「把」就是「拿」的意思，《朱子語類・卷九・論知行》就用過這個詞：「須是自把來橫看豎看，盡入深，盡有在。」郭沫若譯語中多文言詞，《騎馬下海的人》中如「授繩」「安葬」「窺伺」等，數量詞的運用如「襯衫一襲，襪一隻」等，有些文言字詞被白話文繼承了下來，有些字詞慢慢被淘汰了。從普通話自身發展的角度來看，郭沫若的譯語帶有明顯的國語運動時期語言的試驗色彩，如「把來」，郭沫若在譯文中也使用「拿」。「把」與「拿」並用，這在某種程度上使譯語顯得豐富。郭沫若的本意應不在此，更像是源自對英語原文不同語詞的對譯：「把來」對譯 put 與 throw，「拿」對譯 take。郭沫若譯語中區別使用「把來」與「拿來」，究竟是自創，還是受了學校教育的影響，這個問題尚有待進一步考證，他的努力卻與白話文追求的更嚴密的表達相一致，只是普通話的發展最終取消了「把來」與「拿來」的區分，「拿來」越來越流行，「把來」逐漸退出了日常書寫。

有意識地追求語詞的區別使用，體現了郭沫若自身對普通話的現代性想像與追求，這種追求固然可以歸因於英漢對譯。與其他的漢譯者進行比較，可知對譯時有意識地區別使用漢語詞彙乃是譯者個體的追求，並不具有普遍性。郭沫若的文學翻譯，正如其文學創作，有時候非常自由散漫，顯得粗糙不精緻。就《騎馬下海的人》的翻譯而言，譯語詞彙的區別性使用卻充分顯示了一位譯者的細膩，以及對語言表達準確性的追求，這不僅體現在 put 與 take 的對譯處理上，在 cry 與 keen 等語詞的對譯上也有明顯的體現。

原文	頻次	郭沫若所用譯詞
keen	8	哭、啜泣、哭、哭、哭、痛哭、號哭、哭聲
cry	12	傷心、哭、叫、叫、叫、叫、哭、叫、喊、哭、號、號哭

郭沫若將 crying and keening 譯為「號哭」，將 crying and lamenting 譯為「傷心」，沒有將詞組譯得複雜化，而是通過譯詞的變化顯示原文詞組包含的特別的情感。郭沫若將 cry out 分別譯為叫、喊、號，將 keening softly 分別譯為啜泣、低聲地哭，這種區別對譯便是用中國話的語氣呈現原劇呼吸的一種努力。有些區別性的對譯容易被接受，如 cry 和 keen 的對譯，有些則不容易被接受，如 put 的對譯，郭沫若在譯詞選擇方面進行的探索很有意義，有助於實現現代漢語表達的豐富多樣，隨著郭沫若所選用的一些譯詞逐漸退

出了歷史的舞臺，遂使譯者的探索也湮沒在歷史的煙塵之中，一些輕率的研究者據以斷定譯者譯詞選用粗糙不能吻合語言演進的潮流，從而抹殺了譯者郭沫若通過翻譯探索文學漢語現代性可能之途徑的意義。胡適談到自己的新詩創作時說：「自古成功在嘗試！」〔註91〕現代文學語言正是因眾多探索者不懈努力，方能日漸豐富起來，而不是日益乾癟粗糙下去。

郭沫若在戲劇的翻譯中，雖然為了方便更多讀者的閱讀，因而採用了普通的語言進行翻譯，而不是方言，方言卻時不時地出現在郭沫若的筆下，如「泡發了」「死結搭」。這些不時地跳出來的口語方言，並非不能在普通的語言中找到相應的表述方式，只能說明在翻譯實踐中郭沫若自動選取了方言的表達，以便更好地呈現原劇作內在的「呼吸」。在《悲哀之戴黛兒》一劇中，康秋坡對戴黛兒說：「我是再沒有說過白話的。」〔註92〕原文是：you may take the word of a man has no lies。直譯就是：你可以聽信一個不說謊的人的話。郭沫若將 has no lies 譯為「再沒有說過白話」，「白話」一詞是方言。郭沫若小說《紅瓜》中，父親和孩子之間有這樣一段對話：和兒說：「媽媽談白話，說到古湯去了。」「不是白話呢，我真個到古湯去了來，此刻才從那兒轉來的。」〔註93〕小說《亭子間中》，有這樣一段：剝胡桃的妻子對兩個孩子誇說胡桃好吃，兩個孩子同時大叫：「白話！」〔註94〕這兩段文字中的「白話」是方言，意思就是說瞎話。四川方言中的「白」可以跟許多字搭配，用來表示一些特別的意思，如徹底失敗、什麼都沒有了叫「洗白」，此外還有說白（穿）了、日白（吹牛、撒謊）等。方言和普通話，在意思的表達上沒有根本的差別，對於某一種方言區內長大的人來說，方言的聲調語氣有一種特別的情調，這是字典中的意義解釋所不能夠說清楚的部分，而這部分正是語言中最有魅力讓人著迷的因素。「會把身子攪壞呢」「等我把來放在炭樓上」「把炭把下」「老人家說到一件事情連山疊水的儘管說」「那就千切不要提起」，這些話都帶有方言意味。有些話，是非用方言表達就讓人覺得不夠味道。如

〔註91〕胡適：《自序》，《嘗試集——附〈去國集〉》，合肥：安徽教育出版社，2006年，第 26 頁。

〔註92〕〔愛爾蘭〕約翰·沁孤：《悲哀之戴黛兒》，《約翰沁孤的戲曲集》，郭鼎堂譯，上海：商務印書館，1926年，第 4 頁、第 15 頁、第 12 頁。

〔註93〕郭沫若：《紅瓜》，《郭沫若全集》文學編第 9 卷，北京：人民文學出版社，1985年，第 375 頁。

〔註94〕郭沫若：《亭子間中》，《郭沫若全集》文學編第 9 卷，北京：人民文學出版社，1985 年，第 391 頁。

《The Tinker's Wedding》中瑪利說:「無論你走到啥地方去」,〔註95〕這一句譯文中的「啥」,定要用四川話讀出來才夠味。然而,正如郭沫若所說:「我們中國的語言是有千差萬別的」,究竟該用哪種方言翻譯,這是很費思量的一件事情。從譯者的角度來說,自然是小時候熟悉的方言用來最方便,表達也更到位,然而在上海灘上開始自己輝煌文學事業的郭沫若,同時也知道遙遠的四川並沒有多少讀者。對於自己來說,四川方言的運用可能會給劇本增香添色,對於上海、北京這樣的文化中心來說,卻並不見得就是受歡迎的選擇。

郭沫若少時出川,十年海外留學生涯,多年上海灘上奮鬥的經歷,使得郭沫若對於不少地方的語言都有了相當的瞭解,語言的融合使用在翻譯中也就自然表現出來。在《Deirdre of the Sorrows》中,羅華香對前來借宿的南熹說:「不會幫你去弔小姑娘的膀子的」,原文是:I wouldn't put you tracking a young girl。Track 是追求、追尋的意思,tracking a young girl 就是追求年青的女孩子。郭沫若譯為「弔小姑娘的膀子」,強化了原文中包含的批評意味。魯迅曾在《新秋雜識(三)》中談到「弔膀子」時說:「『弔膀子』呢,我自己就不懂那語源,但據老於上海者說,這是因西洋人的男女挽臂同行而來的,引申為誘惑或追求異性的意思。弔者,掛也,亦即相挾持。」〔註96〕也就是說,「弔膀子」是上海流行起來的話語,雖然《官場現形記》中也出現過「弔膀子」一詞,指的還是練武術的人練習臂力,不是追求異性的意思。

四、指示詞的翻譯

沁孤在《騎馬下海的人》一劇中並沒有花費筆墨介紹自然環境,欣賞《騎馬下海的人》一劇的人卻都會強調劇中環境因素的重要性。「大海的濤聲,作為客觀世界的象徵物,一直貫穿全劇。」音響成了客觀世界的代表,「人類與自然界的不息鬥爭,在劇中化成人氣與濤聲的撞擊,音響完全成為作品中的有機因素,推動劇情向前發展。」〔註97〕對此,THE NORTH-CHINA DAILY

〔註95〕〔愛爾蘭〕約翰·沁孤:《補鍋匠的婚禮》,《約翰沁孤的戲曲集》,郭鼎堂譯,上海:商務印書館,1926 年,第 200 頁。

〔註96〕魯迅:《新秋雜識(三)》,《魯迅全集》第 5 卷,北京:人民文學出版社,2005 年,第 320 頁。

〔註97〕張先、武亞軍:《戲劇文學專業考試指南》,北京:中國廣播電視出版社,2004 年,第 216 頁。

NEWS 上的一段評論談得非常到位：A one-act play considers none of these things. It may be written for a theatre as small as the Little, or the Abbey, or the small church that houses the Grand Guignol in Paris. It has no need to open on a situation: its business is to build up a situation. It need have no outward action: it can be a three-act play in miniature if it likes, or the dramatist can free himself entirely from the three-act structure and use the freedom of his single act to record for us a single phase of thought.〔註98〕為了考慮舞臺演出，譯者不能不考慮舞臺上必有而劇本中卻並不很明顯的一些因素。

　　沁孤的劇作建構舞臺情景（to build up a situation）的方式，極為簡潔，不用細膩的場景描述，而是以指示詞的方式將指示給人們有這樣的場景（背景）。Keir Elam 強調戲劇創作中指示語的地位非常重要：「指示語對於戲劇來說非常重要，它是戲劇語言傳遞的基本方法，如表示說話者和聽話者的人稱代詞『我』『我們』『你』『你們』；表示時間和空間的副詞『這裡』『那裡』和『現在』『那時』；表示事物的『這』『這些』和『那』『那些』等。在戲劇中，指示語無論在數量上還是功能上都是最重要的語言特點。」〔註99〕在沁孤戲劇的翻譯過程中，郭沫若對原劇指示詞的翻譯改動甚多，郭沫若說他努力地使其譯文「合於中國話的呼吸」，這一點在指示語的翻譯上表現至為明顯。

　　劇中，姐姐問妹妹諾那：Tell me is herself coming, Nora？郭沫若譯為：「諾那，不是媽媽回來了嗎？」改動主要有兩點：第一，以親屬關係的稱呼語對譯人稱代詞，如將 herself 譯為「媽媽」；第二，嵌在句中的人名前置，這在人名後置帶問號的句子的翻譯中最為常見。通過上述改動，譯句更「合於中國話的呼吸」，譯文中有許多類似的改動。

　　以親屬關係的稱呼語對譯人稱代詞的，如開幕時諾那說的第一句話：Where is she？郭沫若譯 she 為「媽媽」。提示語的翻譯改動，無形中也更改了劇中的語氣。諾那接著說：We're to find out if it's Michael's they are, some time herself will be down looking by the sea。郭沫若將其譯為：「我們應當看看這到底是不是米海爾哥哥的，媽媽是時常要走到海邊去看的。」「哥哥」是添譯，

〔註98〕 *"THE SHADOW OF THE GLEN": A One-act Play of Action by J. M. Synge*, THE NORTH-CHINA DAILY NEWS, 1924 年 10 月 3 日。

〔註99〕 Keir Elam. *The Semiotics of Theatre and Drama*. London: Routledge, 2002. p140.

herself 被譯為「媽媽」。添譯和改動式對譯的結果，使得劇中人物的對話帶有了較為明顯的恭敬的氣息。在英語世界裏，兄弟姐妹之間，甚或父子母女之間，都可以直呼其名；在中國，小對大、幼對長一般不能直呼姓名，即便是在姓名後面加上輩分稱呼也意味著不恭敬。郭沫若翻譯時，沒有處處按照中國的習慣讓諾那言必稱哥哥、姐姐和媽媽，而是對相關的指示詞盡可能地做了添譯和改譯。諾那：*Giving him a rope.—Is that it, Bartley？*郭沫若將其譯為：「（授繩於巴特里）哥哥，是這不是？」〔註100〕將提示語中的 him 譯成人名「巴特里」，將對話中的 Bartley 改譯為「哥哥」，這些地方都是郭沫若按照中國人的對話習慣所做的翻譯選擇。

如果說人名與人稱代詞的翻譯變化主要是考慮到長幼尊卑的文化特質，那麼有些指示詞的翻譯置換則充分顯示了譯者主體自身的思想傾向。劇中，毛里亞對兩個女兒說：In the big world the old people do be leaving things after them for their sons and children, but in this place it is the young men do be leaving things behind for them that do be old。郭沫若將其譯為：「世間上是老人家給他們的兒孫留些東西死去的，我們家裏，噯，卻是年青人給老年人留些東西先死去了。」〔註101〕原文中 the big world 指的應該是愛爾蘭本島，而 in this place 指的則是劇本開首 Scene 所介紹的 an Island off the West of Ireland。愛爾蘭本島雖然也是一個島，相對來說卻很大，是一個 big world。郭沫若的翻譯，弱化了原文中的地方色彩，強化了「世間」與「自家」的對照。

郭沫若自言《聶嫈》的創作便是受到了沁孤戲劇的影響，沁孤戲劇譯完後不久即創作完成的《聶嫈》，直接將人民生活的困苦歸罪於統治者。「你們假如曉得如今天下年年都在戰亂，就是因為有了國王，你們假如曉得韓國人窮得只能吃豆飯藜羹，就是因為有了國王，那你們便可以不用問我了。我們生下地來同是一樣的人，但是做苦工的永遠做著苦工，不做苦工的偏有些人在我們的頭上深居高拱。我們的血汗成了他們的錢財，我們的生命成了他們的玩具。」〔註102〕河上肇著作的翻譯，使郭沫若的思想逐漸轉向了馬克思主

〔註100〕〔愛爾蘭〕約翰·沁孤：《約翰沁孤的戲曲集》，郭鼎堂譯，上海：商務印書館，1926 年，第 296～299 頁。

〔註101〕〔愛爾蘭〕約翰·沁孤：《約翰沁孤的戲曲集》，郭鼎堂譯，上海：商務印書館，1926 年，第 303 頁。

〔註102〕郭沫若：《聶嫈》，《郭沫若劇作集》第 1 卷，北京：中國戲劇出版社，1982 年，第 186 頁。

義，他對於窮苦人的淒慘生活有了新的剖析視角，不會也不願像沁孤那樣純粹從人與自然的角度進行詮釋。指示語翻譯的改變，正是譯者郭沫若自身社會思考的不自覺的呈現。郭沫若的譯劇與沁孤的原作存在某種審美張力，沁孤的劇作在現代文壇頗受推崇卻並不流行，或可由這種審美的張力得到一些解釋。

第三節　郭沫若譯《爭鬥》與工人罷工的舞臺呈現

　　1915 年，陳獨秀在《現代歐洲文藝史譚》中就提到了英國劇作家王爾德、高爾斯華綏等，並認為「現代歐洲文壇第一推重者，厥唯劇本，詩與小說退居第二流。」〔註103〕1920 年代，鄭振鐸在《文學大綱》中介紹劇作家高爾斯華綏時說：「他表滿腔的同情於被壓迫、被侮辱的下層階級。他寫的是寫實的劇本，他表現於舞臺上的是人物與人物之間的衝突、階級與階級間的鬥爭、窮人與富人之對抗。他的劇本的重要不在他的藝術的能力，而在他的道德的與倫理的力量與見解及為下層階級張目、求公平之一方面，如他的有名著作《銀匣》（The Silver Box）、《爭鬥》（Strife）、《公平》（Justice）是如此。」〔註104〕站在受壓迫的窮人一邊，這是國人譯介高爾斯華綏時的共識，因此高爾斯華綏的譯介也吻合了「五四」以來新文學窮愁敘事的傳統。

　　趙三在《高斯華綏及其作品》中說：「他的作品中交織著紳士，法官，上流人。同時，也交織著下層社會的生活，在活地獄中的工人，苦力，和貧民。他自己站在這一群被壓迫的民眾一邊，同情，憐憫，代他們向一切已成的組織與偶像抗議，他反對一切對人類的壓迫，束縛，和不公平的待遇。因此，他就得到了社會主義者的嘉號。不過，他那英國紳士的習慣，和他那藝術家的特性又叫他不承認這種說法。」〔註105〕如何認識高爾斯華綏作品中的「社會主義者」與「英國紳士」的印記，這也就分出了國人對高爾斯華綏譯介和接受的不同態度與陣營。

　　早於郭沫若在泰東圖書局工作的王靖曾在《新的小說》（1920 年第 2 卷

〔註103〕陳獨秀：《現代歐洲文藝史譚》，《青年雜誌》1915 年第 1 卷第 3～4 期，第 3 頁。

〔註104〕鄭振鐸：《文學大綱（近代卷）》，長春：時代文藝出版社，2010 年，第 341 頁。

〔註105〕趙三：《高斯華綏及其作品》，《國聞週報》1932 年第 9 卷第 49 期，第 2 頁。

第 2 期）上發表自己翻譯的高爾斯華綏的小說《瘋語》，又在《文學旬刊》
（1921 年第 14 期）上發表《高爾士委士的短篇小說〈覺悟〉的評賞》，給高
爾斯華綏以很高的評價：「高爾士委士是英國當代第一流大文豪，精於小說
與戲劇。我讀他的小說，覺得他的風格與眾不同，都充滿著一種不可掩蔽的
清爽與真誠的美，而且又流動又精密；讀他的作品，彷彿接觸著他文學內部
的生命衝動與寬厚的感覺，留著一種不磨滅的印象。」王靖對高爾斯華綏小
說創作的評價很到位，可惜沒有談及戲劇創作。

　　高爾斯華綏的作品在中國被大量翻譯和廣泛流行，是在 1920 年代中後
期和 1930 年代，正值革命文學和左翼文學思潮風起雲湧的時期。階級的鬥
爭、窮人與富人間的對抗，正是那一階段中國文壇最熱衷的表現主題，為
下層階級張目則是左翼文學的內在追求。鄭振鐸列舉的高爾斯華綏的三部
劇作：《銀匣》（The Silver Box）、《爭鬥》（Strife）、《公平》（Justice），最先
都被郭沫若譯成中文。The Silver Box 郭沫若譯為《銀匣》，1927 年由創造
社出版部初版；Strife 郭沫若譯為《爭鬥》，1926 年由商務印書館初版；
Justice 郭沫若譯為《法網》，1927 年由創造社出版部初版。郭沫若曾譯此
劇名為《正義》，後正式翻譯時則定名為《法網》。《正義》的譯名見於郭沫
若 1926 年 1 月為《爭鬥》撰寫的《序》，這個譯名我以為可能是受到了郁
達夫的影響。郁達夫在 1923 年 6 月 17 日撰寫的《藝術與國家》一文中寫
道：「我們讀到於俄（Victor Hugo）的《哀史》（Les Miserables），和告兒斯
渥西（John Galsworthy）的戲劇《正義》（Justice），就可以知道國家的法律
和法律所標榜的正義為何物了。」〔註 106〕後來，《正義》這一譯名又為方
安、史國綱等人使用。鄭振鐸《文學大綱》的寫作與出版，和郭沫若所譯
高爾斯華綏劇本，時間上非常相近，如果兩個人所使用的劇本譯名不存在
相互影響借鑒，那麼就是《銀匣》和《爭鬥》的翻譯取名不約而同，出現
了驚人的巧合。

　　鄭振鐸在《文學大綱》中並沒有花費筆墨介紹高爾斯華綏的生平，郭沫若
在為《爭鬥》撰寫的《序》中只簡單地介紹說：「戈斯華士（John Galsworthy）
是英國現存作家之一。他生於一八六七年。他在文學上活動的範圍甚廣，
詩、小說、戲劇均所擅長，他自己曾經有首詩叫著《靈魂》（The Soul），說

〔註 106〕郁達夫：《藝術與國家》，《創造週報》1923 年 6 月 23 日第 7 號。

他自己的靈魂如像天空，如像海洋，如像春天，如像市鎮一樣，這的確的他自己的一個寫照。」〔註107〕1930年代的中國，高爾斯華綏已為國內讀者「熟識」，可是對於他生平的介紹文字，委實並不多，國人所關注的，是他劇作的思想。高爾斯華綏在劇作中表現出來的階級鬥爭主體，滿足了左翼文學家們的迫切需求。1936年，向培良譯介高爾斯華綏時說：「十九世紀末年到二十世紀初，英國的戲劇，一時呈現異常發皇的氣象⋯⋯而蕭伯納及高爾斯華綏（John Galsworthy）兩人，更為國人所最熟悉，兩人對於人生的態度頗有近似處，同為反抗社會不懈的戰士。」〔註108〕「一個戰士」，這是向培良譯介高爾斯華綏時特別強調的一點：「高斯華綏的劇本裏面，卻並沒有什麼陰慘的氣息，因為他是一個戰士，所以覺得一切困難和不合理都不過只是一種障礙罷了。他似乎把攻擊的目標都放在社會和制度上，而對於人性的本原，卻認為是有良好的成分隱在那後面。」〔註109〕1937年，謝煥邦在為自己翻譯的《爭鬥》撰寫的《小引》中寫道：「英國現代著名社會劇作家高爾斯華綏（John Galsworthy），生於一八六七年，卒於一九三三年。他的作品在國內已有不少譯本，諸如《銀匣》《法網》都是早已介紹過來了的。所以，他對於國內讀者，已經很相熟識，用不著我來嘮叨了。」〔註110〕被謝煥邦點出的《銀匣》《法網》，劇作譯名顯然都來自郭沫若。然而，有意思的是，他明知道郭沫若最先翻譯的是《爭鬥》，卻隻字不提，這就有點兒故意撇開郭沫若，避免談及自己譯本和郭沫若譯本的優劣等比較問題。

　　高爾斯華綏與美國左翼作家辛克萊在中國的漢譯軌跡非常相似，都是在革命文化興起的潮流中湧入中國，為國人所知，且一度成為了左翼文化模仿崇拜的對象。「在近代戲劇中，高爾斯華綏站著很重要而又特異的位置，他和過去與現和〔在〕主要的戲劇家自有其親和力，這是實在的；他的自然主義的技術是與易卜生的相近；他的論理的熱忱又和蕭伯納相同；在他之注意社會的苦痛與病態上又和白理歐相像。但是他的藝術的主要的特質，卻並不是

〔註107〕郭沫若：《序》，〔英〕高爾斯華綏：《爭鬥》，郭沫若譯，上海：商務印書館，1926年，第1頁。

〔註108〕向培良：《序》，《逃亡》，上海：上海商務印書館，1936年，第1頁。

〔註109〕向培良：《高斯華綏的〈逃亡〉》，《商務印書館出版週刊》1937年第240期，第13頁。

〔註110〕謝煥邦：《小引》，〔英〕高爾斯華綏：《爭鬥》，謝煥邦譯，上海：啟明書局，1937年，第1頁。

借來的。」〔註111〕陳瘦竹也認為高爾斯華綏的戲劇在藝術上「獨樹一幟」，「不像蕭伯納那樣宣傳社會主義，亦不像巴雷一樣走入幻想夢境。」〔註112〕進入 1930 年代後，由於作家自身及其他方面的一些原因，兩位英語作家在華都失掉了先前的那種耀眼的光環。有中國學者認為：「高爾斯華綏於 1932 年獲得諾爾貝文學獎，1933 年去世，其戲劇創作被關注的程度得到了加強。」〔註113〕這種分析不確。最初熱情譯介高爾斯華綏的大都是左翼知識分子，他們對高爾斯華綏的獲獎並不滿意，一些談及高爾斯華綏獲獎的文字不是讚譽，而是批評。如果僅從文章的數量來看，可以說是依然「被關注」，但是具體到文章的內容，這種「關注」的背後實際卻是日漸疏離。

　　《現代文化》第 1 卷第 1 期「文藝近訊」欄目刊載了《獲諾貝爾文學獎金的高爾斯華綏》，文中說：「在一九〇六年他發表了一本戲曲《銀匣》，使人公認他是一個天才的戲曲作家。六年以來，他發表了一本韻文，叫做 Moods Songs and Doggerels，他的有名戲劇是 The skin game 等。高氏的作品，最初是反映出他的淺薄的人道主義者的立場。顯然的帶著了改良主義的色彩。最近，高氏大概愈老而愈胡塗，居然做了資本主義者的辯護士，為他們的代言人了。他曾公開地說過他未夢想過帝國主義會進攻蘇俄的話，他根本蔑視蘇俄的存在，並且他說對政治毫無興味。如此難怪這一筆諾貝爾的獎金會奉敬他了。起初許多人都猜這次的獎金也許會給高爾基或辛克萊，這一來，我們倒很安心。而諾貝爾獎金之所以為諾貝爾獎金者。吾人也可明白。」〔註114〕當時國人就已經意識到了諾貝爾文學獎的政治性，並將高爾斯華綏的獲獎與劇作家本人的思想傾向相聯繫。中國左翼文化弘揚的是無產階級文化，對社會主義蘇俄有著特殊的感情，曾寫出受壓怕受剝削的底層民眾心聲的高爾斯華綏，因其對蘇俄所持的立場而被否定，同時高爾斯華綏對中國的態度也讓中國讀者不滿。

〔註111〕王紹清：《高爾斯華綏之一般特質》，《中華月報》1933 年第 1 卷第 1 期，第 43 頁。

〔註112〕陳瘦竹：《高爾斯華綏及其〈爭強〉》，《學生雜誌》，1945 年第 22 卷第 4 期，第 11 頁。

〔註113〕張和龍：《英國現代戲劇在中國的研究：百年史述》，《戲劇藝術》2004 年第 2 期，第 43 頁。

〔註114〕朗：《獲諾貝爾文學獎金的高爾斯華綏》，《現代文化》1933 年第 1 卷第 1 期，第 2～3 頁。

　　《出版消息》半月刊曾在「作家的消息」欄目中刊載《高爾斯華綏病故》的消息，配有一幅素描像。這段文字，則給我們透露了高爾斯華綏越來越不受中國讀者歡迎的另一原因。消息的第一段為橫排文字：「一九三二年得諾貝爾獎金之英國宿命論作家高爾斯華綏業於本年病故。」第二段文字為豎排，與素描像分占左右欄。這段豎排文字另起了一個標題：《「英國紳士」的本色》。在標題的旁邊，還用了大的實心圓點表示突出。接下去還有一段文字：「日本帝國主義對中國民眾的殘酷屠殺，有人去問新的本年份諾貝爾文學獎金的英國文學家高爾斯華綏時，那位『英國紳士』拉長了臉目回答道：『對於中日的糾紛，我是不很想去理解的』！」〔註115〕這段諷刺文字道出了中國知識分子對西方作家接受的內心期待：在優美的文學創作之外，還期盼他們能夠喜歡甚或幫助中國。若是對中國語出不遜，往往就會激發中國知識分子們狹隘的愛國熱情，這也是近代以來中國知識分子們的民族國家情感和觀念逐漸形成的表現。高爾斯華綏也不再被視為革命的作家：「我們應當知道高爾斯華綏並不是一個革命的作家，他之所以推崇改良主義者，實由出身的小資產階級的根性所決定，企圖把調和的英國民族特性應用於戲劇中罷了……總之，《爭鬥》在意識上，思想上，是不足取的；不過在技巧上，卻值得我們迴環誦讀，大可學習的。」〔註116〕作家不是政治家，每當偉大的作家離開自己最擅長的文學創作，試圖對政治問題發言時，往往就會暴露他們在這方面思考的幼稚或偏頗，往往因此也就失掉了先前曾經喜歡他們的讀者，高爾斯華綏在中國的遭遇即是一例。

　　郭沫若在《爭鬥·序》中說：高爾斯華綏「劇本的介紹恐怕要以我這篇為嚆矢罷」。〔註117〕嚆矢就是響箭，發射時聲音先於箭而到，故此人們常用以比喻事物的開端。郭沫若用了表示「商討」的語氣詞「罷」，視自己的譯本為漢譯開端的傲然之氣非常明顯。事實上，郭沫若並非高爾斯華綏劇本最早的翻譯者。早在 1921 年，《戲劇》第 1 卷第 1 期就刊登了陳大悲翻譯的 The Silver Box，譯名為《銀盒》，譯 Galsworthy 為高士倭綏。劇本在第 3 期和第 5 期上連載。此外，1923 年陳大悲又在《晨報副刊》上連載了他譯的《忠友》

〔註115〕　《高爾斯華綏病故》，《出版消息》1933 年第 5、6 期合刊號，第 20 頁。
〔註116〕　謝煥邦：《小引》，〔英〕高爾斯華綏：《爭鬥》，謝煥邦譯，上海：啟明書局，1937 年，第 1～2 頁。
〔註117〕　郭沫若：《序》，〔英〕高爾斯華綏：《爭鬥》，郭沫若譯，上海：商務印書館，1926 年，第 1 頁。

（Loyalties）和《有家室的人》（A Family Man）。此外，鄧演存 1922 年翻譯了 The Elder Son（《長子》），顧仲彝 1925 年改譯了 The Skin Game（《相鼠有皮》）。郭沫若對高爾斯華綏劇作的翻譯，委實不算早。就譯本的接受程度和影響來說，當以郭沫若的三個譯本（《爭鬥》《銀匣》和《法網》）為最。

（一）爭鬥與爭強：《爭鬥》所表達的悲劇思想

Strife 在 1949 年前共有 3 個譯本：郭沫若譯本，名為《爭鬥》；曹禺等的改編本，名為《爭強》；謝煥邦譯本，名為《爭鬥》。《家庭年刊》介紹高爾斯華綏時說：「他的作品之中最成功的要算《爭強》（Strife）一劇了……爭鬥是寫成劇本的主要成分，因此沒有爭鬥，就沒有戲劇 No confilt, no drama。人生又何不如此，一個人的一生，始終是在矛盾中過去，但爭鬥雖則是不免的，終有一個合理的方法可以解決，如果能夠懂得怎樣去獲得一個美滿的人生。」〔註 118〕對於高爾斯華綏的戲劇創作藝術，趙三的評價最到位：「他在戲劇上的成功，可以說完全是由於他對舞臺的認識。因為戲劇最重要的成分是清晰的透視。一個聲音的高下，一個面部表情的改變，都可以抵得過小說家幾頁的描寫。他認識了這一點，所以就被稱為天才的戲劇家……他那社會主義者的稱號，卻多半得名於描寫資本家和勞工的鬥爭的《爭鬥》Strife（1909），和描寫法網的盲目的《法網》Justice（1910）。《法網》的力量震動了全個的英倫，它的直接影響形成了英國監獄制度的改良。」〔註 119〕

作為 Strife 最早的漢譯者，郭沫若在思想轉向社會主義的時候翻譯了高爾斯華綏，自然對其中表現出來的社會問題大感興趣。在為譯本撰寫的《序》中，郭沫若說：「他的戲曲可以說都是社會劇，他不滿意於現社會之組織，替弱者表示極深厚的同情，弱者在現社會組織下受壓迫的苦況，他如實地表現到舞臺上來，給一般的人類暗示出一條改造社會的路徑。」並且認為高爾斯華綏戲劇的創作「取的純粹的客觀的態度，一點也不矜持，一點也不假借，而社會的矛盾便活現現地呈顯了出來。」對於成長中的革命文學來說，「純粹的客觀的態度」顯然非常難得，故而郭沫若認為「我國社會劇之創作正在萌芽期中，我以為像戈氏的作風很足供我們的效法。」〔註 120〕這裡的「我們」

〔註 118〕 徐百益：《高爾斯華綏的〈爭強〉》，《家庭年刊》1948 年第 5 期，第 139～146 頁。
〔註 119〕 趙三：《高斯華綏及其作品》，《國聞週報》1932 年第 9 卷第 49 期，第 6 頁。
〔註 120〕 郭沫若：《序》，〔英〕高爾斯華綏：《爭鬥》，郭沫若譯，上海：商務印書館，

自然包含了郭沫若自己。郭沫若自身的戲劇創作，從早期熱情四溢的詩劇到後來的史劇，其中就存在著一個向著「客觀的態度」發展的問題。郭沫若對高爾斯華綏劇作的評價，對國內社會劇創作的期盼，也正可以視為他對自身戲劇創作的一次審視，包含著對自身戲劇創作轉型的期盼。

早在 1924 年，余上沅就曾發表《讀高斯倭綏的〈公道〉》一文，指出高爾斯華綏劇作的悲劇根源在於「理想與事實發生衝突」，〔註 121〕是一種心靈上的悲劇，在表現手法上可與法國劇作家白里爾的《紅衣記》相提並論，劇作美在質樸和誠懇。批評的雖是單篇劇作，卻也概括了高爾斯華綏戲劇創作的一些突出特徵，但在整體上不如郭沫若對高爾斯華綏劇作的認知深刻，是郭沫若奠定了日後國人評價高爾斯華綏劇作風格的基點。就在郭沫若的譯者序撰寫完 5 個月後，張嘉鑄在《貨真價實的高爾斯華綏》一文中概括高氏劇作特點時說：「沒有一點傷情（sentimentality）分子，也不用許多的動作，衝動刺激，普通的跌宕（suspension），或者那種 well－made 戲劇的種種巧計……亦不用詼諧的對語，長篇的講演……他的戲都有一種極妙的抑制同描寫周到的潔白」，「在舞臺的燈影底下加添了許多可愛的和我們自身一樣的人」。在主題方面，「大都是描寫階級的衝突，法律的不公，財產的不均，用法的嚴酷，貧窮的悲苦」。和郭沫若一樣，張嘉鑄將高爾斯華綏與蕭伯納做了對比，得出了相似的結論：蕭伯納劇作偏重宣傳講演，高爾斯華綏劇作則「潤物細無聲」。「蕭伯納的人物不過是話匣子的喇叭，活人的唇舌……高斯倭綏的人則不然，都是有腦有心，有肉有靈的真人」。〔註 122〕劉奇峰批評高爾斯華綏的劇作「訴諸理智而較少注重情操」，「缺乏情感，完全以戲劇為藝術」。〔註 123〕肯定了高爾斯華綏的劇作沒有濃厚的宣傳氣息，表現比較客觀。

1920 年代中期，思想轉型後的郭沫若，撰寫了《窮漢的窮談》《共產與共管》等系列文章，宣傳社會主義思想，但在同一時期為高爾斯華綏譯本撰寫的《序》中卻並沒有強調階級鬥爭，而是以模糊的語言，將高爾斯華綏歸為社會劇，點出劇作寫的是弱者在現社會組織下受壓迫的苦況。弱者敘事一

1926 年，第 2 頁。

〔註121〕上沅（余上沅）：《讀高斯倭綏的「公道」》，《晨報副刊》1923 年第 5 號，第 2 頁。

〔註122〕張嘉鑄：《貨真價實的高斯倭綏》，《晨報副刊：劇刊》1926 年第 6 期，第 14 ～15 頁。

〔註123〕劉奇峰：《高爾斯華綏的戲劇》，《晨鐘》1929 年第 221 期，第 26 頁。

直都是現代文學最為流行的敘事模式，郁達夫開創的自敘傳小說便是其中的代表。郭沫若強調「弱者」與「現社會」，而不是馬克思、列寧關注的階級鬥爭、窮人與富人的鬥爭，郭沫若不用自己推崇的馬克思、列寧的話語，顯然不是不知道。思想轉型後的郭沫若雖然算不上成熟的馬克思主義者，對於一些階級鬥爭的詞彙並不陌生，在同時期的其他文章中也能夠見出郭沫若對於社會階級鬥爭的思考。郭沫若在《爭鬥》譯本序中模糊化的表述，竊以為和譯本在商務印書館出版有關。沒有自己的出版機構，家庭生活困窘的郭沫若，在賣稿為生的時候，很難不去考慮商務印書館或隱或顯的某些要求。郭沫若談到自己翻譯的河上肇的《社會組織與社會革命》時說：「那書的譯文曾部分地在學藝社的《學藝》雜誌上發表過，後來又由商務印書館把它印行了。但發行不久便由出版處自己停了版，我自己手裏現在是沒有存本的，連那用毛筆寫的譯稿也歸了商務，恐怕早已成了『九一八』的炮灰了。商務既承印了那書而又把它停版，這原因，是可以理解的。便是怕那書中所說的理論對於社會要發生影響。」不僅如此，後來郭沫若和商務印書館談及《資本論》的翻譯時，又因某些「不便」而在編審會上「沒有通過」。〔註124〕在郭沫若的回憶中，對於自己和商務印書館接觸中所感受到的不自由，郭沫若印象深刻，雖然沒有具體談及《爭鬥》譯者序的表述問題，但譯者序中「弱者」與「現社會」這種模糊化的表述，顯然不是源自高爾斯華綏的劇作，因為高爾斯華綏劇作中階級鬥爭的描述非常清晰明確，郭沫若如此表述的最大誘因只能是歸於譯者與出版機構之間的妥協。

　　高爾斯華綏的劇作雖然在大多數中國讀者那裡都讀出了階級鬥爭的主題，然而「現社會」對「弱者」的壓迫卻不一定就會讓人聯想到階級鬥爭。郭沫若譯者序中模糊化的表述，可以視為內心思想隱蔽曲折的表達，但這種表達卻與對《爭鬥》主題的另一種理解更相契合，從而讓譯者曲折表達的意願落空，導向曲解的路途。這裡所說的對於《爭鬥》的別樣的解讀，便是南開新劇團改譯 Strife 為《爭強》，並在改譯本《序》中表現出來的思想。對於高爾斯華綏劇作的藝術，南開新劇團該譯本也同郭沫若一樣肯定了其客觀敘述的態度，概括《爭鬥》的思想內容時說：「我們不能拿劇中某人的議論當作著者個人的見解，也不應以全劇收尾的結構——工人復工，勞資妥協——

〔註124〕郭沫若：《創造十年續篇》，《郭沫若全集》文學編第 12 卷，北京：人民文學
　　　　出版社，1992 年，第 205 頁、第 215 頁。

看為作者對這個問題的答案。因為作者寫的是『戲』，他在劇內儘管對現代社會制度不滿，對下層階級表深切的同情，他在觀眾面前並不負解答他所提出的問題的責任的。」〔註125〕曹禺將《爭鬥》看成「戲」，這自然是正確的，高爾斯華綏寫的本來就是戲劇。曹禺這裡所說的「戲」，其實是「詩」的意思。對於「詩」，曹禺似乎總是情有獨鍾。1935 年 4 月，在東京的導演吳天、杜宣致信曹禺，談到對《雷雨》的理解和演出問題，曹禺回信說：「我寫的是一首詩，一首敘事詩……這詩不一定是美麗的，但是必須給讀詩的一個不斷的新的感覺。」〔註126〕1936 年 1 月又在《雷雨·序》中談到保留「序幕」和「尾聲」的用意，「要流蕩在人們中間還有詩樣的情懷」，「導引觀眾的情緒入於更寬闊的沉思的海」。〔註127〕「詩」和問題劇並非冰火不相容，對劇作中「詩」和問題的不同側重卻表現出迥然不同的情趣。

南開新劇團譯 Strife 為《爭強》，與郭沫若所譯《爭鬥》題名相近。「強」與「鬥」相互依存：在「鬥」的過程中才能顯示「強」，「強」則需要「鬥」來實現。然而，郭沫若看重的是作為弱者的工人們的「爭鬥」，即便是作為工人領袖的羅伯池（David Roberts），在資本家面前也是弱者。曹禺眼裏看到的不是個人資產、社會地位等造成的強弱差異，而是從個人意志的角度將資本家代表安東尼（John Anthony）和工人代表羅伯池（David Roberts）視為「一對強項的人物」，並認為「全劇興趣就繫在這一雙強悍意志的爭執上」。兩個人物都「保持不妥協的精神」，「為了自己的理想，肯拋開一切個人的計算的」。於是，悲劇就發生在兩個強大意志的碰撞上。最後兩個人都沒有能夠實現自己的意志，曹禺將其歸結為「造化環境的播弄」，而當兩個敵對者最後相遇的時候，他們說著自己都是受傷的人，相互凝視而終於相互敬服，曹禺則認為劇尾的「這段描寫的確是這篇悲劇最莊嚴的地方」。〔註128〕在曹禺那裡，資本家和工人之間的矛盾不再是強者對弱者的壓迫與剝削，而是兩位強者間意志的對抗。羅伯池（David Roberts）的妻子本來是工廠經理家的

〔註125〕曹禺：《爭強·序》，《曹禺全集》第 5 卷，石家莊：花山文藝出版社，1996年，第 6 頁。

〔註126〕田本相、劉一軍主編：《曹禺全集》第 5 卷，石家莊：花山文藝出版社，1996年，第 9 頁。

〔註127〕曹禺：《〈雷雨〉序》，《中國現代文學百家曹禺》，北京：華夏出版社，1997年，第 183 頁。

〔註128〕曹禺：《爭強·序》，《曹禺全集》第 5 卷，石家莊：花山文藝出版社，1996年，第 7～8 頁。

女傭（Maid），可是在曹禺修改本中卻成了經理家的家庭教師。女教師和女傭人，在中國的文化語境中有著太大的差異，階級對立的成分被極大地削弱了。

曹禺對古希臘命運悲劇情有獨鍾，從他《雷雨》《原野》等劇目的創作中也可窺見一二。蘩漪與強悍的仇虎，從某種程度上來說都可視為擁有強者意志的人物形象，他們的悲劇也正是源於對自己意志的堅持。與蘩漪和仇虎的強者意志造成的悲劇相比，《雷雨》《原野》中的階級壓迫和階級鬥爭對於悲劇生成的影響則表現得相對不足，從中也可見出劇作家曹禺對於悲劇的某些偏好，以及對於社會現象所持有的某些獨特的思想觀念。從強者意志看《爭鬥》的悲劇，劇本中那些被茵尼德（Enid Underwood）視為愚蠢（so stupid）的工人和他們的妻子自然是不屬於曹禺所說的強者之列。因為他們連如何表達自己的真實意願都不清楚。翻譯劇中人物對話時如何才能恰到好處地譯出劇中人物的語氣，不同的譯者有不同的看法。紫英談到郭沫若此劇的翻譯時認為：「譯者往往用作《落葉》（？）的筆法來譯劇中羅伯池的詭辯的話，安東尼的頑強的話，和哈內司的態度堅決的話，這些話實在用不著婉轉的筆法來譯。」〔註 129〕

劇本第一幕中，工人代表們和董事會見面約談的時候，工人們只會沉默地跟隨在羅伯池身邊，一切言行舉動都向羅伯池看齊。「羅伯池抽身一轉，其餘工人徐徐地隨之而動，如受催眠者然。」〔註 130〕當工廠經理安德武（Underwood）詢問羅伯池以外的工人有沒有話要說的時候，就出現了下面一幕：

UNDERWOOD.　If you've nothing to say to the Directors, Roberts, perhaps you 'll let Green or Thomas speak for the men.

（GREEN and THOMAS look anxiously at ROBERTS, at each other, and the other men.）

GREEN.　（An Englishman.）　If I'd been listened to, gentlemen—

THOMAS. What I'fe got to say iss what we'fe all got to say—

ROBERTS. Speak for yourself, Henry Thomas.

〔註 129〕紫英（周紫英）：《〈爭鬥〉的譯本》，《白露》1927 年第 2 卷第 2 期，第 43 頁。

〔註 130〕〔英〕高爾斯華綏：《爭鬥》，郭沫若譯，上海：商務印書館，1926 年，第 29 頁。

SCANTLEBURY （With a gesture of deep spiritual discomfort） Let
the poor men call their souls their own!

郭沫若譯文如下：

安德武　羅伯池，假如你對於總理沒有甚麼話說的時候，你讓格林
或者妥默司代表工人們說一說罷。

（格林與妥默司擔心地望了羅伯池一回又面面相覷，又回顧眾工
人。）

格林　假使我是能夠申訴的時候啦，各位老爺⋯⋯

妥默司　我所說的話呀，都是我們眾人所想說的話啦⋯⋯

羅伯池　你只消說你自己的話好了，妥默司！

斯干（呈出精神上十分不愉快的神情）　啊，可憐的工人們，簡直
連自己的靈魂都沒有了。〔註131〕

　　格林和妥默司與羅伯池一樣，都是工會工人代表，前來和理事會談判，
等到他們上前說話的時候，表現得相當差，理事會的斯干直接批評他們連自
己的靈魂都沒有了。這裡所說的「簡直連自己的靈魂都沒有了」可作兩種理
解：其一是工人愚昧無靈魂，其一則是受了羅伯池的蠱惑失掉了自己的靈魂。
無論哪種情況，都說明了這些普通的工人代表以及那些被代表的工人沒有「自
己的靈魂」，因此也就不可能進入強者的行列。

　　羅伯池是催眠者，劇本中也屢屢表現他對於其他工人的影響力。有催眠
者就有被催眠者，被催眠的自然就是普通工人。催眠者羅伯池是強人，普通
工人自然就是襯托強者的背景。愚蠢的工人最終背叛了替自己出頭的強者羅
伯池，這最終成就了兩個強者的悲劇。悲劇中的普通工人，成了愚昧的代名
詞，生活的艱難自然是罪有應得，他們還不配享有自由幸福的生活。高爾斯
華綏同情下層人民，卻並不無原則地站在下層人一邊，他在寫出下層人苦難
生活的同時，也寫出了下層人的愚昧與短視，這一點在高爾斯華綏的另一個
劇本 The Mob（《群氓》，也有人譯為《群眾》）中表現得更為明顯。

　　強調劇作詩意的曹禺在左翼文學強大的批評壓力下也不得不追認《雷
雨》有封建的主題意蘊，他對《爭鬥》一劇所作的詩意化解讀自然也輕鬆地

〔註131〕〔英〕高爾斯華綏：《爭鬥》，郭沫若譯，上海：商務印書館，1926 年，第 32
　　　　頁。

就溶解於階級鬥爭的時代主題下。隨著日軍侵華愈演愈烈，中日民族矛盾也是越來越緊張，《爭鬥》一劇的「爭鬥」詮釋也被賦予了新的意蘊。1937年1月31日，謝煥邦在上海寓所「風雨樓」為自己翻譯的《爭鬥》撰寫了《小引》。此時距日軍全面侵華尚有6個月，然而東北已在事實上成為淪陷區，華北和上海也都處於風雨飄搖之中。寓所取名「風雨樓」，自然也就是謝煥邦心境與思想的外在表現。《爭鬥》之譯，一方面是因為這是「早有定評」的優秀劇作，一方面也是因為1937是「話劇年」，而對於當時話劇運動廣泛發展的更深層的原因，謝炳文和錢公俠則認為首先是因為「民族危機的日益深刻化」，「國防文學必需利用戲劇這一武器來發揮宣傳，鼓動，與組織的作用，而收得最直接的效果。」〔註132〕一個講述工人和資本家「爭鬥」的劇作，如何在中日民族矛盾和戰爭中起到「宣傳」「鼓動」「組織」的作用？著意於表現工人和資本家為了各自利益相互「爭鬥」，各不退讓的劇作，展現的是階級矛盾，更多地表現出一種啟蒙的思想。當救亡主題壓倒了啟蒙主題的時候，階級矛盾或多或少都會為民族矛盾讓步，或者與民族矛盾糾纏在一起，單獨表現階級矛盾的劇作往往會遭受冷落。在這種情況下，《爭鬥》一劇卻被納入了「國防文學」叢書中，這自然也就意味著劇本的理解與民族危亡有了關聯的可能性。

謝煥邦在譯者「小引」中詮釋《爭鬥》說：「《爭鬥》是一部勞動問題的劇本。全書表現二十世紀初期勞資衝突的實際，雖然劇本的故事只是敘述一個罷工事件，但仔細研究起來，劇本的題旨實在是全世界過去的勞資衝突的整個表現，以及整個罷工時代各方面的心理分析。同時，在《爭鬥》裏面，作者高爾斯華綏關於勞動問題的主張，我們也可以獲得一個大概了。作者的主意，是在說明趨於極端的工廠董事長安沙尼如何地歸於失敗，同時趨於極端左傾的工人首領勞勃芝也如何而地歸於失敗，而最後的勝利則歸於改良主義的黃色工會領袖哈尼斯。很顯明的，這是社會民主黨的思想，完全充滿著改良主義的色彩。這種思想，不消說，現在已經由工人階級底英勇的堅持的鬥爭及其勝利，加以擊破而傾於沒落了。」〔註133〕謝煥邦肯定了《爭鬥》

〔註132〕謝炳文、錢公俠：《前言》，〔英〕高爾斯華綏：《爭鬥》，上海：啟明書局，1937年，第1頁。

〔註133〕謝煥邦：《小引》，〔英〕高爾斯華綏：《爭鬥》，謝煥邦譯，上海：啟明書局，1937年，第1頁。

勞資衝突的主題，同時指出劇本「最後的勝利」被歸之於「黃色工會」，這是劇作家「改良主義」思想的體現。謝煥邦指出這些的目的，是在為自己的新解讀張目，即在他看來，「黃色工會」及其「改良主義」思想都在工人們英勇而堅決的鬥爭中走向了「沒落」。謝煥邦強調的是劇本中描寫出來的工人們持久而堅決的鬥爭精神，批評的是妥協的投降的精神。自從 1931 年「九·一八」事變之後，妥協投降與堅持抗戰就成了國內思想界交鋒的焦點問題，謝煥邦重新解釋《爭鬥》，並沒有否定之前的種種解釋，而是特別突出了「鬥爭」與「妥協」的對立，充分肯定了堅持「鬥爭」的意義。這樣一來，在民族危機日益深刻化的語境中，劇本中的「鬥爭」就超越了不同階級的拘囿，被寄寓了國家鬥爭和民族危機中也應堅持鬥爭的希冀。

（二）翻譯中譯者主體性的展現

　　早在 1923 年，高爾斯華綏的名字就出現在了郭沫若的筆下。在《藝術家與革命家》一文中，郭沫若說：「俄國的革命一半成功於文藝家的宣傳，Galsworthy 的《正義》（Justice）一劇，改革了英國的監獄，這是周知的事實。我們不能認這樣的藝術家不是革命家，我們更不能說藝術家與革命家是不能兼併的了。」〔註 134〕上面這段話中的《正義》（Justice），1929 年訂正本、1930 年改版本、1959 年文集本皆作《法綱》，〔註 135〕而在《郭沫若全集》文學編第 15 卷中則是「《法網》（Justice）」。〔註 136〕也就是說，Justice 一劇在郭沫若筆下曾出現過三個譯名：《正義》《法網》和《法綱》。「正義」這個譯名出現在郭譯《法網》正式出版之前，可以視為是郭沫若最早採用的譯名，而「法網」則是 1926 年由商務印書館初版的譯本正式採用的譯名。至於此後出現於訂正本、改版本、文集版《藝術家與革命家》一文中的「法綱」譯名，筆者懷疑是出現了訛誤，卻一直沒有得到糾正。在 1923 年撰寫《藝術家與革命家》一文時，郭沫若意在說明藝術的社會作用，只是這時候郭沫若側重的是「藝術的宣傳」而不是「宣傳的藝術」，重心放在藝術的追求上，推崇《正義》（Justice）一劇是因為它帶動了英國監獄制度的改革，因此「正義」之名與郭沫若整篇文章的立意深相契合。三年過後，郭沫若完成了自己

〔註 134〕郭沫若：《藝術家與革命家》，《創造週報》1923 年 9 月 9 日第 18 號。
〔註 135〕郭沫若著、黃淳浩校：《〈文藝論集〉匯校本》，長沙：湖南人民出版社，1984 年，104 頁。
〔註 136〕郭沫若：《藝術家與革命家》，《創造週報》1923 年 9 月 9 日第 18 號。

的思想轉型，從「藝術的宣傳」轉向了「宣傳的藝術」，同情下層社會關注階級鬥爭成了郭沫若思想的重心，這時候將譯名改為「法網」無疑更契合郭沫若批判社會現實的情感需求。從譯名的選擇中，亦可見出郭沫若的翻譯所追求的不僅僅是準確地譯出原語的意思，還要譯出「自我」，從而在翻譯的過程中實現再創造的工程。

翻譯的創造並不完全是自我的表現，只能說是創造性的叛逆。叛逆就有叛逆的對象。「叛」，從半反聲。半指半路中途，反則是相對或背道而馳，合起來表達的意思就是：原本志同道合的兩個事物半途分道揚鑣，甚或背道而行。「逆」，就是迎，引申為牴觸背叛的意思。無論是「叛」還是「逆」，內在裏都有同的意思，而最終走向的卻是不同。翻譯作為創造性的叛逆，起始於原文本，起始點決定了兩者的「同」；翻譯畢竟是翻譯，兩種語言之間的轉換，起始點的同並不能夠一直持續下去，一旦開始，兩種不同語言的表述便開始了相互間的碰觸牴牾。如何把握不同語言之間的差異，在創造性的叛逆中重新表述原語文本，在這個過程中也就充分顯露出譯者的主體性。

顧仲彝借用《詩經・鄘風・相鼠》中的句子：「相鼠有皮，人而無儀；人而無儀，不死何為！」用以翻譯 Skin Game，譯名《相鼠有皮》，這是翻譯歸化的一種方式，顯得古色古香。相比之下，曹禺的改譯歸化色彩更為濃鬱，劇中人物都有一個中國人的姓名，就連公司的名字也完全帶有中國的特色，叫做：大成鐵礦。「大成」是發展成熟、完備的意思，孔子的尊號中就有「大成」：「大成至聖文宣王」。只看「大成鐵礦」這個工廠名字，不看原文出處，一般讀者或許以為就是中國的一所工廠。看郭沫若的翻譯：屈勒剌塞鉛版公司（Trenartha Tin Plate Works），Trenartha 完全是音譯，而且是拗口的沒有什麼明確漢語意思的音譯，異國色彩濃鬱。相比較而言，同樣採用音譯的謝煥邦表現得就較為中和，「德蘭納泰鉛鐵皮廠」中的「德蘭納泰」的音譯顯然考慮了中國讀者的接受問題，在譯音的選取上不僅採用了較美的字眼，這些字眼連接起來還能表達美好的意思。在劇中人物名字的翻譯方面，同樣也是如此：

劇中人物原名	曹禺改譯名	謝煥邦譯名	郭沫若譯名
JOHN ANTHONY	安敦	約翰・安沙尼	約翰・安東尼
FREDERICH WILDER	魏瑞德	富德立克・H・淮爾特	佛來德里威爾德
SIMON HARNESS	韓安世	西蒙・哈尼斯	西門哈剌司

DAVID ROBERTS	羅大為	大衛・勞勃芝	大衛羅伯池
HENRY THOMAS	陶恒利	亨利・湯麥斯	亨利妥默司
GEORGE ROUS	魯家治	喬治・羅斯	喬治勞司
ENID UNDERWOOD	吾安綺麗	安納德・思特吾	茵尼德安德武

　　曹禺的翻譯策略是完全歸化，外國人都被冠以中國的姓氏，配角中還有「劉四」和「李三」這類絲毫看不到外國氣息的名字。韓安世姓韓名安世，安世有安於世之意，也可以理解為使世安，總之有宏大的氣魄，蘊涵著美好的意願；羅大為的名字也是如此，大為者，渴望大有所為也。相比較而言，郭沫若所用羅伯池這個名字就平常了許多。「伯池」遠比「大為」更接近原來名字 ROBERTS 的讀音。總而言之，僅從劇中人物名字的翻譯也可以見出郭沫若翻譯策略的一斑，他沒有完全採用異化的策略而將外國的人名譯得古里古怪，也並不採用完全歸化的方法而將外國人名譯得和普通國人一般無二。郭沫若的翻譯比較中庸，在歸化和異化之間漂移不定，這不是沒有自己的追求，相反地，恰恰是譯者主體自身強大，有掌控譯文能力的表現。他自由地選擇傾向於歸化還是異化，卻都用之於表現自己對於原文的理解，並努力地將這種理解表現出來。

　　美紀和羅伯池太太說：I wonder he can look you in the face。郭沫若譯為：「我不懂得羅伯池怎麼能夠忍心見你。」茵尼德找羅伯池太太說話，談到資本家生活也並不都如意時對羅伯池太太說：They have to keep up appearances。郭沫若譯為：「他們不過要顧顧面子罷了。」〔註137〕謝煥邦對上面兩句的翻譯分別是：「我奇異他還能見你的面」、「他們還得在外表上弄個像樣。」〔註138〕相比較而言，謝煥邦的翻譯取的策略是儘量「忠實」，甚或可以說是字對字譯，惟其如此，譯文讀起來讓人覺得笨拙。郭沫若的譯文雖然沒有採取完全歸化的手法，卻顯然更符合漢語的表述習慣，更容易讓人接受。畢竟，「見你」也就是「見你的面」，非要像英語那樣補充完整，翻譯成「見你的面」，歐化的色彩也就過於濃鬱，真的在舞臺上表演起來，人物的話語就會顯得很怪。

〔註137〕〔英〕高爾斯華綏：《爭鬥》，郭沫若譯，上海：商務印書館，1926 年，第 56頁、第 60 頁。

〔註138〕〔英〕高爾斯華綏：《爭鬥》，謝煥邦譯，上海：啟明書局，1937 年，第 26頁、第 29 頁。

　　當然，這並不意味著郭沫若所有「自由」的譯文處理都「大有深思」，都是好的譯文，有些地方也會出現誤譯錯譯，當然也可能是排版印刷造成的錯誤。劇作出場的第一個人物 WILDER 開口說話時有句舞臺提示：Who is lean, cadaverous, and complaining, with drooping grey moustaches, stands before the fire。郭沫若譯為：「瘦削如屍，臉色憤憤不平，頰髯灰色下垂，立於爐前。」〔註139〕謝煥邦譯為：「瘦削，慘白，喋喋訴著苦，生有垂下的灰色胡髭，此刻立在火爐前面。」〔註140〕lean 意為瘦削，cadaver 意為屍體，cadaverous 意為面色灰白的、形容枯槁的。郭沫若將這兩個詞合二為一，譯為「瘦削如屍」，「瘦削」一詞翻譯到位，「如屍」卻只能說是譯出了一半，尤其是瘦削如屍四個字合用的時候，給人的感覺似乎就是如屍般瘦削。原文很明顯，cadaverous 就是面色灰白的、形容枯槁的意思，用來說明這些資本家也是飽受罷工事件的折磨。在這一點上，謝煥邦的譯文翻譯比較到位。郭沫若這句譯文中處理較好的是 complaining 的翻譯。郭沫若譯為「臉色憤憤不平」，和前後緊鄰著的描寫外貌的詞彙翻譯一致，而謝煥邦則將其譯為「喋喋訴著苦」，將其視為動名詞，這樣的一個句子夾在描寫外貌的詞彙中間，整個提示都顯得很不協調。

　　原文中有這樣一句臺詞：

　　UNDERWOOD.　〔In a low voice〕Don't hit below the belt, Roberts！

　　郭沫若譯為：（低身地）哦，你不要拿我們來上皮箍吧。

　　謝煥邦譯為：（低聲）勞勃芝，你不要中傷別人哩。

　　曹禺改譯本：（低聲地）哦，說話不要太刻薄。

　　原文是帶感嘆號的祈使句，譯者們顯然都把握到了原句中弱化的語氣，帶有請求的姿態，因此譯文中都沒有使用感嘆號，語氣詞也都是使用「吧」和「哩」之類表示商討等氣勢較弱的詞彙。至於提示語〔In a low voice〕的翻譯，郭沫若顯然譯錯了，這裡應該譯為「低聲地」，而不應該是「低身地」。「聲」與「身」，一個後鼻音，一個前鼻音，應該是語誤或排版錯誤所致。不過，從整體上來看，郭沫若對這句臺詞的翻譯仍然很不到位。Hit below the belt 是一個習慣用語，起源於拳擊比賽。Hit 是打擊的意思，belt 是腰帶

〔註139〕〔英〕高爾斯華綏：《爭鬥》，郭沫若譯，上海：商務印書館，1926 年，第 1 頁。
〔註140〕〔英〕高爾斯華綏：《爭鬥》，謝煥邦譯，上海：商務印書館，1926 年，第 1 頁。

的意思。拳擊運動源遠流長，英國拳擊運動在十七世紀末開始復興，後來，約翰・布勞頓（1704～1789）組織了拳擊俱樂部。為了減少拳擊事故，使拳擊運動更富有體育精神，他在 1743 年 8 月 16 日制定出了最早的一份拳擊規則，即「布勞頓規則」，規定了不准打擊已倒地者和不准打擊腰部以下任何部位。Hit below the belt 就是指在拳擊中違規地打擊對手腰帶以下的部位，這樣做是違背比賽規則的，後來逐漸被用來形容不公正的、卑劣的行為。因此，郭沫若對 Hit below the belt 的翻譯流於表面和皮相，沒有將這個俚語內涵的意思翻譯出來。謝煥邦和曹禺的翻譯顯然比較到位。

下面是工人代表羅伯池的一段話：

〔Throughout all that follows, he and ANTHONY look fixedly upon each other. Men and Directors show in their various ways suppressed uneasiness, as though listening to words that they themselves would not have spoken.〕

The men can't afford to travel up to London; and they don't trust you to believe what they say in black and white. They know what the post is 〔he darts a look at UNDERWOOD and TENCH〕, and what Directors' meetings are: "Refer it to the manager--let the manager advise us on the men's condition. Can we squeeze them a little more ?"

郭沫若譯文：（在下面的說話之中，羅伯池與安東尼始終緊相凝視。工人們和理事等各各表示出一種隱憂，就好像是他自己時絕不會如此發言的神態）我們工人們沒有錢走不到你們倫敦來，而且我們的要求就黑字寫在白紙上也曉得你們是不肯相信的。報告究竟是什麼東西（警視安德武與騰齊），理事會議究竟是甚麼東西，我們也是曉得的。你們的意見不過是：「拿去照會工場監督——叫工場監督把職工的狀態報告我們，看能否在職工身上再榨取一些甚麼不？」啦。〔註141〕

謝煥邦譯文：（這以後的時間內，他和安沙尼互相注視了一會。工人們及董事們均以種種方法表示他們各人的受壓制的不安，好似聽著他們自己決不會說的一些話。）工人們化不起錢跑到倫敦去；而且他們又不信你們會相信他們所寫的意見。他們知道你們的布告是什麼一回事，（他向恩特吾和

〔註141〕〔英〕高爾斯華綏：《爭鬥》，郭沫若譯，上海：商務印書館，1926 年，第 34 頁。

覃契突然一瞥，）而你們董事會的決議是：「諮照經理——望經理將工人情況具報本會。廠方尚能對彼等略增榨取否？」〔註 142〕

曹禺改譯本：好，我就說罷。我們工人們沒有錢，不能再到城裏找你們去。而且我們的情形只於寫在紙篇上，你們看見也未必相信的。公司的報告究竟是什麼東西！（視吳與鄧）董事會議究竟是什麼東西？我們都曉得的。

曹禺的改譯本較原語文本而言變動較大，尤其是舞臺提示部分，如上面這段譯文中的舞臺提示就被刪除了，也有一些地方增加了舞臺提示。比較曹禺改譯本和原語文本，舞臺提示的增刪規律主要是：人物神態語言方面的說明多有刪削，增加的主要是人物出場退場等動作方面的提示。劇作開篇第一句臺詞的舞臺提示，原本包含有對人物形象外貌和行動的交待，結果曹禺刪去了對人物形象外貌的交待，只留下了「立於爐前」四個字。這種增刪處理，應是更便於演出實踐。在舞臺提示語的翻譯方面，郭沫若譯文沒有必要和曹禺的譯文進行比對。郭沫若和謝煥邦在上面一段譯文中舞臺提示的翻譯差異較大。郭沫若譯 throughout all that follows 為「在下面的說話之中」，而謝煥邦譯為「這以後的時間內」，兩者指的都是此後發生的事情，但郭沫若的譯文更能顯示兩位強者注視對方進行對話的緊張氣氛。既然原文是 throughout all that follows，就說明兩位強者之間的相互凝視不止侷限於一兩句對話，而是接下來的對話中一直如此。因此，look fixedly upon each other 就應該像郭沫若一般譯為「始終緊相凝視」，而不是像謝煥邦那樣譯為「互相注視了一會」。

Hit below the belt 和 look fixedly upon each other 兩段文字前後相連，郭沫若在俚語翻譯方面表現得差強人意，而在舞臺說明的翻譯中卻表現得非常敏銳。這說明郭沫若英語翻譯能力不差，對英語世界的文化瞭解並不深入透徹，能夠以作家的天賦把握的語句，他總是能夠把握內在的精髓，涉及到一個社會風俗文化的俚語，郭沫若就沒有那麼多的精力精確把握了。郭沫若譯 they don't trust you to believe what they say in black and white 為「我們的要求就黑字寫在白紙上也曉得你們是不肯相信的」，將原文中提前的否定詞重新歸位，「不肯相信」的並非是工人（我們），而是資本家（你們）；將 in black and white 譯為「黑字寫在白紙上」，迎合中國俗話「白紙黑字」，

〔註 142〕〔英〕高爾斯華綏：《爭鬥》，謝煥邦譯，上海：啟明書局，1937 年，第 15～16 頁。

通俗易懂而又貼切形象。謝煥邦譯為「他們又不信你們會相信他們所寫的意見」，按照原語句詞彙的順序進行翻譯，否定詞就和工人相連，於是，不肯相信的就成了工人群眾，顯得工人似乎很多疑不肯信任別人似的。在這一點上，曹禺和郭沫若是一致的：「我們的情形只於寫在紙篇上，你們看見也未必相信的。」不肯付出信任的，是資本家，不是工人。完成自身思想轉型的郭沫若，對於工人階級和資本家鬥爭越來越有自身清醒的認識，支持態度也越來越明顯，表現在翻譯上，便是語法詞彙選用方面更有利於突顯工人階級的正義以及資本家的貪婪與不義。

　　舞臺對話和激烈的矛盾衝突呈現出來的是性格鮮明的人物。個性鮮明的對話才是好的舞臺對話。郭沫若對人物臺詞的翻譯，不僅有利於突顯工人階級與資本家各自不同的立場，同樣也有益於強化人物形象的刻畫。準確的翻譯，將否定詞代表的不信任放在資本家身上，而不是工人身上，表現了工人代表羅伯池的精明與謹慎。他是很會說話的一個人，有強悍的意志，也有為工人階級謀福利的決心。強悍的意志，強烈的代言欲望，使得羅伯池自認為只有自己才是正確的，才能真正說出工人們的要求。和羅伯池一起前來的工會成員，一方面囿於自身素質，難以像羅伯池那樣清晰地表達自己的意願，一方面也是受到羅伯池強大精神的迫壓，沒有機會表現自己。當董事會成員請羅伯池或其他工人代表暢言時，羅伯池不言，而妥默司剛剛說出幾個字，就被羅伯池「惡狠地」（Bitingly）打斷了，謝煥邦將 Bitingly 譯為「譏刺地」。Speak bitingly 的意思就是出口傷人。高爾斯華綏用 bitingly 作為羅伯池這段話的舞臺提示詞，顯然意在點明羅伯池對人不客氣。不客氣的對象卻不是董事會，而是與自己同來的工人代表。「你說罷，妥默司，你說。你對——理事閣下們說話，比我更會說些啦。」這是反話正說，言下之意卻是讓妥默司不要逞強出頭。妥默司也知曉羅伯池的意思，所以在羅伯池說完這句話後，劇本隨之加了一條舞臺提示：妥默司不作聲了。羅伯池的強勢就是工人代表內部也不能滿意，勞司就對羅伯池說：「羅伯池，你要說就說，不說就讓人家說。」〔註143〕這話很乾脆利落，彷彿很精幹的樣子。可是如果通讀譯文，就能夠知道羅伯池不願意自己先發言，也不願意讓其他工人代表先發言，即便是不得已發言，也是儘量東拉西扯，這其實和公司

〔註143〕〔英〕高爾斯華綏：《爭鬥》，郭沫若譯，上海：商務印書館，1926 年，第 30 頁。

的理事會相似，都是試探對方底線的一種努力，以便能夠在談判中知己知彼，獲取更好的利益。可惜普通的工人不懂得這些，他們只是想要盡快地談論「正事」。郭沫若在翻譯過程中顯然注意到了羅伯池和其他工人代表之間的這些差異，所以在進行翻譯的時候，羅伯池所說的話語，往往會有衍譯，有些譯文句子比原文要長，與其他譯本相比，也是如此。然而，正是這些顯得空洞有些囉嗦的話語，和羅伯池這個人物形象的塑造深相契合。因為羅伯池知道，罷工進行到這個時候，無論是工廠還是工人，都已經快要支持不下去了，都在著急著解決所面臨的困境，這個時候誰先開口就意味著認輸，所以羅伯池的話語才會呈現這樣一幅模樣。

第四節　翻譯的政治訴求與郭沫若譯《銀匣》研究

　　郭沫若翻譯的《銀匣》問世後，文壇上批評質疑的聲音甚多。蜇冬在《論郭沫若的詩》中說：「郭沫若這名字自五四直到於今，總是熱辣辣地掛在青年口邊。近年擁戴他的更加熱烈早成了文學界和思想的偶像了。在出版事業不大發達的中國，別人慘淡經營的著作往往無人歡迎；郭氏隨意寫出些粗率的或不成熟的如《我的幼年》《創造十年》之類，竟動輒行銷數千冊。別人在創作上技巧偶疎有不經意的錯誤，往往會引起許多冷嘲熱罵，把名望葬送；郭氏即使在自作詩文上留下許多瑕疵，或把高爾斯華綏（J.Galsworthy）的《銀匣》（The Silver Box）、史托邦（Theodor Sturm）的《茵夢湖》（Immensee）成行譯錯，一樣有人要讀。」對此，作者說：「凡此問題我每苦思不得其解。究竟他是個自己所詡為的『天才』呢？還是讀書界的易於被欺呢？還是文學界也如政治界每有際會風雲的幸運兒呢？」〔註144〕上述這段文字，從創做到翻譯，對郭沫若的文學活動幾乎做了全盤的否定，兩部被批評的譯作是《銀匣》和《茵夢湖》。周紫英在《糾正〈銀匣〉的謬誤》中也談到《銀匣》的翻譯：「《銀匣》的譯者是文壇上著實有聲望的人，他以前的謹慎的態度好像現在換了一種樣子了。」認為郭沫若的翻譯走上了「歧路」，原因則是「不曾把捉到原作者所要表白的精細的意義」。接著便指出了第一幕中的「十五點差誤」。〔註145〕「郭沫若的《銀匣》中英融合還不十分到位，有時

〔註144〕蜇冬：《論郭沫若的詩》，《旁觀》旬刊 1933 年第 12 期，第 19～20 頁。
〔註145〕周紫英：《糾正〈銀匣〉的謬誤》，《北新》半月刊 1927 年 11 月第 2 卷第 2

給人生硬突兀之感。」〔註146〕

　　《銀匣》的譯文頗受人們的指謫，原因恰在於這些被認為不好的譯本偏偏能夠流行。如郭沫若在《銀匣》中將 Johns 譯為「蔣四」，這種譯名在其他譯者的譯文中很少見，但蘇芹蓀翻譯的 Henry Alexander 寫的《戲劇家高爾斯華綏》中，使用的便是郭沫若的譯名「蔣四」。〔註147〕正如蜇冬所指出的，《銀匣》的翻譯，實則對研究者們提出了這樣的研究課題：《銀匣》的譯文到底好還是不好，若是不好又為何能「一樣有人要讀」？不僅要讀，甚至還要被借用和談論？趙景深在《書呆溫夢錄》中談到《茵夢湖》時說：「在創造社出版以前，此書早在泰東圖書局出版，薄薄的一本，印刷鉛字極劣，但銷行極廣，泰東自己也曾重版了多次。」〔註148〕趙景深只說印刷「極劣」，沒有談及譯文如何。趙景深的回憶給後來的研究者指出了需要注意的問題，即蜇冬所說的「成行譯錯」之錯是譯者的原因，還是印刷的原因？談到《茵夢湖》《少年維特之煩惱》等書中出現的錯誤時，郭沫若常常指謫泰東圖書局，郭沫若不談《銀匣》等譯書中的錯誤，更不談印刷出版機關的問題，可能與該書由創造社出版部出版，郭沫若對於創造社的事業，向來所取態度都是極力衛護。

（一）《銀匣》的兩個版本

　　郭沫若翻譯的《銀匣》最早由上海創造社出版部出版。扉頁上有出版情況介紹：「1926，4，1，付排；1927，7，1，初版；1～3000 冊」。1926 年 4 月 1 日，對於創造社來說是個很值得紀念的日子。就在這一天，創造社出版部在上海閘北三德里正式成立。《銀匣》付排的時間與創造社出版部的成立時間一致，從這個時間點來說，此書的付排似乎是有意為出版部的成立張目。然而，付排後一年多才出版，此時創造社出版部營業日漸紅火，遠不是初創時期急需重量級著譯支撐門面的時候。從付排到出版，週期絕對不需要一年之久，為何《銀匣》沒有在創造社出版部剛開始營業的那段時間出版？

　　　　號，第 216 頁。

〔註146〕黃晶：《高爾斯華綏戲劇中國百年傳播之考察分析》，《學術探索》，2014 年第 11 期，第 104 頁。

〔註147〕蘇芹蓀，譯，Henry Alexander 著：《戲劇家高爾斯華綏》，《文藝月刊》1933 年第 4 卷第 2 期，第 52 頁。

〔註148〕趙景深：《書呆溫夢錄》，《文壇憶舊》，太原：三晉出版社，2014 年，第 202 頁。

　　1929 年上海聯合書店再版了《銀匣》，版權聲明頁上寫著：「1927，7，1，初版；1929，9，1，再版，3001～5000」，每冊定價四角五分。也就是說，上海聯合書店版本，用的就是創造社出版部紙型，且印數直接承繼前者。兩年便再版，且印數到了 5000 冊，雖然不如《少年維特之煩惱》和《魯拜集》等熱賣，卻也屬於比較受歡迎的翻譯書籍了。

　　上海聯合書店版本是創造社出版部版本的再版重印，譯文內容沒有變化，雖然不具備校對價值，但是封面、扉頁等都做了改動，宜視為兩個不同的版本。從創造社出版部到上海聯合書店，從《銀匣》出版業提供的信息來看，《銀匣》一書的出版有兩個值得注意的地方。首先，是《銀匣》最初選擇的出版單位是創造社出版部嗎？其次，則是出版單位的變化。前一個問題，需要考慮創造社出版部的成立及郭沫若這一階段著譯的出版情況。

　　察看 1925 年 6 月到 1926 年 4 月間郭沫若著譯的出版情況，可知這一時期郭沫若的著譯基本都是由商務印書館出版。1925 年 6 月，郭沫若翻譯的《新時代》由商務印書館出版；1926 年 1 月，小說戲曲集《塔》由商務印書館出版。魯迅曾在《上海文藝之一瞥》中說：「勢力一雄厚，就看見大商店如商務印書館，也有創造社員的譯著的出版，這是說，郭沫若和張資平兩位先生的稿件。這一來，據我所記得，是創造社也不再審查商務印書館出版物的誤譯之處，來作專論了。」〔註149〕對此，郭沫若回應說：「說到我和商務印書館發生買賣關係的詳情呢，那是私人的事情，與創造社無涉」。然後，郭沫若回憶了商務印書館對自己的「垂青」：「就在我移到民厚南里之後沒兩天，高夢旦先生和鄭心南同學又來訪問過我一次，適逢其會我又不在寓裏。那時候商務的編譯所已經改組成四部，心南在擔任理化部的主任，何公敢在擔任庶務部的主任，凡是稿件上的交涉都是由公敢經手的。不久公敢也來找我，他說夢旦的意思是叫他和我訂下一個契約。凡是我的著譯可不經審查，售稿時著作千字五元，翻譯千字四元。據說這在商務印書館是最高的價格。公敢又說，這種優待是對於我的一種報酬：因為去年夢旦託過我為他的侄子調查過醫院的事情；但他的令侄在未能渡日之前已在滬上病歿了。我當時覺得自己並沒有怎樣盡力，沒有資格受這樣隆重的報酬。同時也覺得還沒有售稿的必要，所以把這項契約只在口頭聽了一番，並沒有寫在

〔註149〕魯迅：《上海文藝之一瞥》，《魯迅全集》第 4 卷，北京：人民文學出版社，2005 年，第 303 頁。

紙上。」〔註150〕

　　郭沫若的著譯在商務印書館出版，魯迅和郭沫若的解釋各不相同。魯迅以為是創造社「鬥爭」的產物，而郭沫若的自敘則點明是為了賣稿維持生活。沒有創造社先前的「鬥爭」，商務是否能夠認識郭沫若、張資平等人的價值並接受他們的著譯，固然不好斷然下結論。像魯迅那般倒果為因，將賣稿闡釋為先前鬥爭的原因，實則離事實較遠。決定過籠城生活的郭沫若、郁達夫和成仿吾，他們當時的生活雖然窘迫，兩眼卻並沒有盯著錢財收入，而是執著於自身的文學理想。在批評商務印書館最猛烈的時期，創造社同人維持《創造》季刊、《創造週報》和《創造日》，終止於弄到雜誌辦人的地步，自身的稿源尚嫌不夠，有靠打架出名的想法。就當時的情況而言，打架出名絕對不是為了賣稿。然而，理想抵不過冰冷的現實，初期創造社輝煌的文學事業支持不過兩年多的時間便宣告結束，為了生活，郭沫若開始了賣稿生涯。賣稿給商務印書館，也並不總是一帆風順，《社會組織與社會革命》和《資本論》等譯稿的碰壁說明：雖有何公敢等留日同學在商務印書館工作，郭沫若的譯著也不能隨意被採用。

　　1926年1月28日，郭沫若為自己翻譯的《爭鬥》寫了序言；6月，《爭鬥》由商務印書館初版。1926年2月，郭沫若翻譯的《約翰沁孤的戲曲集》由商務印書館出版；1926年5月，郭沫若翻譯的《異端》由商務印書館出版。在1926年，郭沫若與商務印書館合作非常密切。《異端》與《爭鬥》在創造社出版部正式宣告成立後，也還是交給了商務印書館出版。《銀匣》譯文是否本打算交給商務印書館出版，結果不知什麼原因中止了？潘漢年曾撰文《郭沫若輩的姓名不幸》，談到當時文壇的情形：「讀九月二十八日申報，朱應鵬的『照例文章，少不了的』介紹徐蔚南的『法國小說』後二天的藝術界，有一篇汪倜然介紹郭沫若翻譯的『法網』。從頭至尾，找不出郭沫若譯的名字，又是和以前趙銘彝在藝術界介紹郭沫若翻譯的『銀匣』同樣的玩意。不曉得是介紹者故意刪去譯者的姓名呢，還是藝術界編輯朱應鵬（藝術三家之一家）的小心？這是當然咯，郭沫若現在是跟暴徒共黨賀葉在一起，郭沫若三個字，很容易引人害怕的。」〔註151〕商務印書館能出版高爾

〔註150〕郭沫若：《創造十年》，《郭沫若全集》文學編第12卷，北京：人民文學出版社，1992年，第138頁。

〔註151〕漢年：《信手寫來》，《幻洲》半月刊1927年10月第2卷第2期，第68～69頁。

斯華綏的《爭鬥》，沒有道理不敢出版高爾斯華綏的《銀匣》。

　　《銀匣》的初版留下了一些值得探討的話題。按照創造社一貫的做法，一些書籍付排的時候，一般就會在自己創辦的刊物上發布一些廣告。《銀匣》扉頁上標注著 1926 年 4 月 1 日付排。1926 年 7 月 1 日，《創造月刊》第 1 卷第 5 期出版，扉頁上有《銀匣》的廣告：「將出版及將付印的幾種單行本」，其中第一種就是「《銀匣》，郭沫若譯（Galsworthy 的劇本）」。為何付排且在廣告之後一年之久才真正問世，目前來說沒有相當的文獻資料能夠說明這個問題，但其出版的不正常卻毋庸置疑。

　　創造社出版部於 1929 年 2 月 7 日被國民黨政府查封，失掉了繼續出版書籍的資格。創造社出版部被查封後，曾經的書籍自然不能繼續再出。1929 年，張靜廬創辦了社會科學書店——上海聯合書店。致信郭沫若，詢問郭沫若「有沒有社會科學的譯稿」，郭沫若回信說正在趕寫《中國古代社會研究》。張靜廬回憶說：「這樣一來，專門社會科學書店的上海聯合書店就在四馬路中西藥房隔壁大廈上豎起了招牌。」〔註152〕也就是說，上海聯合書店的開張，與郭沫若的支持密切相關。書店開張後，陸續出版過郭沫若的《法網》《銀匣》等書籍。

　　《法網》與《銀匣》不同，最先由上海聯合書店初版，而後才在創造社出版部出版。上海聯合書店版本的《法網》與《銀匣》，封面都印有圖案，扉頁有原作者的銅板圖像，印刷裝幀美觀大方了許多。上海聯合書店推出的《法網》版權頁表明：「1927，7，1，初版；1929，9，1，三版；4001～6000」。《法網》和《銀匣》的初版時間相同，1929 年 9 月 1 日，《法網》已出了三版，而《銀匣》卻還只是再版，《銀匣》總印數 5000 冊，而《法網》為 6000 冊，《銀匣》似乎的確不太受讀者們的幻影。對比《銀匣》的兩個版本：創造社出版部版本和上海聯合書店版本，除了封面圖案及扉頁作者銅像外，內容上基本沒有更動，就連譯文中的排印技術性失誤也都一樣，如譯文第 2 頁「從銀匣中取出香煙　支」，兩個版本在「煙」和「支」中間均為無字空缺。從後面的譯文可知，此處應該遺漏了數目字「一」。創造社出版部接手《法網》的印刷時，也出過兩版，為什麼取消了上海聯合書店版的圖案與裝幀？除了版權問題外，應是出於印刷成本的考慮。此時的創造社出版部，已經是江河日下，內部矛盾重重，早已不復 1926 年開辦後的盛況，裝幀印刷也潦草了許多。作為創造

〔註152〕張靜廬：《在出版界二十年》，南京：江蘇文藝出版社，2005 年，第 94 頁。

社的元老，郭沫若允許創造社出版部如此拉低自己譯作的出版品味，顯示了他為團體利益不計較個人得失的自我犧牲精神。

（二）誤譯、錯譯抑或是獨特的審美把握？

翻譯即閱讀。有一千個讀者就會有一千個哈姆雷特，對於翻譯來說同樣如此。每個譯者在閱讀原文時心得各不相同，在翻譯的表現上自然也就有種種的差異。各種合理性的理解，都自有其正確性。不同的理解之間，相互審視的時候，往往自居於正確的地位，將其他的理解視為錯誤。沒有自信的譯者不是一位好譯者，對於翻譯批評來說也同樣如此。因此，自居於正確地位，對別人的翻譯進行批評指責，這是非常正確的現象。如果將對錯問題暫時擱置起來，翻譯批評所指出的錯譯誤譯問題，實則給人們展示了對原文的不同理解，以及譯者自身所選擇的不同的翻譯策略。以周紫英對郭沫若《銀匣》翻譯的批評為例，周紫英對郭沫若譯文「謬誤」的指謫，實際上便是對原文的不同理解及不同翻譯策略間的碰撞。

在《糾正〈銀匣〉的謬誤》一文中，周紫英所指出了郭沫若翻譯的《銀匣》第一幕中的「十五點差誤」。其中，所指出的第一處錯誤為：

Another labour? I can't think what on earth the country is about.

　　郭沫若譯為：又是一個勞動黨？不曉得鄉下人到底是怎樣攪的。

　　周紫英改譯為：又是勞動黨？我想不出這國度裏到底在鬧些什麼呀。

《牛津現代高級英漢雙解詞典》釋 the country〔註153〕：一國的人民；全國；鄉間；田野；鄉野。Country 可譯為國家，也可譯為鄉下。周紫英認為郭沫若將 country 誤譯了，此處 the country 應該理解為全國人，而不是鄉下人。由於未見郭沫若回應過周紫英的批評，所以郭沫若的具體想法不易妄加揣測。閱讀英文原版可知，說出上述這句話的是自由黨議員的妻子，她是一個帶有濃鬱的階級偏見的女性。在聽到勞動黨人獲得了一個地方競選的勝利後，她說：they have no sense of patriotism, like the upper classes。在她的思想中，自由黨和勞動黨的區別，首先是上層階級（the upper classes）和下層階級（the lower classes）的區別，認為勞動黨及其代表的人都是些 quite uneducated men。如果將鄉下人視為城裏人的對立面，勞動黨自然並不都是

〔註153〕《牛津現代高級英漢雙解詞典》，北京：商務印書館，1988 年，第 265～266 頁。

鄉下人。解放前的上海，城裏人與鄉下人分別代表著文明與愚昧。城市裏的下層階級，或者不注意儀表風度的人，有時也被稱之為鄉下人。在這個意義上理解郭沫若譯文中的「鄉下人」，恰恰與自視甚高且自以為是的議員夫人的精神相吻合。

Henry Alexander 在《戲劇家高爾斯華綏》中指出：「《銀匣》指示我們以高爾斯華綏的技巧上的一個新的特質，他有一種使用有聲有色的通俗的語言的能力，那種話頗適用於他的要描寫的低微的人物。」〔註154〕高爾斯華綏劇作的語言的高度個性化的，高貴者有高貴者的語氣，低微者有低微者的語氣，翻譯的時候應該儘量考慮到這種個性化的差異才好。作為創造社的代表作家，郭沫若與郁達夫一樣都創作了大量弱者敘事的文學，對於來自別人的白眼與輕視，有著特別的敏感，在翻譯的時候自然會特別注意地將這方面的審美意蘊呈現出來。

周紫英和郭沫若兩個人的翻譯，其實都是在英文原詞允許的釋義範圍內進行的翻譯，而且這兩種釋義都能夠講得通。就此而言，郭沫若的翻譯其實並不錯，周紫英的改譯也不錯。由於譯者主體對議員夫人和自由黨人的理解角度不同，對於原英文單詞的釋義選擇也就有所不同。這種翻譯的差異，恰恰最能見出譯者的主體性。

周紫英指出的第四處錯謬為：

There's a lady called—asked to speak to him for a minute, Sir.

郭沫若譯為：有一位叫甚麼的女人，來求見他。

周紫英改譯為：老爺，有一個女人來拜訪——要和他談一會兒話。

兩位譯者最主要的區別，是在於對 called 的一詞的理解與翻譯上。郭沫若將 called 理解為名字「叫……」，周紫英將其理解為「拜訪」。其實，若拋開具體語境，兩種理解在語法上都成立。a girl called you，意思就是有個女孩拜訪你；a girl called Amy is from America，意思就是一個從美國來的名叫艾米的女孩；a boy called John，意思就是指一個名喚約翰的男孩。從英語原文看，我倒是更傾向於郭沫若的理解。因為原文在 called 與 asked 之間，被符號而不是連接詞隔開。如果像周紫英那樣翻譯為「有一個女人來拜訪——要和他談一會兒話」，「拜訪」和「要和他談一會兒話」被隔開後，給人

〔註154〕Henry Alexander：《戲劇家高爾斯華綏》，蘇芹蓀譯，《文藝月刊》1933 年第 4 卷第 2 期，第 52 頁。

的感覺彷彿是女性所要求的「談一會兒話」有些難以出口的意味。實際上，在劇中這位女性始終是以 unknown 的形式出現的，就是不知道她的姓名，那位管家在報告的時候，called 與 asked 之間出現的符號，表示的是話語的停頓，想要說出是誰前來拜訪卻又不知其名，故此說不下去的意思，而不是猶疑或難以出口。

　　一般性的文字翻譯中，郭沫若總是能夠以其文學上的天賦感覺，在翻譯的過程中將小說內在的審美意蘊呈現了出來。遇到帶有文化背景的表述時，郭沫若的翻譯有時候就不能令人滿意。周紫英指出的第五處錯謬就屬於這種情況。

　　Only since——only since Good Friday.

　　郭沫若譯為：只是——只是在前禮拜五才認識的。

　　周紫英改譯：只從——只從耶穌受難節那一天起的。

　　劇作家給出了了劇本故事發生的時間:The action of the first two Acts takes place on Easter Tuesday; the action of the third on Easter Wednesday week。郭沫若譯為：「前二幕之事實發於復活祭之禮拜二；第三幕之事實發於翌週之禮拜三。」翌（yì），意思是時間緊接在今天、今年之後的。按理推之，翌週應該是下一週的意思。此處，應該是郭沫若的筆誤。因為原文明明白白寫著三幕戲都發生在 Easter week（復活週），此處應譯為「同一週之禮拜三」才對。Easter 指的是復活節，紀念基督耶穌復活的節日，為春分之後第一次滿月後的第一個星期日，大致在 3 月 22 日到 4 月 25 日之間。Good Friday 是耶穌被羅馬政府釘在十字架上的日子，中文有時也譯作「耶穌受難日」，對於福音派教徒來說，耶穌是來人間傳播福音的，耶穌受難的日子其實也就是以唯一無辜者的犧牲為世人贖罪的日子，對於世人來說自然也就算是「好日子」。Good Friday 就是復活節 Easter Sunday（復活節）的前一週的星期五。《銀匣》三幕戲，就發生在從 Good Friday 到 Easter 之間兩個星期之內。當第一幕中無名女性回答議員的問話，說出自己與杰克認識的時間時，具體來說就是剛剛過去的上一個星期五。因此，就原文句子所表達的實際意思來說，郭沫若的譯文委實不能算錯。若是認為翻譯不僅僅是譯出原文的意思，還要盡可能地保留原文的文化內涵，那麼，郭沫若的譯文顯然沒有保留 Good Friday 的基督教文化內涵。

　　從上述幾個例子來看，郭沫若的翻譯是在理解整部劇作的基礎上重新按

照漢語的表達習慣進行的翻譯，對原文中特有的文化內涵等的呈現並不特別在意。周紫英看重原文中帶有原語文化內涵的詞的翻譯問題，故而認為郭沫若的翻譯存在錯謬，與以前的翻譯相比走上了一條「歧路」。實際上，郭沫若從開始翻譯時起，就奔跑在「創造性的叛逆」道路上，在順化和歸化之間「自由」地選擇譯語，突出的特點便是譯者以其強大的主體話語控制權保持著譯文自身內在邏輯的統一，在整體上與原文相吻合，但具體詞句的對譯並不恰切，若是單獨將一些句子摘出來對照原文與譯文，給人的感覺就是翻譯存在謬誤。

周紫英指出的第十二處謬誤，呈現的便是譯者主體過於個人化的理解與原文之間的張力。

> Marlon goes out, his face concerned; and Barthwick stays, his face judicial and a little pleased, as befits a man conducting an inquiry. Mrs. Barthwick and her son come in.

> 郭沫若譯為：馬羅走出，面孔上有些擔心的樣子；白士維留著，表示一種裁判官的神氣，好像下了一個決心的人一樣，頗有幾分得意之感。白士維夫人和她的兒子走來。

> 周紫英改譯：馬羅走出，面有優容；白士維留著，臉上呈露法官的神氣，面稍現悅色，適合一個開理案件的人的態度。白士維夫人和她的兒子走進。

兩位譯者最主要的區別，在於如何翻譯 as befits a man conducting an inquiry。這是一個從屬句，用來進一步解釋說明前一句 his face judicial and a little pleased。白士維知道自己的銀煙盒被盜之後，和傭人馬羅談論偷者可能會是誰，並最終鎖定了新來的女傭蔣四家的。劇中的白士維驕傲自大，毫無根據的一番臆測，卻很自以為是，his face judicial and a little pleased 顯露的便是白士維的這種心態。郭沫若的翻譯，「好像下了一個決心的人一樣」，顯然與原文不甚相符。周紫英將其改譯為「適合一個開理案件的人的態度」，這是沒有什麼錯誤的直譯。中文的表達習慣與英語畢竟不同。「臉上呈露法官的神氣」與「適合一個開理案件的人的態度」兩個短句並列，後者修飾說明前者，「神氣」與「態度」，似乎沒有反覆說的必要，因而不免給人囉嗦的感覺。郭沫若顯然意識到了這個問題，所以他的譯文「表示一種裁判官的神氣，好像下了一個決心的人一樣，頗有幾分得意之感」。郭沫若的譯文雖然

讀起來順暢，更符合漢語的表達邏輯，在某種程度上改變了原文的意思，卻又不能有助於譯文營造情趣，這些地方的翻譯也就表現出郭沫若的隨意。郭沫若等創造社同人初登文壇時，以鋒利的筆觸抨擊現代文壇譯壇上種種的粗製濫譯，若是以那時對翻譯的態度與《銀匣》的翻譯相比較，周紫英認為譯者走上了「歧路」並非沒有道理。

郭沫若反對象「對翻電報號碼」似的「一字一句的逐譯」，強調真正的翻譯「應得是譯者在原詩中所感得的情緒的復現。」〔註155〕「復現」有時候太過於自由，近乎是譯者的重寫。這樣做的結果，便是郭沫若的譯文自成體系，語句之間自有其內在的邏輯的一致性，整體上閱讀，會體驗到原作蘊涵的審美情趣，若只是摘出某些句子，比照原文與譯文，就會發現郭沫若的翻譯遠離了原文，甚至把原文語句的表達完全弄反了。如周紫英指出的第十五處錯謬：

Mr. Johns: Oh! No, Sir, not very hard, sir, except of course, when I don't get my sleep at night.

郭沫若譯文：（蔣四家的）哦；不的，一點也不甚吃力的；呃，老爺，不消說，要我晚上能夠睡覺的時候才行。

周紫英改譯：啊；不的，老爺，不十分吃力，老爺；除非，不消說，當我晚上得不到睡的時候。

要理解上面的譯文，首先要清楚蔣四家的話是回答白士維的詢問：And how about your work here？ Do you find it hard？英語問話中的肯定回答與否定回答，和漢語的習慣稍有不同。蔣四家的答話，既有肯定的回答，又有否定的回答。周紫英的譯文，顯然是按照英文原有的表達進行的直譯，這樣的翻譯自然是正確的。郭沫若的譯文將最後一個分句從否定句譯成了肯定句，且 except 這個轉折詞也沒有譯出來。郭沫若譯成肯定句後，後面的分句就變成了對感覺不吃力的進一步說明，而周紫英的譯文中，後面的分句是對相反情況的說明。但是，並不能就此判定郭沫若的翻譯就是錯的，只能說兩種翻譯其實是同樣意思的不同的表述，意思都是：吃力不吃力，和晚上能不能夠睡好覺有關。郭沫若略譯了一個轉折詞，此外還省略了一個 sir，整個回答的句子讀起來讓人感覺蔣四家的挺能幹，回話不像原文顯得那麼緊張。周紫英

〔註155〕 郭沫若：《古書今譯的問題》，《郭沫若全集》文學編第 15 卷，北京：人民文學出版社，1990 年，第 166 頁。

的譯文與郭沫若的翻譯相比，給人的感覺便是蔣四家的作為下人，顯得細碎，回話人帶有比較緊張的感覺。相對於劇中的其他人物，郭沫若顯然對蔣四家的較為欣賞，在其他各處的翻譯中，郭沫若的譯文也都有意無意地將強化了蔣四家能幹、誠實與堅韌的品質。這是源自譯者主體的一種偏愛。對於該處譯文那麼明顯的肯定句與否定句的翻譯，筆者更傾向於是郭沫若翻譯時的主動選擇，而非由於無知或疏忽而導致的錯謬。

第八章　郭沫若對辛克萊小說的譯介

厄普頓・辛克萊（Upton Sinclair，1878.9.20～1968.11.25），出生於美國馬里蘭州的巴爾的摩市。14歲時考入紐約城市大學，在校期間接觸到了社會主義理論，成為社會主義的支持者。1904年下半年，《向真理呼籲》的編輯派辛克萊去芝加哥調查屠場工人的生活，正是這次調查催生了長篇小說《屠場》。1906年，《屠場》全書出版，隨即在美國社會引發巨大反響。杰克・倫敦非常推崇這部小說，將其視為「直率的無產階級的小說」，「無產階級的就必須是徹底的。這本書的作者是理智的無產階級。它為無產階級者而創作。它由一家無產階級出版社來出版。它被無產階級者來閱讀。基於這一點，如果無產者不來傳播它，那它就不可能得到傳播。一句話，要為它付出至高的無產階級的努力……每一個勞動者都會閱讀這本書，這本書會打開一直對社會主義閉耳裝聾的無數隻耳朵。它會把我們傳播（社會主義）的種子植入沃土。」〔註1〕

辛克萊先後曾出版過80多本書，影響最深遠的是《屠場》，辛克萊也在小說出版的當年因此而被美國總統西奧多・羅斯福稱為 Muckraker。Muckraker 譯為「扒糞者」或「黑幕揭發者」，是約翰・班揚《天路歷程》（The Pilgrim's Progress）中塑造的一類人物形象，他們只知道埋頭收集髒污，不願意昂頭接受天主的榮耀。美國總統西奧多・羅斯福曾用這個詞來指稱那些寫揭露新聞的記者。

〔註1〕　轉引自魏莉等著：《英語文學中的社會主義思潮研究》，北京：中國社會科學出版社，2018年，第234頁。

賽爾斯談到辛克萊時說：「辛克萊雖然不滿於自己的著作沒能促使美國人民成為社會主義者，但是他對男女工人的影響遠遠卻超過他的預期。」〔註2〕辛克萊的小說《屠場》《石炭王》等，以大膽真實的筆墨描述美國工人的苦難生活。小說《屠場》中擁擠不堪的牲畜柵欄與罐頭鎮工人們的蝸居互為象徵，向讀者們展現了資本主義殘酷的經濟剝削本性。小說對工人以組織工會形式爭取正當權利的鬥爭給予了充分的肯定，還塑造了尤吉斯（Jurgis）這樣一個走向社會主義的無產階級代表人物。但是，大眾在閱讀小說後率先受到觸動，出離憤怒進而提起強烈抗議的，卻是小說呈現出來的肉類加工企業的衛生狀況。1906年，美國政府通過了《衛生食品與藥品法案》。就這一點來說，辛克萊的著作瞄準的是美國人民的心，打中的卻是他們的胃。與美國讀者的接受相反，中國的讀者似乎才是辛克萊小說的理想讀者。很少有中國讀者熱心於討論辛克萊小說中的食品衛生問題，而是普遍地對辛克萊所關心的工人生活狀況及無產階級運動感興趣。就此而言，在遙遠的東方，地球的另一面，辛克萊的小說找到了真正的知音。

20世紀中國革命文學論爭及左翼文學中，美國左翼作家厄普頓‧辛克萊是一個非常顯赫的名字。1928年，葉靈鳳在《辛克萊的新著》中說：「被梁實秋教授嘲為『一個偏激的社會主義者』的辛克萊，U.Sinclair.他的這個不詳的名字已開始在我們的雜誌上流佈。最近郁達夫更想在那裡翻譯他的『Mammonart』，並且在北新上寫了一篇關於他的介紹。聽說郁達夫不久之前曾到日本去買了一大批書回來，想來這就是他的成績了。」〔註3〕1929年，趙景深撰文介紹「二十年來的美國小說家」時，認為辛克萊「是國人最熟知的」〔註4〕美國小說家。當時，國內翻譯出版的辛克萊作品只有4部，卻已被視為是國人「最熟知」的美國小說家了。後來，這個判斷又升格為「最受外國歡迎的美國作家」：「在國外，辛克萊是作品最受歡迎的美國作家。他的作品在卅九國家中已有四十七種文字的譯本七百七十二種。」〔註5〕

〔註2〕Barry Sears. *Afterword. Upton Sinclair. The Jungle.* New York: Penguin Group Inc, 2001, p398.

〔註3〕葉靈鳳：《辛克萊的新著》，《戈壁》1928年第1卷第1期，第58頁。

〔註4〕趙景深：《二十年來的美國小說》，《小說月報》1929年8月10日第20卷第8期。

〔註5〕《最受外國歡迎的美國作家：辛克萊略傳》，《新聞資料》1947年第149期，第3頁。

　　1929 年 2 月 1 日，周揚在《北新》半月刊第 3 卷第 3 期介紹辛克萊的傑作《林莽》（即《屠場》）時說：「辛克來便是一位旗幟鮮明的 Propagandist。他說過：『一切的藝術是宣傳，普遍地不可避免地是宣傳；有時是無意的，而大抵是故意的宣傳』。我們在他的《林莽》中，便可看出這種藝術的偉大意義，便可看出他顯然地是一個大聲疾呼的 Muck-raker，是一個社會主義的 Propagandist。」〔註 6〕1930 年，辛克萊漢譯出現了一個真正的高峰，譯作多達 12 種，〔註 7〕《向金性》（錢歌川譯）、《拜金主義》（Money Writes，陳恩成）、《戀愛論》（伊索譯），長篇小說《實業領袖》（The Industrial Republic，邱韻鐸、吳貫忠合譯）、《密探》（The Spy，陶晶孫譯）等譯作都在這一年出版。三倍的翻譯增速，足以使得國人對辛克萊更加「熟知」。「辛克萊！辛克萊！這名字在現在譯述界裏好像已夠震動了……辛克萊著的小說經過中譯的現在已有〔靠〕十種，一班嗜讀他的作品的讀者盡是受了感動而憤激。」〔註 8〕「關於美國的烏普頓・辛克萊，我們是已經曉得了很多的了，他的作品，已經迻譯過來的，有《石炭王》《屠場》《波斯頓》《煤油》《山城》《錢魔》等，他的重要的作品，我們在書店中差不多都可以買到；而且談論他的文章也很多，我記得好似有人說過，『一九三〇年的中國文壇，是辛克萊的』；因為這個年頭，他的《石炭王》和《屠場》，在中國的新興文壇上，掀起了巨大的波浪。」〔註 9〕

　　在左翼文壇上，辛克萊成為許多作家學習模仿的對象。馮潤璋不無自得地回憶自己被捕受審的情形時說：「終審時，一個偽法官看見我的名字，問我是不是馮潤璋，我說是的。他問我來天津幹什麼？我說來這裡視察左聯工作。他便呼我為馮先生。他說，你的作品我讀得很多，我很欽佩你，你是中國的辛克萊。」〔註 10〕段英回憶說：「由於我喜歡讀文藝書籍，冰瑩介紹我許多中外當代的文學作品給我閱讀。我還能記憶的美國辛克萊的《屠場》《石

〔註 6〕　周揚：《辛克來的傑作：〈林莽〉》，《周揚文集》第 1 卷，北京：人民文學出版社，1984 年，第 1 頁。

〔註 7〕　王建開：《五四以來我國英美文學作品譯介史（1919～1949）》，上海：上海外語教育出版社，2003 年，第 64 頁。

〔註 8〕　清明：《讀〈辛克萊評傳〉後的一種感想》，《中華新書月報》1931 年第 1 卷第 3 期，第 8～9 頁。

〔註 9〕　李梨：《評〈錢魔〉》，《中國新書月報》1934 年第 3 卷第 1 號。

〔註 10〕　馮潤璋：《我記憶中的左聯》，《左聯回憶錄（上）》，北京：中國社會科學出版社，1982 年，第 89 頁。

炭王》等著作都是在那個階段讀的。它幫助我瞭解到資本主義、資本家是怎樣剝削的。」〔註11〕王堯山回憶說：「我又貪婪地看翻譯作品，如《土敏土》《石炭王》《毀滅》《鐵流》以及高爾基的許多作品。我的周圍雖然是黑暗，但左翼文化猶如一盞閃閃的明燈，照耀著我在這崎嶇道路上前進。」〔註12〕辛克萊這個名字，不僅僅意味著是一個成功的文學家，還是一個以自身的偉大反資產階級獲得成功的作家。「辛克萊！辛克萊！這名字在現在譯述界裏好像已夠震動了。可是辛克萊到底是甚等的人物？美國以資本主義的國家，何以竟產生了一個這麼偉大的資本主義反對論者，何以不仿傚一般資本主義的國家，對他取嚴厲的制裁，而讓他的作品一本本地貢世呢？這不是美國資本階級的洪量，正是辛克萊的偉大。」〔註13〕在中國現代作家們的眼裏，作為左翼作家的辛克萊揭露批判美國資本主義社會，在文學創作上以其「偉大」獲得了成功，正是中國現代作家們的榜樣。

作家們在文學創作中也喜歡引證辛克萊。「『文學是人生的表現』；就是為和一般革命文學批評家所崇拜的 Upton Sinclair 也如是說。」〔註14〕白薇在 1933 年撰寫的《〈昨夜〉序詩》的開篇一節寫道：「辛克萊在他《屠場》裏借馬麗亞的口說：／『人到窮苦無法時，什麼東西都會賣。』／這話說明了我們底書信《昨夜》出賣的由來。」末尾一節寫道：「出賣情書，極端無聊心酸，／和『屠場』裏的強健勇敢奮鬥的瑪莉亞，／為著窮困極點去賣青春樣的無聊心酸！」〔註15〕白薇在中國公學中文系教書時，也曾講過《屠場》：「白薇是『左聯』盟員，她教『名著選讀』，講授過《母親》《一週間》《鐵流》《屠場》等。」〔註16〕蕭紅創作的短篇小說《手》中，主人公王亞明跟不上課，想卻又不敢分出精力「看看別的書」，一個星期日「我」在宿

〔註11〕段英：《我和「左聯」關係的片段回憶》，《新編左聯回憶（上）》，上海：上海文化出版社，2020 年，第 143 頁。

〔註12〕王堯山：《憶在「左聯」工作的前後》，《新編左聯回憶（中）》，上海：上海文化出版社，2020 年，第 704 頁。

〔註13〕清明：《讀〈辛克萊評傳〉後的一種感想》，《中國新書月報》1930 年第 1 卷第 3 期，第 8 頁。

〔註14〕冰蟬：《革命文學問題》，李何林編《中國文藝論戰》，上海：中國書店，1929 年，第 45 頁。

〔註15〕白薇：《白薇作品選》，長沙：湖南人民出版社，1985 年，第 239～241 頁。

〔註16〕林煥平：《從上海到東京——中國左翼作家聯盟活動雜憶》，《新編左聯回憶（上）》，上海：上海文化出版社，2020 年，第 292 頁。

舍裏大聲讀辛克萊的《屠場》，讀到女工瑪利亞昏倒在雪地上的一段，這時候王亞明向「我」借書看，於是「我」就將《屠場》放在她手上。「她笑著，『喝喝』著，她把床沿顫了兩下，她開始研究著那書的封面。等她走出去時，我聽她在過道也學著我把那書開頭的第一句讀得很響。」〔註17〕賀曉麥認為正是在閱讀了《屠場》之後，「王亞明才第一次朦朧地意識到她家庭的困境是由階級衝突導致的」，並認為「工人階級試圖在現存的社會體制中提高自己的地位，例如通過教育，但注定是要失敗的，只有社會主義革命才能帶來真正的變化。」〔註18〕這樣的解讀屬於過度闡釋。王亞明在學校裏的學習，和自己的生活無關，學習起來困難又吃力，她喜歡辛克萊的《屠場》，是因為有共鳴。在將書還給「我」之後，還忍不住要用手去撫摸這本書。蕭紅小說創作力從沒有簡單的階級鬥爭問題，生命的重新體驗，自我意識的覺醒卻向來是蕭紅小說敘述的重心。無論如何，蕭紅的小說再次顯示了辛克萊非同一般的影響力。

1930 年代初期，辛克萊的理論和小說湧入中國，備受左翼文壇歡迎，一時間成了文學閱讀和言說的共同的對象，很有點兒像「五四」時期進入中國的易卜生，成了時代共名主題。「美利堅的文藝作家辛克萊和新俄革命作家之所以得到成名，左右現時代全社會的作風，也就是因為能夠暴露資本主義社會的罪過成為將來新社會所需要的興奮劑……認定了每一時代有每一時代的人類社會意識，每一時代有每一時代需要的文藝作品。」〔註19〕趙景深在《中國文學小史》中敘及歐美文學的譯介時說：「歐洲文學也介紹得很多，但以近代為主，其中尤以柴霍甫、屠格涅甫、托爾斯泰、高爾基、王爾德、莫泊桑、辛克萊等家的譯文為最多。」〔註20〕

左翼文化與文學奠定了辛克萊中國接受的基礎，中國讀者喜歡閱讀和談論的主要是辛克萊關於工人鬥爭的作品，正如高地在《作家小傳：辛克萊》中所說：「辛克萊用『階級鬥爭』的名詞解釋美國生活，他的社會主義的辯證常影響到他的著作在藝術上的完美。」〔註21〕在 20 世紀 30 年代的

〔註17〕蕭紅：《手》，《蕭紅文集》，瀋陽：瀋陽出版社，1999 年，第 333 頁。
〔註18〕賀曉麥：《文體問題：現代中國的文學社團和文學雜誌（1911～1937）》，北京：北京大學出版社，2016 年，第 259 頁。
〔註19〕雨青：《文藝與時代》，《西北文化日報》1933 年 5 月 19 日。
〔註20〕趙景深：《中國文學小史》，太原：山西人民出版社，2014 年，第 189 頁。
〔註21〕高地：《作家小傳：辛克萊》，《小說月刊（杭州）》1932 年第 1 卷第 3 期，第

左翼文壇上，吸引中國作家和其他知識分子的，不是辛克萊著作上的完美與否，而是用階級鬥爭的名詞解釋社會生活。1931 年 7 月 8 日，王獨清寫給余慕陶的信中談到了辛克萊的巨大影響：「你譯的《波士頓》出版了沒有？很望它能早點出來和中國人見一見面。辛克萊這人無論如何在目前總算是一個前線的作家。最近聽說他和羅曼羅郎聯名反對蘇聯處決罪人，這事我還不知道詳極，只聽說是頗引起了許多反對，不過他底作品在目前卻實在是最能盡暴露與鼓動的能事的了。」〔註 22〕不管這信是否可靠，都點明了辛克萊在中國的流行及其因由。同年，高楊撰文介紹辛克萊的新作《羅馬假日》：「辛克萊是一個大量生產的美國作家，差不多每年就有一本巨大的著作出版。今年出版的新著，為《羅馬假日》（Roman Holiday）。這部長篇小說的題名，其意義是：羅馬經過加泰基的破壞以後，其頹落的情形，與大戰後的美國沒有兩樣。上海各書店已有此書出售，版本甚多，以 Tauchnitz 版本為最廉，每冊約華幣二元左右，從壁恒或瀛寰都可買到。」〔註 23〕這段新書介紹文字，不談著作的內容，對小說題名的解釋很有時代特色，卻與這部後來被拍成電影而舉世聞名的浪漫作品沒有什麼直接關係，這也正標明了國人對辛克萊著作的期許。1933 年，署名「朗」的一篇文字還特別指出：「美國文壇有兩個辛克萊，一個是汲頓辛克萊（Uptoin Sinclair）那是做《波士頓》《石炭王》等名著的那一位。還有一個 Sinclair Lewis，就是這個做《大街》Main street 小說的辛克萊劉易士。他曾得過諾貝爾獎金，在世界文壇中，頗足以代表美國的，但他的思想，卻沒有前一位辛克萊來得進步。」〔註 24〕余慕陶在《辛克萊論》中說的更為清楚：「我想在目前的新大眾，是不會沒有一個不曉得辛克萊這個名字的。辛克萊是酷愛正義，嫉惡如仇的人道的戰士。人們，人類的多數，一聽道了他的名字，就定會聯想到自由，平等，正義……」〔註 25〕

中國讀者以「鬥士」稱許辛克萊，仰慕辛克萊，然而現實生活中的辛克

228 頁。

〔註 22〕王獨清：《又在窮愁的旅路？——談辛克萊》，《文藝新聞》1931 年第 21 期，第 2 頁。

〔註 23〕高楊：《辛克萊的新著》，《書報評論》1931 年第 1 卷第 4 期，第 130 頁。

〔註 24〕朗：《作品與作家（一）：美國文壇的兩個辛克萊》，《微音月刊》1932 年第 2 卷第 7～8 期，第 78 頁。

〔註 25〕余慕陶：《辛克萊論》，《讀書月刊》1931 年第 2 卷第 4～5 期，第 212 頁。

萊並不總是能夠滿足國人的這一想像。因此，當辛克萊在美國參與州長競選後，中國的評論者與讀者大多認為辛克萊背叛了為工人階級奮鬥的初衷，對此多有批評，辛克萊先前的「鬥士」形象轟然破碎。中國現代文壇對辛克萊競選所取態度，實為左翼文學深受蘇聯（日本為中介）影響，將競選視為修正主義。在辛克萊參選之前，中國的譯介者一廂情願地從「鬥士」的層面上接受辛克萊，辛克萊參選之後，人們才不得不正視辛克萊小說中的工人鬥爭，其鬥爭方式和目標迥異於蘇聯道路，走的其實是修正主義的道路。「美國右翼（應為左翼之誤──引者）作家，社會黨柱石的世界知名的辛克萊（Upton Sinclair），最近突然轉向右翼，於九月十四日發表聲明，決定由民主黨出馬作明年加尼福里亞州州長之選舉。」〔註26〕1933 年《出版消息》第5、6 期刊登消息《辛克萊日趨營業化》，表達的便是越來越趨於失望的感覺：「所謂新興作家辛克萊氏。其生產地為資本主義的美國，故辛氏不免於資本化，近更日趨於營業化。去年辛氏曾運動多數作家介紹彼為諾貝爾文學獎金之候選人，按諾貝爾獎金素來是賞賜給資產階級的作家的，前曾給高爾基，曾遭高氏拒絕，今辛氏乃欲運動得之，未免有失革命作家之身份。又辛氏自開一書店，並出版一刊物，專門介紹自己作品，蓋辛氏近已完全廣告化商業化矣。又魯迅在最近出版之《二心集》中稱辛克萊為基督教的社會主義者云。」辛克萊的競選雖然損害了他左翼作家的形象，國人還是樂意從戰士的角度譯介和接受辛克萊。1934 年 11 月 11 日至 17 日的《大同報》連載了《美國文豪辛克萊：他是文藝的戰鬥士》和《美國文豪辛克萊：他是一個普羅作家》兩篇文章，文章的標題彰顯了人們閱讀和接受辛克萊的角度。1936 年，署名「曼華」的一篇文字介紹辛克萊時說：「一個用筆去鬥爭的人，烏普頓辛克萊（Upton Sinclair）現在卻成了人類的戰士。」〔註27〕知人論世是中國文論的優良傳統，從辛克萊的政治傾向談論這位美國作家，也是一個很好的角度，但若只是注重政治因素而忽略了辛克萊小說的藝術力量，未免有些買櫝還珠的意味。這種關注方式本身也正彰顯了辛克萊在中國大受歡迎的重要原因，即借他人酒杯澆自己塊壘，藝術本身有時反倒成為了背景。抗日戰爭爆發後，辛克萊又曾得到中國讀者們的關注，他的小說《不准敵人通過》就有幾種漢譯差不多

〔註26〕燕尼：《辛克萊右傾》，《讀書中學》1933 年第 1 卷第 4 期，第 85～86 頁。
〔註27〕曼華：《辛克萊：現代作家之十九》，《華年》1936 年第 5 卷第 41 期，第 13 頁。

同時出版，備受關注的依然是其反法西斯主題，而非藝術特色。

在當時的中國文壇上，李初梨等創造社同人對辛克萊文藝觀念的譯介引爆了革命文學的論爭，而郭沫若等對辛克萊的小說的譯介則使國人認識到了資本家的本質，[註 28]並從辛克萊的小說創作中學習和反思中國普羅文學的創作問題，林英在《重版石炭王的介紹與批評》一文中指出：「因為作者是以個人的新英雄去發揮一切，所以他的筆寫來，是從觀察得來的熱鬧，小說性似的緊張，一順的順下去，花花好看，而沒有從階級內在的爆發的切實力量。辛克萊的小說，大概都免不掉這毛病。這毛病的改好，是要拔去他原有的布爾階級的根性，是確實很吃力的。因此，我以為辛克萊的小說，在普羅文學上成功是極少的。於此，也可見普羅文學階級性的重要和要克服一切不正當意識及實踐的艱苦。」[註 29]一方面承認辛克萊文學創作的時代價值，「掌握著美國新興文壇的兩大健將，不能不推到甲克倫敦與辛克萊」；一方面指出其階級侷限性，「脫離不了個人主義的餘味」、「未給予這新興的有力的階級以一股光明偉大的力」，「無論讀者怎樣歡迎他，無論他的作品翻成了各國的文字，他的作品終歸不能算作無產階級文學的典型」。[註 30]將辛克萊歸為改良主義者，區別於真正的無產階級文學，這代表了左翼文壇的主流認知。「轟動一時的《屠場》和《石炭王》之類的作品，也顯然的表示著充分的改良主義的傾向。他其實只是個暴露文學家……他並非真正的普羅文學作家卻是很明顯的。我們只承認辛克萊在文學上有偉大的貢獻和成功；他是真正描寫人性的文學家，他是富有革命性和反抗性的文學家，我們敬愛他的奮鬥和犧牲的精神，但並不盲目的拉扯非普羅文學家入於普羅文學隊伍裏去。」[註 31]向培良的批評最尖銳，認為辛克萊的小說如《石炭王》不是無產階級的文藝，國人喜歡讀的乃是書中的「老羅爾曼斯底風味」，「這部書像是無產階級的文藝，用著這樣的招牌，而實際上是相反的東西」，「迎合著現代人的心理，用淺薄的羅曼斯表現著淺薄的社會思想，所以他便得著大名了。」[註 32]閱讀與批評

〔註 28〕梅志：《緬懷先輩和盟友》，《左聯紀念集：1930～1990》，上海：百家出版社，1990 年，第 105 頁。

〔註 29〕林英：《重版石炭王的介紹與批評》，《現代出版界》，1932 年第 3 期，第 7～8 頁。

〔註 30〕秀俠：《辛克萊和這個時代》，《大眾文藝》1930 年第 2 卷第 4 期，第 11～14 頁。

〔註 31〕兀刺：《辛克萊與果爾德》，《華北日報》1935 年 12 月 14 日。

〔註 32〕培良：《石炭王》，《青春月刊》1929 年第 1 期，第 1～5 頁。

重階級性，重思想性，更具體地說是側重文學的戰鬥性，左翼文學的這種要求也影響到了他們對辛克萊小說的閱讀和評價，而從辛克萊的相關評價中也能清晰地見出左翼文學在藝術與思想上的不同側重，武器的藝術在那個特定的時代壓倒了藝術的武器。整體上來說，郭沫若及其他創造社同人的新萊克譯介意義主要有這樣兩點：首先為中國現代左翼文學的發展注入了美國因素；其次就是與胡適、梁實秋等美國文化與文學的譯介相比，為國人呈現了美國不同的面相。

　　郭沫若對辛克萊小說的**翻譯**，只有放進創造社同人乃至整個左翼文壇對辛克萊的漢語譯介的整體氛圍中才能有全面深刻的認識。首先，正是在其他創造社同人率先譯介辛克萊文字且在現代文壇引發劇烈反響的情況下，郭沫若才進行辛克萊《屠場》等小說翻譯的，郭沫若與其他創造社同人的譯介實踐活動構成了一種呼應與悖離的複雜的關係。其次，在眾多的相對集中出現的辛克萊漢譯中，最惹人注意的就是李初梨、馮乃超對辛克萊文學觀的譯介，以及郭沫若對辛克萊小說的譯介，何以如此？緣於上述問題的思考，本章在具體探討郭沫若的辛克萊小說翻譯之前，詳細梳理了魯迅、郁達夫、李初梨、馮乃超等為主要代表的辛克萊漢譯情況，希冀為郭沫若的辛克萊小說翻譯還原較為宏觀的原生態語境，從文化的角度而不僅僅是對譯的層面探討辛克萊的漢譯問題。

第一節　辛克萊進入中國文壇的方式和途徑

　　The China Press 漢語譯名為《大陸報》，創刊於 1911 年 8 月 29 日，創辦者是美國職業新聞記者密勒，這是一份美國人運營和編輯的美式報紙（It was an American paper with an American editor and American staff）。這份報紙的創辦，將美國的新聞理念帶給了中國。「上海報紙於不受政治暴力之外，尤得有一大助力，則取材於本埠外報也。查本埠外報以《字林泰晤士》為最大，繼之者則為《大陸報》，皆英文也。」〔註33〕The China Press 在創刊的當天，就刊登了辛克萊離婚的消息：Upton Sinclair Sues For Absolute Divorce。1911 年 9 月 2 日，刊登了辛克萊在監獄服刑的消息：UPTON SINCLAIR DOES TIME ON ROCK PILE: Socialist Author and Fellow Faddists Server Eighteen Hours In

〔註33〕戈公振：《中國報學史》，上海：上海古籍出版社，2003 年，第 119 頁。

Delaware Jail。1911 年 10 月 8 日，刊登了辛克萊夫人有關離婚的訪談。The China Press 雖然創辦伊始就刊登了辛克萊的消息，但是直到 1915 年 12 月 19 日才刊登有關其創作評述的文字。Arthur Brisbane 在 Hopeful Jack London, Hopeful Upton Sinclair 中提到辛克萊的《屠場》，引述了小說中的一句話：「This system of government will end in just about eight years, and we shall then have a new government and common ownership of property.」 Arthur Brisbane 由此感慨地說，八年過去了，人們並沒有見到真正的新政府，也沒有獲得共同財產權。The China Press 有關辛克萊的報導主要是離婚、入獄、新書出版等消息，有關著述評述的文字很少。還有一份英文報紙 THE NORTH-CHINA DAILY NEWS，開闢了一個專欄 THE BOOK PAGE，專門介紹作家的創作動向或新書出版情況，其中多次刊發辛克萊的消息。上述兩份英文報紙上的相關文字，能否作為辛克萊在中國的紹介之始，尚有待商榷。

　　據筆者所見，最早在文章中提及辛克萊的中國現代作家是郁達夫。1923 年 5 月 19 日，郁達夫撰寫了《文學上的階級鬥爭》，最早從階級鬥爭的角度闡釋文學變遷，談到近代文學時提到了辛克萊。「我們若是定要於英文寫的書裏，看取點近代精神，不得已只好把美國已故的 Jack London 的著作和 Upton Sinclair 的小說拿出來作英文的解嘲了。」〔註34〕在郁達夫的文章中，作為例證出現的辛克萊只是出現了作家的名字而無具體作品或其他任何評價，但至少能夠說明郁達夫此時對辛克萊已經有所瞭解，否則也不會在英美作家中單單列舉 Jack London 和 Upton Sinclair 兩位。周海林說：「從大正末期到昭和初期，厄普頓‧辛克萊（Upton Sinclair，1878～1968）在日本風靡一時。在中國，對辛克萊的介紹和翻譯，要比所謂的『日本的辛克萊時代』晚了兩三年」，郁達夫、郭沫若等譯介辛克萊的留日學生「積極介紹辛克萊文學的行動可以說與日本文壇的辛克萊時代有關」。周海林說的自然是郁達夫、郭沫若在革命文學時代集中譯介辛克萊的情況，若是以郁達夫 1923 年談及辛克萊算起，留日學生最早注意辛克萊的時間實則與日本文壇同步。作為郁達夫的好友，郭沫若等創造社同人是否在當時也注意到辛克萊，或者經由郁達夫的文字知曉辛克萊，尚待進一步考證，但是認為流亡日本的郭沫若「立刻被紅極日本無產階級文壇的辛克萊所吸引」，〔註35〕將郭沫若對辛克

〔註34〕郁達夫：《文學上的階級鬥爭》，《創造週報》1923 年 5 月 27 日第 3 號。
〔註35〕周海林：《創造社與日本文學》，上海：上海社會科學院出版社，2016 年，第

萊的譯介興趣完全歸到 1928 年，恐怕也不恰當。

最早有意識地向國人介紹辛克萊的，是鄭振鐸。1927 年 6 月 10 日，鄭振鐸為自己編撰的《文學大綱》寫了《跋》，自承「本書以四年的工夫寫成」。《文學大綱》近代卷第 17 章「新世紀的文學」第三部分介紹了美國新世紀的小說、詩歌等方面的創作概況。小說家中第八個被鄭振鐸介紹的美國作家是辛克萊。「厄普頓·辛克萊（Upton Sinclair）是一個激進黨、一個社會主義者，以一部《林莽》（The Jungle）得大名，然他的作品卻很多很多。人稱之為『美國的威爾斯』（H.G.Wells）。」威爾斯（H.G.Wells）著有《時間機器》（The Time Machine）、《當睡者醒來時》（When the Sleeper Wakes）等，對於他「用傳奇式樣表現社會」，鄭振鐸以為「不很適宜」。「如果社會學的小說是新世紀英國特殊的文學產品，那麼，威爾斯便是一個最可代表的作家了。」辛克萊和威爾斯的不同是很明顯的，鄭振鐸注意到辛克萊是一個「激進黨」，卻並沒有談這一身份與其創作之間的關係，而是採用「人稱之為『美國的威爾斯』」的說法簡單地結束了對辛克萊的簡介。客觀冷靜地諦視人生的鄭振鐸，對於「激進黨」的辛克萊似乎並不怎麼欣賞，他比較欣賞的是同時期的另一位美國作家，辛克萊·劉易斯。「辛克萊·劉易斯（Sinclair Lewis）的《大街》（Main Street）之出版，是美國新世紀文壇上的一件大事。這是一個寫實的、真摯的圖畫，寫的就是隔壁鄰人的事。這是與一班流行小說不同樣的作品，在美國小說史上可以劃一個時代，且是這個時代的開始。」〔註36〕對劉易斯的評價顯然要切實得多。鄭振鐸《文學大綱》雖然提到了辛克萊，卻並沒有給予這位「激進黨」作家特別的注意。

一、譯介辛克萊之第一人及相關評價問題

魯迅接觸厄普頓·辛克萊非常早。1925 年 1 月，魯迅在《民眾文藝週刊》第 4 期和第 5 期上發表了自己翻譯的廚川白村《描寫勞動問題的文學》一文。「近代文學，特別是小說」一節中提到了辛克萊：「西洋近代的小說，而以勞動者的生活和貧富懸隔的問題等作為材料者（例如用美國的工業中心地芝加各為背景，寫工人的慘狀，一時風靡了英美讀書界的 Upton Sinclair

---

61 頁、第 63 頁。
〔註36〕鄭振鐸：《文學大綱》近代卷，長春：時代文藝出版社 2010 年，第 334～352頁。

的 The Jungle 之類），幾乎無限。」〔註37〕有意思的是，《描寫勞動問題的文學》中，很多英美作家及其作品名用的都是漢譯，本名以括弧的形式附在漢語譯名之後，唯獨有關辛克萊的這段文字，出現的作家作品都只有英語本名而無漢譯名。因此，只能說 Upton Sinclair（而不是「辛克萊」這個漢語譯名）這個名字最早出現於國人之前，據筆者所見就是此篇。

魯迅在翻譯廚川白村《描寫勞動問題的文學》時觸及了美國作家辛克萊，辛克萊對魯迅有沒有產生一些影響呢？從現有材料，看不出這次翻譯中辛克萊曾對魯迅有過什麼影響。魯迅在譯書的《後記》裏說：「本書所舉的西洋的人名，書名等，現在都附注原文，以便讀者的參考。但這在我是一件困難的事情，因為著者的專門的英文學，所引用的自然以英美的人物和作品為最多，而我於英文是漠不相識。凡這些工作，都是韋素園，韋叢蕪，李霽野，許季黻四君幫助我做的。」〔註38〕廚川白村《描寫勞動問題的文學》有關辛克萊的表述不涉及高深的理論，很容易翻譯，而專門的英文學又有別人相助，考慮到魯迅翻譯的是廚川白村的文論，而辛克萊只是廚川白村文中所舉的一個小小的例子，魯迅既沒有特別將其凸顯出來，也並沒有將 Upton Sinclair 及其作品 The Jungle 漢譯，因此談不到對譯名的校注等工作，換言之，即此文本是廚川白村的論文，魯迅翻譯此文聚焦的重心是廚川白村而不是辛克萊，不宜說魯迅在此文便向國內文壇介紹了辛克萊。當然，無意識的介紹也還是介紹。只是對魯迅而言，此時的辛克萊有等於無。

魯迅有意識地譯介辛克萊文字，始於 1927 年 12 月 21 日撰寫的《盧梭和胃口》。魯迅在此文中引用了日文版「美國的 Upton Sinclair」的一段文字：「無論在那一個盧梭的批評家，都有首先應該解決的唯一的問題。為什麼你和他吵鬧的？要為他的到達點的那自由，平等，調協開路麼？還是因為畏懼盧梭所發向世界上的新思想和新感情的激流呢？使對於他取了為父之勞的個人主義運動的全體懷疑，將我們帶到子女服從父母，奴隸服從主人，妻子服從丈夫，臣民服從教皇和皇帝，大學生毫不發生疑問，而佩服教授的講義的善良的古代去，乃是你的目的麼？」在文章末尾，魯迅特別提及自己的上述引文

〔註37〕廚川白村：《描寫勞動問題的文學》，魯迅譯，《魯迅譯文全集》第 2 卷，福州：福建教育出版社，2008 年，第 375 頁。
〔註38〕魯迅：《後記》，《魯迅譯文全集》第 2 卷，福州：福建教育出版社，2008 年，第 417 頁。

「是從日本文重譯的」，並談到了所引 Upton Sinclair 書名的涵義。「書的原名是《Mammonart》，在 California 的 Pasadena 作者自己出版，胃口相近的人們自己弄來看去罷。Mammon 是希臘神話裏的財神，art 誰都知道是藝術。可以譯作『財神藝術』罷。日本的譯名是『拜金藝術』，也行。」〔註39〕雖然只是摘譯，又是從日文轉譯，但魯迅的《盧梭和胃口》的確是筆者所見最早的辛克萊文字的漢譯。

　　《盧梭和胃口》一文的發表，表明魯迅對辛克萊的文藝思想曾有所瞭解，且可能接受了一定的影響。不過，有意思的是，魯迅在文中使用的仍然是 Upton Sinclair 的英文原名，而沒有對其進行漢譯。對於魯迅《盧梭和胃口》在辛克萊漢語譯介中的地位和作用，有學者給予了高度的肯定：「魯迅當為引譯辛克萊《拜金主義》之第一人。在他的帶動下，此後多方力量加入『爭搶』辛克萊理論的行列之中，從而掀起辛克萊在中國傳播與接受的高潮。」〔註40〕評價固然很高，魯迅也的確是辛克萊譯介的「第一人」，但魯迅的這次「引譯」和此後辛克萊在中國的傳播與接受「高潮」之間到底有著怎樣的關係，辛克萊的漢語譯介是不是皆由魯迅的「引譯」所引發和「掀起」，竊以為尚有許多值得商榷的地方。

　　魯迅的《盧梭和胃口》創作於 1927 年 12 月 21 日，發表於 1928 年 1 月 7 日出版的《語絲》第 4 卷第 4 期。1928 年 2 月 15 日，《文化批判》第 2 期出版，刊發李初梨的《怎樣地建設革命文學》和馮乃超的《拜金藝術（藝術之經濟學的研究）》，這兩篇文章都有辛克萊「藝術是宣傳」的英語原文及漢譯。從文章發表的時間上來看，的確是魯迅在前，而李初梨和馮乃超的文字在後，將時間上的先後順序置換為邏輯上的因果關係，就成了在魯迅的「帶動」下，李初梨和馮乃超等「多方力量」加入「爭搶」辛克萊理論的行列之中。這種推論看起來很美，卻與事實不符。作為先行者的魯迅，其偉大的形象並不需要依靠這種虛假的論證來維護。實際上，李初梨和馮乃超翻譯辛克萊的理論，和魯迅的「帶動」無關。馮乃超翻譯辛克萊，是在 1928 年 1 月 6 日。此時，魯迅的《盧梭和胃口》一文尚未刊出，以當時馮乃超等日本歸來的後期創造

〔註39〕魯迅：《盧梭和胃口》，《魯迅全集》第 3 卷，北京：人民文學出版社，2005 年，第 579 頁。

〔註40〕周仁成：《辛克萊的「藝術即宣傳」在現代中國的傳播與改寫》，《文藝理論與批評》2014 年第 5 期，第 108 頁。

社新銳與魯迅的關係，似乎也不可能事先從魯迅那裡看到手稿或其他消息。魯迅和馮乃超對辛克萊的譯介可謂是不約而同，而譯介的目的卻是各不相同。魯迅是為了駁斥梁實秋的婦女教育觀，而馮乃超則是為革命文學張目。馮乃超在為其譯文撰寫的「前言」中說：「以下的論文是從 Upton Sinclair 的 Mammonart 裏面選譯出來的。和我們站著同一的立腳地來闡明藝術與社會階級的關係，從種種著作之中我們不能不先為此書介紹。他不特喝破了藝術的階級性，而且闡明了今後的藝術的方向。」〔註41〕至於李初梨的文章，倒是作於 1928 年 1 月 17 日，時間上的確晚於魯迅，但也看不到受魯迅「帶動」的痕跡。譯介總會有先後，先後相繼的譯介之間有可能是各自進行互不相關。郁達夫就曾說過：「聽說《拜金藝術》一書，中國已有人介紹翻譯了，可惜我還沒有見到，否則拿來對照一下，一定有許多可以助我參考，證我拙劣的地方。」〔註42〕如果不是故意說沒有見到，郁達夫的說法起碼可以提供這樣一個佐證：譯者相互之間，並不一定就存在影響或「帶動」的關係。

魯迅的譯介在某種意義上的確「帶動」了郁達夫的譯介。在《翻譯說明就算答辯》一文中，郁達夫覺得梁實秋「很替白璧德教授的學者的根基和歐美的盛名在鼓吹」，於是他就想「順便藉重一位美國的文學家的話」，代他作答，又聲明這也並不是他的發見，「因為《語絲》裏已經引用過了。」〔註43〕所謂《語絲》已經「引用」過了，指的就是魯迅的《盧梭和胃口》，郁達夫此文撰寫於 1928 年 2 月 14 日。然而，在辛克萊的漢語譯介方面，魯迅和郁達夫並非單方面的影響，而是存在一個交互影響的問題。仔細閱讀魯迅提及辛克萊之名的幾篇文字，可以發現其中存在一個有趣的現象：魯迅在 1928 年 3 月之前寫的兩篇文字，使用的都是英文名 Upton Sinclair（《文化批判》上李初梨和馮乃超也都只用了英文名，而沒有對 Upton Sinclair 進行漢譯），但這並非是魯迅想要保持外國作家的原名，文中其他一些外國作家大都給出了漢語譯名。魯迅在 1928 年 4 月寫的《文藝與革命》中才第一次使用了 Upton Sinclair 的漢譯名（辛克來兒），之後，魯迅在 1930 年代撰寫的文字中使用的都是「辛

〔註41〕馮乃超：《拜金藝術・前言》，《文化批判》1928 年 2 月第 2 期，第 84 頁。
〔註42〕郁達夫：《拜金藝術・譯者按》，《郁達夫全集》第 12 卷，杭州：浙江大學出版社，2007 年，第 220 頁。
〔註43〕郁達夫：《翻譯說明就算答辯》，《郁達夫全集》第 10 卷，杭州：浙江大學出版社，2007 年，第 422 頁。

克萊」這個漢譯名。「辛克來兒」這個漢譯名最早的使用者是郁達夫，1928 年
2 月 16 日《北新半月刊》第 2 卷第 8 號發表的《翻譯說明就算答辯》中用了
「辛克來兒」這個漢譯名，魯迅在 1928 年 3 月 14 日寫給章廷謙的信中曾稱
讚郁達夫的這篇文章「的確寫得好」，〔註44〕魯迅文章中所用「辛克來兒」的
譯名應該來自郁達夫。顧均正在 1928 年 10 月《小說月報》上發表的《住居
二樓的人》、郭沫若翻譯並於 1928 年 11 月出版的《石炭王》使用的都是「辛
克萊」這個譯名，從此之後，辛克萊成了國內最流行的 Upton Sinclair 漢譯名。
魯迅所用「辛克萊」漢譯名應該亦源於此。作為辛克萊最早的漢語譯介者，
魯迅所用 Upton Sinclair 的漢譯名全都借鑒自後來的譯介者，這在某種程度上
似乎也說明魯迅對辛克萊並不特別重視。

　　從「帶動」與被帶動的關係看，辛克萊的漢語譯介實則有馮乃超和魯迅
兩個源頭，而辛克萊《拜金藝術》對中國文壇的影響也可以細分為兩條路徑：
一個是魯迅、郁達夫這條線，他們譯介辛克萊，其實是借來談白璧德和盧梭，
彰顯的是人文主義思潮和新人文主義思潮之間的碰撞；一個是馮乃超、李初
梨這條線，他們更關注「文藝是宣傳」，目的是要開啟革命文學（無產階級文
學）運動。區分辛克萊漢語譯介及其影響的不同路徑，除了說明影響和接受
存在種種不同外，還想要指出辛克萊《拜金藝術》也可以擁有多種面相，在
不同的思想領域和焦點問題上都可能產生較為深遠的影響。辛克萊成為「最
受中國人歡迎的美國作家」左翼文壇的，決不僅僅只限於「文藝是宣傳」這
一思想觀念。不同的影響路徑畢竟都源於辛克萊，兩條路徑之間並非涇渭分
明不能相通。

二、魯迅的視野及辛克萊的漢語譯介路徑

　　翻譯廚川白村《描寫勞動問題的文學》時，魯迅在譯本後記中聲明自己
「英文是漠不相識」，相關注釋校對都是朋友幫忙，《盧梭和胃口》從日本文
重譯了 Upton Sinclair 的一段文字，還闡述了自己對 Mammonart 這一書名翻
譯的見解，又顯得自己對於英文似乎並不是真的「漠不相識」。由此而來的
一個問題就是，魯迅是如何知道辛克萊的文學思想的？魯迅在《盧梭和胃口》
一文中引用辛克萊語句的契機何在？若是偶然，魯迅是如何偶然知曉辛克萊

〔註44〕魯迅：《280314 致章廷謙》，《魯迅全集》第 12 卷，北京：人民文學出版社，
　　　　2005 年，第 109 頁。

的這些觀點的？若非偶然，又是通過什麼途徑接觸的辛克萊？如前文所述，現有材料看不出《描寫勞動問題的文學》的翻譯與《盧梭與胃口》一文中辛克萊譯介的關聯。翻譯廚川白村《描寫勞動問題的文學》兩年後、創作《盧梭和胃口》一個月之前，魯迅曾給江紹原寫了一封信（1927 年 11 月 20 日）。魯迅在信中談到可譯的書籍時說：「須選作者稍為中國人所知，而作品略有永久性的。英美的作品我少看，也不大喜歡。但聞有一個 U. Sinclaire（不知錯否），他的文學論極新，極大膽。先生知之否？」〔註45〕寫信的時候，魯迅並不能確定自己寫的 U. Sinclaire 這個名字是否正確，談到辛克萊的時候用的字眼也是「聞」。若非謙虛，由此可知魯迅此時對辛克萊仍是較為陌生，既然對辛克萊只是「聞有」，對於其極新的文學論，似乎也應該是聽聞而知；若是謙虛，便意味著魯迅此時自己讀了辛克萊或相關的書籍。無論是哪種情況，現在都缺乏明確的相關文獻佐證。即便如此，筆者仍傾向於認為 1927 年 11 月 20 日之前的魯迅並沒有閱讀過辛克萊的《拜金藝術》。

　　1927 年 11 月 26 日，魯迅日記中有這樣一段記載：「夜往內山書店買《アメリカ文學》一本，泉二元。」〔註46〕《アメリカ文學》即《美國文學》。購買此書，自然表明想要瞭解美國文學。但魯迅對於美國文學似乎並不怎麼感興趣。除了他自己說的「不大喜歡」，周作人也曾回憶說：「他（魯迅）是反對英文的」，「光緒戊戌（一八九七）年他最初考進水師學堂，也曾學過英文，『塊司凶』這字他當然是認識的，不久改進陸師附屬的礦路學堂，便不學了，到了往日本進了仙臺醫校之後改學德文，這才一直學習，利用了來譯出好些的書。他深惡那高爾基說過的黃糞的美國，對於英文也沒有好感。」〔註47〕這段話出自周作人 1951 年寫的《魯迅與英文》，在建國後一邊倒的政治氛圍中，敘述難免受到一些影響。但綜合起來看，魯迅對美國文學的確不是特別喜歡。不喜歡不代表不去瞭解，也可能是正因為不喜歡才更要去理解。喜歡與否與魯迅購買《アメリカ文學》（《美國文學》）沒有太直接的關聯。真正值得注意的是魯迅購買此書的時間點，就在魯迅給江紹原寫信之後不幾天的工

〔註45〕 魯迅：《致江紹原》，《魯迅全集》第 12 卷，北京：人民文學出版社，2005 年，第 91 頁。

〔註46〕 魯迅：《日記十六》，《魯迅全集》第 16 卷，北京：人民文學出版社，2005 年，第 48 頁。

〔註47〕 周作人：《魯迅與英文》，《周作人散文全集》第 11 卷，桂林：廣西師大出版社 2009 年，第 442～443 頁。

夫，魯迅便購買了此書。同樣值得注意的是，就在魯迅購買了《アメリカ文
學》一書兩週之後，1927 年 12 月 14 日，魯迅的書帳中有了這樣一條記載：
「拜金芸術一本　〇.八〇」。〔註48〕書帳中的「拜金芸術」即辛克萊的《拜金
藝術》。1927 年 12 月 21 日魯迅撰寫了《盧梭和胃口》，文中引譯了辛克萊的
《拜金藝術》中談盧梭的一段文字。將上述幾條線索貫穿起來，一個較為清
晰的線索似乎可以梳理出來：魯迅「聞」知辛克萊「極新」的文學論，隨後去
購買了《アメリカ文學》，然後又購買了《拜金芸術》，接著便選譯了《拜金
芸術》中的一段文字。

　　魯迅書帳中顯示的購買《拜金藝術》的記錄，筆者以為是魯迅第一次購
買此書，也是第一次閱讀辛克萊此書。推斷依據有二：首先，如果此前魯迅
已經購買或從其他人那裡閱讀過此書，給江紹原寫信（1927 年 11 月 20 日）
時應該就不會用「聞」其文學論「極新」這樣的表述方式；其次，《魯迅全
集》對魯迅所譯《拜金藝術》文字撰寫的注釋說：「這裡的引文的根據木村
生死的日文譯本《拜金藝術》（1927 年東京金星堂出版）重譯。」〔註49〕日
文版的《拜金藝術》剛出不久，魯迅便購買了此書，短時間內魯迅似乎沒有
連續購買的必要。至於英文版的《拜金藝術》，未曾見魯迅購買的記錄，至
於是否從朋友那裡借閱，沒有資料證明。當時和魯迅交往甚為密切的郁達
夫有英文本《拜金藝術》。郁達夫在為自己翻譯的《拜金藝術》撰寫的《關
於本書的作者》中寫道：「將木村氏的譯本和原著對照起來」，又說「日文的
譯本雖則很簡略，但有許多地方，也可以省我翻字典之勞，所以對那位日文
譯者，也要表示一點感謝。」〔註50〕郁達夫購書甚為頻繁，《日記九種》所
記購買英文書籍眾多，卻並無辛克萊相關書籍的購買記錄。1928 年 2 月 24
日的日記中卻出現了「讀 Mammonart 第九十六章」的記錄，「讀 Mammonart
第九十六章，題名 The White Chrysanthemum，係評論 James McNeill Whistler
的事情的。這一位 Art for Art's Sake 主義的畫家，有一本名 Ten O'clock 的
藝術論印在那裡，當然是和 Upton Sinclair 的主張相反的，然而 Sinclair 評
他的話，卻很公正。」郁達夫在 2 月 27 日的日記中寫道：「訪錢杏邨於他

〔註48〕魯迅：《書帳》，《魯迅全集》第 16 卷，北京：人民文學出版社，2005 年，第
　　　　61 頁。
〔註49〕注釋 10，《魯迅全集》第 3 卷，北京：人民文學出版社，2005 年，第 580 頁。
〔註50〕郁達夫：《關於本書的作者·拜金藝術》，《郁達夫全集》第 12 卷，杭州：浙
　　　　江大學出版社，2007 年，第 201 頁。

的寓居，他借給我一本 Floyd Dell 氏著的 Upton Sinclair，A Study of Social Protest。」〔註51〕從錢杏邨那裡借來的這本辛克萊傳記共一百八十餘頁，郁達夫在回去的電車上就讀了四十餘頁。此時，辛克萊雖尚未在國內流行，閱讀者卻已不少。竊以為魯迅有可能從郁達夫或其他人處「聞」知辛克萊「極新」的文學論。辛克萊 Mammonart 出版於 1925 年，木村生死的日文譯本出版於 1927 年，日文版的翻譯算是很快捷了，但中間仍有兩年的間隔，在引進日文版之前，完全有可能接觸英文原版。但魯迅閱讀英文本 Mammonart 的可能性不大。畢竟，魯迅沒有英語閱讀的習慣，也經常坦言自身英文水平不足。《論「費厄潑賴」應該緩行》中說：「我不懂英文。」〔註52〕《〈阿Q正傳〉的成因》中談到《阿Q正傳》的英法文譯本時說：「英文的似乎譯得很懇切，但我不懂英文，不能說什麼。」〔註53〕《〈野草〉英文譯本序》裏說：「馮 Y.S.先生由他的友人給我看《野草》的英文譯本，並且要我說幾句話。可惜我不懂英文，只能自己說幾句。」〔註54〕在給吳渤的信裏說：「我是不會看英文的，所以小說無可介紹。」〔註55〕另外，魯迅在《盧梭和胃口》一文中，引譯了辛克萊的話後說：「不知道和原意可有錯誤，因為我是從日本文重譯的。」〔註56〕這應該也可以作為魯迅沒有閱讀過英文原版 Mammonart 的證據。

辛克萊 Mammonart 出版於 1925 年，郁達夫從錢杏邨那裡借 Floyd Dell 著的辛克萊傳記 Upton Sinclair，A Study of Social Protest 出版於 1927 年，木村生死的日文譯本出版於 1927 年。木村生死譯本有舟橋雄撰寫的《跋》，落款為「昭和二年六月」，書的版權頁所署出版日期為「昭和二年十月十日印刷，十月十五日發行」。「昭和」是日本 124 代天皇裕仁（1926.12.25～

〔註51〕郁達夫：《斷篇日記三》，《郁達夫全集》第 5 卷，杭州：浙江大學出版社，2007年，第 235～236 頁。

〔註52〕魯迅：《論「費厄潑賴」應該緩行》，《魯迅全集》第 1 卷，北京：人民文學出版社，2005 年，第 286 頁。

〔註53〕魯迅：《〈阿Q正傳〉的成因》，《魯迅全集》第 3 卷，北京：人民文學出版社，2005 年，第 400 頁。

〔註54〕魯迅：《〈野草〉英文譯本序》，《魯迅全集》第 4 卷，北京：人民文學出版社，2005 年，第 365 頁。

〔註55〕魯迅：《331116 致吳渤》，《魯迅全集》第 12 卷，北京：人民文學出版社，2005年，第 497 頁。

〔註56〕魯迅：《盧梭和胃口》，《魯迅全集》第 3 卷，北京：人民文學出版社，2005 年，第 578 頁。

1989.1.7）在位期間所用年號。「昭和二年」即 1927 年，也就是說，木村生
死的日文版《拜金藝術》最早也要在 1927 年 10 月 15 日後才能被買到，魯
迅在日文版出版僅一個月的時間就購買了此書。辛克萊的小說《屠場》
（1906）很早就產生了巨大影響，日文版《拜金藝術》扉頁有辛克萊寫給木
村生死的信，結尾處說：“I think perhaps the next book for you to translate
would be 'The Jungle'.”〔註57〕辛克萊希望木村生死接下來翻譯他的小說 The
Jungle（即《屠場》），也可以知道此時《屠場》也還沒有日文譯本。筆者之
所以列出上述時間點，意在說明辛克萊文學論真正進入東亞人的譯介視野，
乃是 1927 年的事情。魯迅說辛克萊的文學論「極新」，這「極新」指的是創
新，同時指的也是時間上的新。魯迅摘譯辛克萊《拜金藝術》中的句子批評
梁實秋，表現了魯迅敏銳的藝術感知力和強烈的時代感，他一直都在注意
世界文壇上出現的新理論。

　　魯迅《盧梭與胃口》一文，乃是針對梁實秋《盧梭論女子教育》而作，
目的性非常明顯。梁實秋的《盧梭論女子教育》最早刊發於 1926 年 12 月
15 日《晨報副刊》。1927 年 11 月上海《復旦旬刊》創刊時，編者向梁實秋
約稿，梁便把這篇曾發表過的文章又拿出來重新發表了一次。梁實秋認為
盧梭論教育一無是處，「唯其論女子教育，的確精當。盧梭論女子教育是根
據於男女的性質與體格的差別而來。」在梁實秋看來，盧梭教育論的根基是
自然主義，因為男女天生不同，故而自然應該實行不同的教育。盧梭在女子
教育方面所持的觀點，被梁實秋視為「盧梭的自然主義中最健全的一部，也
是盧梭平等論中最難得的一個例外」，「實足矯正近年來男女平等的學說」。
〔註 58〕梁實秋的意思並非要人們不講究男女平等，只是想要強調男女平等
不應該忽略了男女「自然」上的不平等。梁實秋從「自然」的角度著眼，提
出男女平等的看法，其實正吻合了女權運動「回到廚房」的歷史趨勢，即男
女平等的追求從男女都一樣走向了男女不一樣，就此而言，梁實秋的文章
並非一無是處。當梁實秋以盧梭文字為例證，試圖闡明女子就應該為家庭
服務，就應該接受結婚生子等的命運安排，這就與中國傳統社會的現代轉
型趨勢相違背，以「自然」為名義的男女平等思考羼雜進了傳統社會中男女

〔註57〕〔美〕辛克萊：《拜金藝術》，〔日〕木村生死譯，東京：金星堂，1927 年，第
　　　　1 頁。
〔註58〕梁實秋：《盧梭論女子教育》，《復旦旬刊》1927 年第 1 期，第 17～21 頁。

不平等的思想，在當時引起強烈的反駁也是理所當然。

《復旦旬刊》第 4 期發表署名「研新」的文章《讀梁實秋先生的〈盧梭論女子教育〉後》，作者指出「盧梭的女子教育的腐臭與中國的《禮記》《女誡》上的女子教育實是無獨有偶」，認為梁實秋的思想實際上便是傳統腐朽思想的遺留。1928 年《幻洲》第 2 卷第 7 期發表署名「振球」的文章《和梁實秋先生談談〈盧梭論女子教育〉》，作者以復旦女學生的身份表示不能接受梁實秋的女子教育論調：「這還不明白嗎？梁先生認定女子是男人的奴僕，結婚前要學習『嬌愛術』，結婚後必須為家庭周旋，為的是：『沒有求夫的必要』！」文章結尾落款是「1927，11，10 於江灣復旦女生宿舍」。編者又在文末加了按語：「去年冬徐詩哲編晨報副刊時，也就介紹叔本華的一篇論女子教育的大作，大意也是說女人只配做男子一個溫柔慰貼的太太。」徐志摩與梁實秋兩人的初心未必就是想要女子做男人的奴僕，客觀上卻在讀者那裡造成了這樣的影響。

一年前的文字，為何 1926 年發表的時候沒有引起注意，1927 年發表後立刻便招來魯迅和郁達夫的批評文字？若是沒有 1927 年的再發表，魯梁之爭或許還會有，卻肯定不會是現在人們所看到的這幅模樣。《晨報副刊》比剛剛創刊的《復旦旬刊》影響大多了，魯迅為何不在 1926 年的時候著文批評梁實秋《盧梭論女子教育》？對這一問題可以有很多合理的解釋。首先，此前魯迅奔波於廈門大學和中山大學，忙於學校事務而少餘暇從事批評，來到上海後，魯迅的主要精力回到文學上來，對於批評之事自然也就多有看重。「《莽原》的確少勁，是因為創作，批評少而譯文多的緣故。」〔註 59〕魯迅雖然不必如創造社那樣以打架的方式在文壇上殺開一條血路，但也知道批評是使刊物變得有勁的有效途徑，換句話說，即批評是開闢公共話語空間的利器。其次，可視為對 1927 年新月與《語絲》糾葛所作的系列反應之一。1927 年 7 月 17 日，魯迅在寫給章廷謙的信中說：「《語絲》若停，實在可惜，但有什麼法子呢？北新內部已經魚爛，如徐志摩陳什麼（忘其名）之侵入，如小峰春臺之爭，都是坍臺之徵。……人毀之而我補救之，『人』不太便宜，我不太傻麼？」〔註 60〕8 月 17 日寫給章廷謙的信中又說：「《語

〔註 59〕魯迅：《271103 致李霽野》，《魯迅全集》第 12 卷，北京：人民文學出版社，2005 年，第 84 頁。

〔註 60〕魯迅：《270717 致章廷謙》，《魯迅全集》第 12 卷，北京：人民文學出版社，

絲》中所講的話，有好些是別的刊物所不肯說，不敢說，不能說的。倘其停
刊，亦殊可惜，我已寄稿數次，但文無生氣耳。見新月社書目，春臺及學昭
姑娘俱列名，我以為太不值得。」〔註61〕魯迅很看重《語絲》，對於徐志摩
等現代評論派（新月）同人的「侵入」較為反感，同時也認為《語絲》的被
禁和北新書局被查封「有章士釗及護旗運動中人在搞鬼」。〔註62〕又因《閒
話》廣告說魯迅是「語絲派首領」而與「現代派主將」陳西瀅交戰等問題而
「作雜感寄《語絲》以罵之，此後又做了四五篇。」〔註63〕《盧梭與胃口》
的創作實則是「又做了四五篇」的系列批評之延續，並不是專門針對梁實
秋。學者劉全福梳理了梁實秋創作的有關魯迅的批評文字：《現代中國文學
之浪漫的趨勢》（1926 年 3 月 25 日、27、29、31 日《晨報副鐫》）、《北京
文藝界之分門別戶》（1927 年 6 月 4 日《時事新報·學燈》）、《華蓋集續編》
的批評（6 月 5 日《時事新報·學燈·書報春秋》）和《盧梭與胃口》，並認
為魯迅對比自己晚來人間 22 年的梁實秋「一再忍讓」，「表現出了極大的忍
耐力」，直到《復旦旬刊》發表《盧梭論女子教育》才被激怒而「首次以挪
揄的口吻點名『梁實秋教授』，並對其觀點逐項進行辯難。」〔註64〕如此一
來，一個都不寬恕的魯迅也就有了寬恕的一面，這樣的表述既顯得更客觀
辯證，也有利於塑造更為高大的魯迅形象。然而，事實是梁實秋在《時事新
報》上發表的兩篇文章用的是筆名「徐丹甫」，而魯迅一直不知道「徐丹甫」
就是梁實秋。不知道，自然也就不存在「忍讓」與否的問題。其實，即便是
魯迅知道「徐丹甫」就是梁實秋，「忍讓」的推理依然有很大的鄙陋，因為
這並不能解釋魯迅為何不在 1926 年的時候著文批評梁實秋《盧梭論女子教
育》。

　　雖然不知道「徐丹甫」就是梁實秋，魯迅肯定也將其視為了現代評論（新
月）派的人，不確知寫作者的《閒話》的廣告、不知真人的筆名，魯迅「雜

　　　　2005 年，第 52 頁。
〔註61〕魯迅：《270817 致章廷謙》，《魯迅全集》第 12 卷，北京：人民文學出版社，
　　　　2005 年，第 65 頁。
〔註62〕魯迅：《271107 致江紹原》，《魯迅全集》第 12 卷，北京：人民文學出版社，
　　　　2005 年，第 86 頁。
〔註63〕魯迅：《270919 致章廷謙》，《魯迅全集》第 12 卷，北京：人民文學出版社，
　　　　2005 年，第 70 頁。
〔註64〕劉全福：《魯迅、梁實秋翻譯論戰追述》，《四川外國語學院學報》2000 年第 3
　　　　期，第 87〜91 頁。

感寄《語絲》以罵之」自然也就只能整體批判，梁實秋在《復旦旬刊》重發《盧梭論女子教育》，正值北新書局南下上海，《語絲》復刊，魯迅被推為主編，恰是要大幹一場的時候，梁實秋此文也算正好是做了一次標靶。之所以說恰好做了一次標靶，不僅僅是魯迅在這時候正想著批新月社的人，還在於辛克萊「極新」的文學論恰在此時出現在了國人的面前，而梁實秋的持論正好也是辛克萊文學論批評的對象。這是一次極巧的外來理論的遇合。如果將魯迅《盧梭與胃口》中辛克萊的漢譯放在 1927 年魯迅和新月同人的糾葛中給予考察，一個有意思的問題就浮現出來：《盧梭與胃口》之前，魯迅連續做了「四五篇」批評文字，批評的對象大致相似，為何只有《盧梭與胃口》一文開啟了一場論爭？陳漱渝主編的《一個都不寬恕：魯迅和他的論敵》一書中，「與現代評論派的論爭」部分，沒有收錄 1927 年做的「四五篇」批評文字，而在「左聯時期參加的三次論爭」中，也沒有收錄 1927 年做的「四五篇」批評文字，而被放在第一次論爭頭篇的就是《盧梭與胃口》。這場論爭之所以能夠深入地展開，除了魯迅和梁實秋都是寫文章辯論的好手外，竊以為與當時社會轉型期兩種新理論的遇合密切相關。魯迅和郁達夫以辛克萊的文學論維護盧梭，梁實秋則以白璧德的文學論批評盧梭，辛克萊的文學論成為革命文學的一面旗幟，而白璧德則成了國內新人文主義思潮的一面旗幟。可惜的是論爭的雙方都將引入的思潮當成了戰鬥的武器，甚少真正深入的探討。梁實秋曾專門寫過一篇《辛克萊爾的拜金藝術》，似是對魯迅、郁達夫等左翼文人以辛克萊理論對其進行批評作出的回應。梁實秋在文中剖析了辛克萊理論的不足之處，認為辛克萊批評莎士比亞等諸多經典作家都存在自相矛盾之處，唯獨沒有談及辛克萊對盧梭的批評問題，似乎只要展示辛克萊在莎士比亞等作家批評方面表現出來的缺陷，辛克萊對盧梭的批評也就站不住腳了。

三、辛克萊漢譯的觀察者與「文藝是宣傳」進入中國的路徑問題

　　魯迅雖是辛克萊漢語譯介的第一人，但在國內影響最大的還是創造社的譯介活動。魯迅說：「《文化批判》已經拖住 Upton Sinclair，《創造月刊》也背了 Vigny 在『開步走』了」。〔註65〕「拖住」一詞借用的是李一氓的文章

〔註65〕魯迅：《「醉眼」中的朦朧》，《魯迅全集》第 4 卷，北京：人民文學出版社，2005 年，第 66 頁。

名。李一氓在《「拖住」》中寫道：「最近的刊物上，有意無意的都『拖住』Upton Sinclair 這位先生，如北新，太陽，獅吼，語絲等，但為甚麼都會來『拖住』他，這大概是文化批判『拖住』他，引了他一段《拜金藝術》（Mammonart）的原故。其實呢，這以前，1924 年的太平洋社雜誌上有篇《美國的高等教育》，已經『拖住』他了，就引的他的《鵝步》（The Goose-step）。這是一本批判美國教育的書。既然大家先先後後的都在『拖住』他，本刊也不妨來拖他一下。」〔註66〕《美國的高等教育》作者是陶孟和，文章敘及辛克萊時說：「現在我所要紹介的兩位批評家中的一位特別注意在組織與制度方面。他是一位社會主義者名叫辛克列而（Upton Sinclair），他的名聲是在二十多年以前著了一本小說名叫《森林》（The Jungle），揭破美國支加谷的大屠獸公司的黑幕開始的。以後他繼續發表了許多的著作，差不多都是描寫社會上的罪惡，偽善，不公平。」然後將其與中國曾經劉流行過的黑幕小說進行了區分，最後談到辛克萊對美國高等教育的批評，即「兩年前出版的《鵝步》（The Gosse-Step）」。〔註67〕同年出版的《清華週刊・書報介紹副刊》介紹了陶孟和的文章，「辛克列而（Upton Sinclair）」也出現在介紹文字中。雖然如此，李一氓的文字依然將辛克萊的流行主要歸功於《文化批判》的譯介實踐。魯迅擅長摘錄論敵的文字回擊對方，「拖住」與「開步走」相對，前者對應的是進步的革命的辛克萊，後者對應的卻是被當時的革命文學家們摒棄的象徵主義作家，魯迅藉此嘲諷了創造社倡導革命文學時的內在矛盾性，無形中卻也肯定了國內辛克萊譯介以創造社同人最用心。

　　1927 年到 1934 年期間，辛克萊在中國一度非常流行，隨後譯介熱潮便逐漸消退了。作為最早的譯介者，魯迅從沒有完整翻譯過辛克萊的任何作品，實際上在最早的轉譯後就沒有再進行過譯介，但魯迅一直留意辛克萊的漢譯情況，從辛克萊的漢譯等情況中思考中國現代翻譯文學的一些問題，故而筆者稱他為一個熱心而清醒的觀察者。1933 年 8 月 14 日，魯迅在《為翻譯辯護》一文中說：「中國的流行，實在也過去得太快，一種學問或文藝介紹進中國來，多則一年，少則半年，大抵就煙消火滅。靠翻譯為生的翻譯家，如果精心作意，推敲起來，則到他脫稿時，社會上早已無人過問。中國

〔註66〕李一氓：《「拖住」》，《流沙》，1928 年第 3 期，第 9 頁。
〔註67〕孟和（陶孟和）：《美國的高等教育》，上海《太平洋》月刊 1924 年第 4 卷第 6 期，第 1～2 頁。

大嚷過托爾斯泰，屠格納夫，後來又大嚷過辛克萊，但他們的選集卻一部也沒有。」〔註68〕1935 年 9 月 15 日，魯迅在《壞孩子和別的奇聞》《譯者後記》中說：「在中國卻不然，一到翻譯集子之後，集子還沒有出齊，也總不會出齊，而作者可早被壓殺了。易卜生，莫泊桑，辛克萊，無不如此，契訶夫也如此。」〔註69〕魯迅在《中國文壇上的鬼魅》一文中說：「中國左翼作家的作品，自然大抵的被禁止的，而且又要禁到譯本。要舉出幾個作家來，那就是高爾基（Gorky），盧那卡爾斯基（Lunacharsky），斐定（Fedin），法捷耶夫（Fadeev），綏拉菲摩維支（Serafimovich），辛克萊（Upton Sinclair）……」〔註70〕翻譯家生活的艱難、翻譯的追風、社會環境的不良等，在魯迅看來都是造成現代文學翻譯困境的重要因素。

尼姆·威爾士（又名海倫·斯諾）在 1936 年撰寫的《現代中國文學運動》中說：「厄普東·辛克萊是最受中國人歡迎的美國作家。此外還有杰克·倫敦和約翰·里德。最近，邁克·高爾德（尤其是他的《沒錢的猶太人》）和艾格尼絲·史沫特萊女士的書讀者很多，還有賽珍珠的《大地》。」〔註71〕當時，海倫·斯諾為撰寫此文，委託丈夫埃德加·斯諾向魯迅詢問了 23 個問題。有意思的是，在《魯迅同斯諾談話整理稿》中，可以看到第 20 個問題中關於辛克萊的敘述是：「最近被譯介過來並具有相當影響的作家有劉易斯、辛克萊、雷馬克。三年前，辛克萊的作品很受歡迎。雷馬克在一九三〇年是風靡一時的作家。」〔註72〕一個是談話記錄稿，一個是參照記錄稿對現代文壇所作敘述。兩者對辛克萊的評價有著較為明顯的差異。按理來說，斯諾的談話記錄稿比其夫人根據記錄稿撰寫的文章應該更接近魯迅的原意。正如樓適夷所說：斯諾的談話記錄稿「這份史料很重要、很寶貴，但它的特點和偏限也是很明顯的：它並不是直接記錄的結果，還有採訪後回去憑記憶整

〔註68〕魯迅：《為翻譯辯護》，《魯迅全集》第 5 卷，北京：人民文學出版社，2005 年，第 275 頁。

〔註69〕魯迅：《譯者後記》，《魯迅全集》第 10 卷，北京：人民文學出版社，2005 年，第 447 頁。

〔註70〕魯迅：《中國文壇上的鬼魅》，《魯迅全集》第 6 卷，北京：人民文學出版社，2005 年，第 161 頁。

〔註71〕〔美〕尼姆·威爾士：《現代中國文學運動》，《新文學史料》1978 年第 1 輯，第 241 頁。

〔註72〕斯諾整理，安危譯：《魯迅同斯諾談話整理稿》，《新文學史料》1987 年第 3 期，第 12 頁。

理過的痕跡。有些話顯然不是魯迅說的。」〔註73〕雖然不能確認談話記錄稿中有關辛克萊的表述是魯迅的原話，但是斯諾夫婦留下的文字表明魯迅注意到了辛克萊在中國的傳播與接受，而海倫·斯諾關於辛克萊在中國接受情況的敘述應該來自魯迅的介紹。

作為辛克萊最早的漢語譯介者之一，魯迅並沒有留下更多的有關辛克萊的文字材料。人們談到辛克萊對魯迅的影響，一般都聚焦在創造社同人的譯介引發的關於「文學」（文藝）與「宣傳」關係的問題。魯迅在《文藝與革命》中說：「我是不相信文藝的旋乾轉坤的力量的，但倘有人要在別方面應用他，我以為也可以。譬如『宣傳』就是。美國的辛克來兒說：一切文藝是宣傳。我們的革命的文學者曾經當作寶貝，用大字印出過，而嚴肅的批評家又說他是『淺薄的社會主義者』。但我——也淺薄——相信辛克來兒的話。一切文藝，是宣傳，只要你一給人看。即使個人主義的作品，一寫出，就有宣傳的可能，除非你不作文，不開口。那麼，用於革命，作為工具的一種，自然也可以的。」又說：「但我以為一切文藝固是宣傳，而一切宣傳卻並非全是文藝。」〔註74〕雖然魯迅說是「相信」辛克萊的話，但魯迅對辛克萊「藝術是宣傳」的接受與創造社大不相同，魯迅的立足點是在文學，他的表述是一位文學家從自身真切的藝術感受力出發對文藝和宣傳關係所作的辯證認知。

魯迅對「文藝是宣傳」懷抱的態度，在現代文壇直至今天都很有典型性。首先，魯迅辯證看待文藝與宣傳的關係，更為注重文藝本身的特質；其次，將「文藝是宣傳」這一觀念的源頭追溯到辛克萊身上。自《文化批判》上李初梨和馮乃超「用大字印出」辛克萊「文藝是宣傳」的觀點後，「文藝是宣傳」（藝術／文學是宣傳）的發明權就被歸給了美國的辛克萊。《文化批判》和辛克萊《拜金藝術》所產生的巨大影響，遮蔽了「文藝是宣傳」思想進入中國的其他途徑。

郭沫若在《文藝之社會的使命》中提到了「宣傳的藝術家」：「我們並不是希望一切的藝術家都成為宣傳的藝術家，我們是希望他把自己的生活擴大起來，對於社會的真實的要求加以充分的體驗，發生一種救國救民的自

〔註73〕《〈魯迅同斯諾談話整理稿〉座談會記要》，《新文學史料》1988 年第 1 期，第 213 頁。

〔註74〕魯迅：《文藝與革命》，《魯迅全集》第 4 卷，北京：人民文學出版社，2005 年，第 84 頁。

覺。」〔註75〕在《藝術家與革命家》中又說：「藝術家要把他的藝術來宣傳革命，我們不能議論他宣傳革命的可不可，我們只能論他所藉以宣傳的是不是藝術。假使他宣傳的工具確是藝術的作品，那他自然是個藝術家。這樣的藝術家以他的作品來宣傳革命，也就和實行家拿一個炸彈去實行革命是一樣，一樣對於革命事業有實際的貢獻。」〔註76〕這時候，郭沫若談論藝術與宣傳的關係時，側重的是藝術，而不是宣傳，藝術是本位，宣傳是客觀功效。在 1924 年 8 月 9 日寫給成仿吾的信中，郭沫若對藝術和宣傳所持態度明顯有了變化。「芳塢喲，我們是革命途上的人，我們的文藝只能是革命的文藝。我對於今日的文藝，只在他能夠促進社會革命之實現上承認他有存在的可能。而今日的文藝亦只能在社會革命之促進上才配受得文藝的稱號，不然都是酒肉的餘腥，麻醉劑的香味，算得甚麼！算得甚麼呢？真實的生活只有這一條路，文藝是生活的反映，應該是只有這一種是真實的。芳塢喲，我這是最堅確的見解，我得到這個見解之後把文藝看得很透明，也恢復了對於它的信仰了。現在是宣傳的時期，文藝是宣傳的利器，我徬徨不定的趨向，於今固定了。」〔註77〕「文藝是宣傳的利器」，如果將後面的三個字去掉，不就是「文藝是宣傳」？和流行國內的辛克萊的漢語譯文一字不差。創造社譯介辛克萊的「文藝是宣傳」，重視的固然是「宣傳」，但完整地說來也就是郭沫若所說的「文藝是宣傳的利器」。一個有意思的問題出現了。魯迅在《文藝與革命》中說：「美國的辛克來兒說：一切文藝是宣傳。」實際上，馮乃超等人對辛克萊這句話的翻譯都是「一切藝術是宣傳」，而最早使用「文藝是宣傳」這個表述的是郭沫若。「文藝」與「藝術」一字之差，在郭沫若那兒所呈現的是這一文藝思想並非來自辛克萊，而是別有所宗；在魯迅那裡表現出來的則是辛克萊與非辛克萊的合流。對魯迅來說，這種糅合式的表述很自然，因為來自辛克萊的「藝術是宣傳」和非來自辛克萊的「文藝是宣傳」，國內的首倡者分別是馮乃超（李初梨）和郭沫若，他們都是創造社的成員。馮乃超和郭沫若的文藝思想來源雖有不同，表述稍有差異，在魯迅看來本質上顯然並無不同。

〔註75〕郭沫若：《文藝之社會的使命》，《郭沫若全集》文學編第 15 卷，北京：人民
　　　　文學出版社，1990 年，第 205～206 頁。
〔註76〕郭沫若：《藝術家與革命家》，《創造週報》1923 年 9 月 9 日第 18 號。
〔註77〕郭沫若：《孤鴻》，《創造月刊》1928 年 4 月 16 日第 1 卷第 2 期，第 139 頁。

　　只要不是故意吹毛求疵，讀過《孤鴻》的人應該都會認為郭沫若談的「文藝是宣傳」，和辛克萊「藝術是宣傳」的觀點並無本質區別。隨之而來的一個問題就是：郭沫若的這一見解來自何處？學者周仁成意識到了郭沫若《孤鴻》中的這段文字與辛克萊文藝觀點的相似性，進而明確談到了郭沫若這一見解的來源：「自李初梨等人將辛克萊的藝術理論改寫為文學理論，認定一切文學都是宣傳之後，贊同者大有人在。首先是來自本陣營的郭沫若基本上接受了此觀點。『真實的生活只有這一條路，文藝是生活的反映，應該是只有這一種是真實的。芳塢喲，我這是最堅確的見解，我提到這個見解之後把文藝看得很透明，也恢復了對於它的信仰了。現在是宣傳的時期，文藝是宣傳的利器，我彷徨不定的趨向，於今固定。』」〔註78〕筆者不嫌臃贅，大段照錄原作者的文字，目的只是為了保證自己的轉述沒有走樣。《孤鴻》這篇文章裏的某些字句，《創造月刊》初刊本與《郭沫若全集》版稍微有所不同，然而，兩個版本中使用的都是「徬徨」而非周仁成引文中的「彷徨」、是「得到這個見解」而不是「提到這個見解」、是「於今固定了」而不是「於今固定」。引文方面出現的這些錯漏，都還只是細枝末節的東西，重要的是周仁成這段論述呈現出來的邏輯錯誤。如果說郭沫若接受了「藝術是宣傳」的觀點，那麼接受的也不是李初梨等改寫過來的辛克萊的文學論，即便是退一萬步講，1927年底到1928年初和李初梨等日本歸來的新銳接觸頻繁的郭沫若贊同李初梨等人的思想，但這種影響無論如何也與《孤鴻》沒有任何關係。李初梨等人譯介辛克萊的文字發表在1928年的《文化批判》上，如何能夠穿越時空影響到四年之前的郭沫若？更何況郭沫若撰寫《孤鴻》的時候，辛克萊Mammonart還沒有問世呢。

　　辛克萊Mammonart出版於1925年，木村生死的日文譯本出版於1927年，所以郭沫若的看法不可能來自於辛克萊。也就是說，「文藝是宣傳」這一看法的來源有可能存在辛克萊之外的其他渠道，不宜簡單地將其歸之於辛克萊，更不能像周海林那樣認為郭沫若是「通過翻譯辛克萊的小說懂得了文學的宣傳重要性」，「『所有的藝術都是宣傳』，如同啟示一般在他的胸中閃耀」，〔註79〕「他」指的就是郭沫若，這樣的敘述，便是誇大了辛克萊之於

〔註78〕周仁成：《辛克萊的「藝術即宣傳」在現代中國的傳播與改寫》，《文藝理論與批評》2014年第5期，第110頁。

〔註79〕周海林：《創造社與日本文學》，上海：上海社會科學院出版社，2016年，第66頁。

郭沫若文學創作及思想觀念的影響力，也忽略了郭沫若在《孤鴻》中所表達的文學觀念。毫無疑問，辛克萊對郭沫若的影響是巨大的，但是應該恰當地理解和表述這種影響，否則便會遮蔽了郭沫若文學思想真正的生成與演變軌跡。

綜上所述，郭沫若對文學與宣傳關係的觀念有一個重心的轉移，即從文學向著宣傳的轉移，郭沫若《孤鴻》所表現的便是轉移後的思想，其思想根源便是河上肇的《社會組織與社會革命》。河上肇介紹過列寧《The Soviet at Work》中對社會革命歷史三個時期的劃分，還有希爾奎德的社會主義革命三個時期理論，其中第一個時期便是「精神的準備（宣傳注意）時期」，為「革命前之鬥爭期」。「社會革命之急先鋒列寧把社會革命分為三個時期：（一）宣傳時期，（二）戰鬥時期，（三）經營時期。」〔註 80〕可以肯定地說，郭沫若「文藝是宣傳」的思想的形成，和辛克萊沒有直接的關係，而是與列寧、河上肇有關，郭沫若通過翻譯河上肇的《社會組織與社會革命》「學到了馬克思主義的基本理論」〔註 81〕。這裡仍有一個問題有待解決，即在郭沫若翻譯河上肇《社會組織與社會革命》之前，他的文學與宣傳關係的觀念是怎樣形成的，又是受到了誰的影響？

最早從「藝術是宣傳」推出「文學是宣傳」這個結論的是李初梨，但是中國文壇上「文藝是宣傳」這一思想觀念的來源卻需要重新給予梳理。對於中國左翼作家來說，「文藝／藝術是宣傳」思想的接受及衍變，既有美國左翼作家辛克萊的直接影響，也還存在一個日本、蘇聯的影響線路。

第二節　左翼文學視野裏的辛克萊漢語譯介實踐

創造社同人著手辛克萊的譯介之前，譯介辛克萊的國人主要也就是鄭振鐸和魯迅。鄭振鐸的介紹一如《小說月報》上的「文壇雜訊」或「文壇消息」，只是報告有辛克萊這麼一個作家罷了。魯迅真正注意到了辛克萊，並且翻譯了辛克萊的一段文字，不過起因卻是他對梁實秋發表在 1927 年 11 月《復旦旬刊》創刊號上的《盧梭論女子教育》不滿，真正關注的是男女平等和女子

〔註80〕郭沫若：《社會革命的時機》，《洪水》半月刊 1926 年 2 月 5 日第 1 卷第 10、
　　　　11 期合刊號，第 335～342 頁。

〔註81〕〔日〕中井政喜：《革命與文學：1920 年代中國文學批評新論》，許丹誠譯，
　　　　福州：福建教育出版社，2020 年，第 5 頁。

教育問題。譯介的雖然是辛克萊的文字，談的對象卻是盧梭，辛克萊還不是文章關注的真正焦點。真正隆重地將辛克萊作為整篇文字的核心，將其關鍵性文句用特別的大號字體凸顯出來，譯介於國人之前的，是創造社同人。

一、《文化批判》上的辛克萊

　　創造社同人中，最早翻譯厄普頓・辛克萊的是馮乃超。1928 年 1 月 6 日，馮乃超翻譯了辛克萊的《拜金藝術（藝術之經濟學的研究）》。在為譯文撰寫的「前言」中，馮乃超說：「以下的論文是從 Upton Sinclair 的 Mammonart 裏面選譯出來的。和我們站著同一的立腳地來闡明藝術與社會階級的關係，從種種著作之中我們不能不先為此書介紹。他不特喝破了藝術的階級性，而且闡明了今後的藝術的方向。」〔註 82〕明確宣示了譯介辛克萊的因由。同期《文化批判》刊登了李初梨作於 1928 年 1 月 17 日的《怎樣地建設革命文學》，文中引用了辛克萊《拜金藝術》中的一句話，寫出了英語原文同時也做了翻譯：

All art is propaganda. It is universally and inescapably propaganda; sometimes unconsciously, but often deliberately propaganda.

李初梨譯文：一切的藝術，都是宣傳。普遍地，而且不可逃避地是宣傳；有時無意識地，然而常時故意地是宣傳。〔註 83〕

馮乃超譯文：一切的藝術是宣傳。普遍地，不可避免地它是宣傳；有時是無意識的，大底是故意的宣傳。〔註 84〕

　　當時，李初梨和馮乃超都住在創造社為他們租住的房子裏，朝夕相處，共同致力於《文化批判》的編輯及其他文學革命活動，他們在翻譯辛克萊《拜金藝術》中的文字時，按照道理來說應該會相互交流。《文化批判》第 2 期的稿子在出版前也曾放在創造社出版部，1928 年 2 月 12 日郭沫若就在出版部讀過一些稿件。「午後往出版部，讀了彭康的《評人生觀之論戰》，甚精彩，這是早就應該有的文章。回視胡適輩的無聊淺薄，真是相去天淵。讀了巴比塞的《告反軍國主義的青年》（均《文化批判》二期稿）。」〔註 85〕此時，《文

〔註 82〕馮乃超：《拜金藝術・前言》，《文化批判》1928 年 2 月第 2 期，第 84 頁。
〔註 83〕李初梨：《怎樣地建設革命文學》，《文化批判》1928 年 2 月第 2 期，第 5 頁。
〔註 84〕馮乃超：《拜金藝術・前言》，《文化批判》1928 年 2 月第 2 期，第 87 頁。
〔註 85〕郭沫若：《離滬之前》，《郭沫若全集》文學編第 13 卷，北京：人民文學出版社，1992 年，第 296 頁。

化批判》第 2 期編輯工作已經結束，「編輯雜記」所署的日期是「二月十日夜」。既然郭沫若在出版前能看到《文化批判》第 2 期的稿子，沒理由身為編輯的李初梨和馮乃超沒有在出版前讀到這些稿子。應該有交流的兩人，為著相似的目的翻譯辛克萊的同一句話，似乎並沒有努力使兩人的譯文相似，相反地，似乎有意識地在拉開相互間的距離。個人感覺李初梨的讀起來更為順暢，考慮到李初梨文章創作日期晚於馮乃超 11 天，李初梨參照了馮乃超的譯文並稍微做了修飾，也是很可能的事情。無論如何，我都覺得兩位譯者譯文的區別是值得注意的一件事情。因為這種區別本來沒有必要，李初梨的文章只是引用辛克萊的一句話而已，句式不複雜，意思也不難理解，而之前馮乃超翻譯的也並沒有什麼錯誤，如果李初梨不同意馮乃超的譯文，大可建議馮乃超修改，然後再在自己的文章中使用這段引文。這樣，作為創造社的同人在同一期刊物上用同樣的譯文同時推出辛克萊，不是更顯得志同道合親密無間嗎？

　　將 All art is propaganda 譯成「一切的藝術，都是宣傳」，還是「一切的藝術是宣傳」，不同的翻譯選擇呈現出來的並非是譯者對原文理解的差異，也很難說是譯者不同翻譯風格的體現，同期刊物上出現的不同譯文更像是在傳達這樣一條信息：這些都是著者自己進行的翻譯。作為一個群體，他們各以其自身的努力「在我們這個學術落後的國家」〔註 86〕努力「輸入」「許多用語」，掀起一場新的啟蒙運動。有意無意地顯示同人們的翻譯之能，這是後期創造社期刊表現出來的一個共同特色。如果說前期創造社呈現了文學社團較為典型的構成模式：詩人、批評家和小說家，那麼《文化批判》創刊後的創造社代表的構成模式則是：翻譯家和批評家。翻譯和批評所聚焦的不是文學的趣味，而是「把捏著辯證法的唯物論，應用於種種活生生的問題」。〔註 87〕通過譯介引入「辯證法的唯物論」的新詞彙，經由批評建構新的話語方式，這是後期創造社同人推動革命文學轉向的兩大支柱。

　　《文化批判》共出版了 5 期，有關辛克萊的單獨成文的翻譯只有馮乃超發在《文化批判》第 2 期上的《拜金藝術（藝術之經濟學的研究）》，全譯文大約 3000 字左右；此外，就只有李初梨的《怎樣地建設革命文學》談到了辛克萊。《怎樣地建設革命文學》除了前文提及的那句譯文，結尾談到「暴露的

〔註 86〕《編輯初記》，《文化批判》1928 年 1 月第 1 期，第 103～104 頁。
〔註 87〕《編輯雜記》，《文化批判》1928 年 2 月第 1 期，第 135 頁。

無產文學」時，舉了一個例子：「例如 Sinclair 的『王子哈梗』」。〔註88〕全文
與辛克萊直接相關的就只有這兩句，絕不像有人說的那樣：「李初梨曾經大量
譯引辛氏的文藝觀點，馮乃超曾經摘引過辛氏《拜金藝術》中抨擊傳統文學
的若干段落。」〔註89〕至於馮乃超，他也不是「摘引」，而是「摘譯」。李初
梨引譯了辛克萊的話後說：「文學是藝術的一部門，所以，我們可以說：『一
切的文學，都是宣傳。普遍地，而且不可逃避地是宣傳；有時無意識地，然而
時常故意地是宣傳。』」〔註90〕將其與李初梨自己的譯文相對照，可知李初梨
的文學定義並非如人所說：「無論是從外觀上還是從實質上來看，都是在有意
識地模仿、借鑒辛克萊的藝術定義的基礎上作出的。」〔註91〕不是「模仿、
借鑒」，而是照搬辛克萊的定義，不過是將「藝術定義」縮小為「文學定義」
罷了。「文學是藝術的一部門」，〔註92〕李初梨用「文學」二字替換了辛克萊
原話中的「藝術」，所以李初梨此文並非重新定義了文學，而是引入了辛克萊
的文學新定義！或者更準確地說是：「李初梨在原文中引了辛克萊的『一切的
藝術都是宣傳』，並由此推導出：『一切的文學都是宣傳』」。〔註93〕這樣的表
述依然不夠準確，這也是 20 世紀 80 年代學者自由引述文字的特點。李初梨
句子中間的逗號被省略了，省略之後，「一切的藝術都是宣傳」就更像是馮乃
超的翻譯。

　　辛克萊「文藝是宣傳」觀念的引進，是後期創造社革命文學轉向中至為
關鍵的一環。轉變意味著揚棄，一方面引入新思想，一方面摒棄某些舊的思
想。作為後期創造社的兩大機關刊物，《文化批判》和《創造月刊》上刊載的
文字也清晰地呈現出轉型期的某些特點。「《文化批判》已經拖住 Upton
Sinclair，《創造月刊》也背了 Vigny 在『開步走』了」。〔註94〕Vigny 是法國象

〔註88〕李初梨：《怎樣地建設革命文學》，《文化批判》1928 年 2 月第 2 期，第 19 頁。
〔註89〕葛中俊：《厄普頓・辛克萊對中國左翼文學的影響》，《中國比較文學》1994 年
　　　　第 1 期，第 198 頁。
〔註90〕李初梨：《怎樣地建設革命文學》，《文化批判》1928 年 2 月第 2 期，第 5 頁。
〔註91〕葛中俊：《厄普頓・辛克萊對中國左翼文學的影響》，《中國比較文學》1994 年
　　　　第 1 期，第 198 頁。
〔註92〕李初梨：《怎樣地建設革命文學》，《文化批判》1928 年 2 月第 2 期，第 5 頁。
〔註93〕周惠忠：《關於李初梨的文學定義問題——與艾曉明同志商榷》，艾曉明：《中
　　　　國左翼文學思潮探源》，長沙：湖南文藝出版社，1991 年，第 408 頁。
〔註94〕魯迅：《「醉眼」中的朦朧》，《魯迅全集》第 4 卷，北京：人民文學出版社，
　　　　2005 年，第 66 頁。

徵主義詩人，帶有世紀末的頹廢情調，批評家聖佩韋稱其為象牙塔裏的詩人。一方面是「激進黨」的 Upton Sinclair，一方面是消極頹廢的 Vigny，這種混雜正顯示了後期創造社轉向過程中存在的內部複雜的矛盾與衝突。唯美與頹廢的文學創作與文學思潮，在革命文學興起後往往便被意識形態化了。「頹廢——唯美主義文學思潮屬於意識形態。文學作品，既是意識形態，又不只是意識形態；或者說既有意識形態的性質，又有非意識形態的性質。但文學思潮必定屬於意識形態。在中國現代，它們的意識形態的性質尤其明顯。因為，它們都非常明確地宣布自己對於社會的認識，對於文學的追求。」〔註 95〕魯迅向來善於以子之矛攻子之盾，他指出創造社自身存在的矛盾性，也是從意識形態的角度譏諷創造社同人倡導的「奧伏赫變」其實並未真正實現。魯迅的質詢切中肯綮，逼迫創造社同人不得不給出解釋。成仿吾說：「《文化批判》介紹 Sinclair 而《創造月刊》介紹 Vigny。這兒實在有絕大的矛盾；不過 Vigny 的介紹是去年以來的續稿。」〔註 96〕一個是「續稿」，一個是新介紹，舊的漸去而新的方生，說明後期創造社在努力地實踐著自身革命文學的轉向。Vigny 的稿件為穆木天所撰，編輯是王獨清。《創造月刊》從第 1 卷第 11 期起解除了王獨清的編輯職務，這從另一個方面也說明了後期創造社革命文學轉向的內部努力。

　　《文化批判》對辛克萊的譯介，在現代文壇上引發了持續的深遠的影響。文學研究會刊物《文學週報》認為創造社同人不過是譯介了「一點點辛克萊的『口號』」，〔註 97〕這一批評近乎事實，而令人驚異的事情也正在於此：《文化批判》近於口號式的簡單譯介引爆了現代文壇辛克萊譯介的熱潮，使創造社成為了國內辛克萊漢語譯介的標牌。1928 年 4 月 4 日魯迅在給董秋芳的回信中寫道：「美國的辛克來兒說：一切文藝是宣傳。我們的革命的文學者曾經當作寶貝，用大字印出過，而嚴肅的批評家又說他是『淺薄的社會主義者』。但我——也淺薄——相信辛克來兒的話。一切文藝，是宣傳，只要你一給人看。」〔註 98〕從上述這段文字可以見出，即便是作為辛克萊

〔註 95〕　支克堅：《序》，解志熙：《美的偏至：中國現代唯美——頹廢主義文學思潮研究》，上海：上海文藝出版社，1997 年，第 4 頁。

〔註 96〕　石厚生（成仿吾）：《畢竟是「醉眼陶然」罷了》，《創造月刊》1928 年 5 月第 1 卷第 11 期，第 121 頁。

〔註 97〕　李作賓：《革命文學運動的觀察》，《文學週報》1929 年 9 月 2 日第 332 期。

〔註 98〕　魯迅：《文藝與革命》，《魯迅全集》第 4 卷，北京：人民文學出版社，2005 年，

漢語譯介的第一人，魯迅談到「文藝是宣傳」時也撇不開創造社。

　　《文化批判》第 2 期之後，哪怕左翼文壇屢屢有人質疑「文學是宣傳」，《文化批判》卻再也不曾提及辛克萊，也沒有繼續深入闡述「文學是宣傳」這個問題。甘人撰寫了《拉雜一篇答李初梨君》一文，質疑李初梨《怎樣地建設革命文學》：「辛克萊說：『文學是宣傳。』李君就雞毛當令箭，弄成了『宣傳即文學』。」〔註 99〕辛克萊說的是「藝術是宣傳」，由李初梨推導出的才是「文學是宣傳」；至於「宣傳即文學」，如果不是來自甘人對李初梨文字的惡意推導，就是傳播和批評過程中出現的訛誤與變形。在革命文學論爭中與創造社對立的魯迅，曾在《「硬譯」與「文學的階級性」》一文中曾說：「據我所看過的那些理論，都不過說凡文藝必有所宣傳，並沒有誰主張只要宣傳式的文字便是文學。」〔註 100〕魯迅所說「看過的那些理論」，應該是外來理論。外來理論中沒有人主張「宣傳式的文字便是文學」，那麼，主張「宣傳式的文字便是文學」的自然也就是國內的某些人了。如果像甘人那般，簡單地將「宣傳是文學」歸於創造社，認為是創造社的主張，這實近乎誣衊。因為後期創造社同人並沒有對「文學是宣傳」進行這樣的逆向推演，也沒有說過「宣傳是文學」。革命文學論爭中都有誰真正地主張過「只要宣傳式的文字便是文學」？「文學是宣傳」又是如何被演化成為「宣傳是文學」？這些問題目前學界尚無研究者給予細膩的梳理。面對甘人的惡意推導，創造社同人的反應很值得注意。《創造月刊》刊發了後期創造社同人傅克興的《評駁甘人的「拉雜一篇」——革命文學底根本問題底考察》，駁斥了甘人的文章。但傅克興在文中只是籠統地說甘人「沒有一句不暴露他自己底馬腳」，〔註 101〕卻對甘人轉述李初梨文字錯誤這類暴露「自己底馬腳」的問題隻字不提。辛克萊的原話是否就是「文學是宣傳」，李初梨的意思是否就是「宣傳即文學」，對於這些問題，傅克興似乎根本不感興趣，全文更是一個字都沒有提及辛克萊。對於後期創造社同人來說，辛克萊似乎真的只是「一點點」「口號」，他們真正關注的並不是辛克萊的文學觀，或者說他們引入辛克萊之後不久，自身對辛克

　　　　第 84 頁。

〔註 99〕甘人：《拉雜一篇答李初梨君》，《北新》半月刊 1928 年 5 月第 2 卷第 13 期。

〔註 100〕魯迅：《「硬譯」與「文學的階級性」》，《魯迅全集》第 4 卷，北京：人民文
　　　　學出版社，2005 年，第 210 頁。

〔註 101〕克興（傅克興）：《評駁甘人的「拉雜一篇」——革命文學底根本問題底考察》，
　　　　《創造月刊》1928 年 8 月第 2 卷第 2 期，第 116 頁。

萊的態度便已發生了微妙的變化。

二、創造社的其他辛克萊譯介

《文化批判》是《創造月刊》的「姊妹雜誌」,〔註102〕後期創造社的這兩種機關刊物,是創造社譯介辛克萊的主要陣地。辛克萊之名首先見於《文化批判》,然後才出現於《創造月刊》。

《創造月刊》上最早出現辛克萊之名,是 1928 年 5 月第 1 卷第 11 期。這期刊登的郭沫若和成仿吾兩位創造社核心人物的文章都提到了辛克萊。郭沫若在《桌子的跳舞》中說:「譬如我們要表現工人生活也是一樣,我們率性可以去做工人,去體驗那種生活。像 Upton Sinclair 的『King Coal』一類的作品,那沒有到炭坑裏面去研究過是絕對寫不出的呀。」成仿吾在《畢竟是「醉眼陶然」罷了》文中說:「《文化批判》介紹 Sinclair 也絕對不能是把他『拖住』的,這可以說是十分明顯。」〔註103〕這顯然是對魯迅《「醉眼」中的朦朧》一文的回應。《創造月刊》第 2 卷第 1 期發表《冷靜的頭腦——評駁梁實秋的〈文學與革命〉》,馮乃超在文章第六部分引用了 N. Bucharin 的一段文字,然後說:「藝術——文學亦然——是生活的組織,感情及思想的『感染』,所以,一切的藝術本質底必然是 Sagitation(原文排錯,應是 Sanitation,即工具的意思——引者),Propaganda。(這不拘藝術家自身有意或無意)。」〔註104〕雖然沒有提及辛克萊的名字,但這句話裏辛克萊的影子非常明顯。不過,省略了辛克萊的名字,文字表述又是以 N. Bucharin 為主,辛克萊在文章中明顯有被邊緣化的傾向。同期《創造月刊》還發表了沈起予的《演劇運動之意義》,文章認為 Upton Sinclair 暴露了各種藝術定義的「虛假底面目」,他自身「所下的,『一切的藝術是宣傳,普遍地,不可避免地是宣傳。』這個定義,仍然不是正確的辯證法的唯物論者底解釋方法。」〔註105〕對辛克萊所下的「藝術定義」,沈起予也不滿意,表示值得商榷,卻就此打住,沒有進一步展開。從《文

〔註102〕《創造月刊的姊妹雜誌文化批判月刊出版預告》,《創造月刊》1927 年 11 月第 1 卷第 8 期。

〔註103〕石厚生(成仿吾):《畢竟是「醉眼陶然」罷了》,《創造月刊》1928 年 5 月第 1 卷第 11 期,第 121 頁。

〔註104〕馮乃超:《冷靜的頭腦——評駁梁實秋的〈文學與革命〉》,《創造月刊》1928 年 8 月第 2 卷第 1 期,第 17 頁。

〔註105〕沈起予:《演劇運動之意義》,《創造月刊》1928 年 8 月第 2 卷第 1 期,第 22 頁。

化批判》到《創造月刊》，短短幾個月的時間，創造社同人談論辛克萊的態度和方式就有了一些微妙的變化。

此外，《創造月刊》上還有兩篇文字談及辛克萊。1928 年 9 月 3 日，《創造月刊》以「編輯委員」的名義寫了《資本主義對於勞動文學的新攻勢》，為 1 月 16 日德國詩人 J.R. Baecher 被起訴一事抱不平。文章結尾處說：「其他如 U. Sinclair，R. Rolland 等世界著名的 Intelligentsia 也發送電報表示反對這個裁判。」〔註106〕1928 年 12 月 18 日，李初梨在《對於所謂「小資產階級革命文學」底抬頭，普羅列塔利亞文學應該怎樣防衛自己》一文中談到普羅列塔利亞文學不只是「為勞苦群眾而作」，「在小說月報上茅盾的《從岵嶺到東京》同時登載的，有一篇辛克萊的《住居二樓的人》。你看，對於一個在小資產階級裏面可說是站最高層的律師，普羅列塔利亞文學還可以 Apeal 他呢。」〔註107〕辛克萊《住居二樓的人》是一幕話劇，由顧均正翻譯，發表在 1928 年 10 月 10 日《小說月報》第 19 卷第 10 號。杰姆・法拉臺是住居二樓的青年人，曾經是帝國鋼鐵公司的工人，備受資本家的欺凌，妻兒先後死去，話劇開始的時候，全家只剩下杰姆一個，生活難以為繼的他到律師奧斯丁的家中偷盜，結果和奧斯丁太太交談之下，反而對曾經傷害自己一家的「站最高層的律師」產生了同情。

與《文化批判》相比，《創造月刊》上出現的辛克萊已經很難說是正式的譯介了，至少在翻譯方面沒有什麼新的貢獻。在態度上，此時的創造社同人表示「不能是把他『拖住』」，認為「一切的藝術是宣傳」這一說法也仍然不正確，這已經有點兒反思《文化批判》對辛克萊譯介的意味了。何大白（鄭伯奇）在《文壇的五月》中談到了當時非議「藝術是宣傳」的一些「奇論妙言」：「主張『藝術是宣傳』，這是辱沒了藝術的不敬漢；指出『藝術的社會性』，這是什麼黨，什麼主義的政治宣傳。」有意思的是鄭伯奇並沒有就「藝術」與「宣傳」的關係談自己的看法，也沒有為辛克萊或認同辛克萊的李初梨等辯護，反而說：「在這裡，我們沒有指出他們的社會背景的必要。」〔註108〕這種

〔註106〕編輯委員：《資本主義對於勞動文學的新攻勢》，《創造月刊》1928 年 10 月第 2 卷第 3 期，第 74～75 頁。
〔註107〕李初梨：《對於所謂「小資產階級革命文學」底抬頭，普羅列塔利亞文學應該怎樣防衛自己》，《創造月刊》1929 年 1 月第 2 卷第 6 期，第 16 頁。
〔註108〕何大白：《文壇的五月》，《創造月刊》1928 年 8 月第 2 卷第 1 期，第 114 頁。

宕開一筆的做法，在習慣了文壇「打架」〔註109〕的創造社同人身上，往往意味著對所爭論的問題並不怎麼理直氣壯。郁達夫在 1928 年為所譯《拜金藝術》第七章撰寫的「編者按」中說：創造社「忽而又要踢開辛克萊氏」。〔註110〕郁達夫所謂的「又要踢開」，語出李一泯《Upton Sinclair 傳（二）》「我們不否認他在文學上的成就，但是我們反對他，反對他是一個 Syndicalist，反對他是一個 Opportunist。我們『拖住』了他，我們仍然一足『踢開』了他。」〔註111〕但是，也不必將「又要踢開」完全視為引語，竊以為在引語之外也是對創造社同人之於辛克萊態度變化的描述，具體地說便是《創造月刊》透露出來的創造社同人對待辛克萊態度的微妙轉變。《文化批判》第 2 期大力推介辛克萊後，忽然閉口再也不談辛克萊，這似乎也容易讓人產生「又要踢開」的感覺。不待 1934 年辛克萊參與加利福尼亞州長競選，創造社同人對待辛克萊的態度已經有所保留了。

馮乃超之後，更為全面地翻譯了辛克萊《金錢藝術》的是郁達夫。1928年 3 月 10 日，郁達夫譯完辛克萊《拜金藝術》第一章後，寫了一段譯後：「聽說《拜金藝術》一書，中國已有人介紹翻譯了，可惜我還沒有見到，否則拿來對照一下，一定有許多可以助我參考，證我拙劣的地方。」從郁達夫的話中可知他先前並未注意到馮乃超的譯文。郁達夫自言翻譯的緣起是「寫一篇答辯文時，感覺到原著者彷彿在替我代答」。〔註112〕又聲明：「這也並不是我的發見，因為《語絲》裏已經引用過了。」〔註113〕所謂《語絲》裏已經引用過了，指的就是魯迅的《盧梭和胃口》（《語絲》1928 年 1 月 7 日第 4 卷第 4 期）。郁達夫和魯迅翻譯辛克萊文字的起因類似，皆和梁實秋談盧梭的文字有關，這與李初梨、馮乃超譯介辛克萊的原因大不相同。值得注意的是郁達夫依據 Floyd Dell 為辛克萊所作評傳介紹了辛克萊的文學生涯，這在當時國內文壇上是對辛克萊生平最為全面的介紹。1927 年 8 月 15 日，

〔註109〕成仿吾：《創造社與文學研究會》，《創造》季刊 1923 年 2 月第 1 卷第 4 期。
〔註110〕郁達夫：《拜金藝術・編者按》，《郁達夫全集》第 12 卷，杭州：浙江大學出版社，2007 年，第 247 頁。
〔註111〕李一泯：《Upton Sinclair 傳（二）》，《流沙》，1928 年第 3 期，第 15 頁。
〔註112〕郁達夫：《拜金藝術・譯者按》，《郁達夫全集》第 12 卷，杭州：浙江大學出版社，2007 年，第 220 頁。
〔註113〕郁達夫：《翻譯說明就算答辯》，《郁達夫全集》第 10 卷，杭州：浙江大學出版社，2007 年，第 422 頁。

郁達夫在在《申報》和《民國日報》刊登《郁達夫啟事》，公開聲明「與創造社完全脫離關係」。1928 年正是郁達夫和創造社其他人相互對立攻訐最厲害的一年。筆者之所以依然將郁達夫的辛克萊譯介納入創造社的序列中給予敘述，原因有三：第一，《郁達夫啟事》是在特別的社會環境下不得已發布的，主要是緣於政治原因，出於保護創造社的目的。第二，現代文學社團與成員之間的關係非常複雜，不是一個簡單的公開的啟事就能說清楚的。從一個更為開闊的視野看，1927 年至 1928 年之間郁達夫和其他創造社同人的關係，可以視為同人群體的一次內部分裂。分裂的外部原因是黑暗的社會政治的擠壓，內部原因則是對革命的不同的態度。翻譯辛克萊《拜金藝術》第七章「阿嶷夫人出現」時，郁達夫在「編者按」中說：「這是《拜金藝術》的第七章，它的第二個主張若是真的說話，那麼中國目下創造社的革命文學是已經成了範疇的藝術了。所以這一個革命文學團體是和目下的支配階級的南京革命政府表同情……」〔註114〕李初梨等借助辛克萊的翻譯倡導革命文學，而郁達夫則通過辛克萊的翻譯「悟」到創造社已經倒向了政府。郁達夫顯然延續著《廣州事情》的思維，沒有注意到此時的郭沫若已經與南京國民政府水火不相容了。作為曾經的創造社成員的郁達夫和作為現在的創造社成員的李初梨，都通過辛克萊看到了對方脫離真正的「革命」隊伍的身影，這也應該算是辛克萊漢譯史上值得立此存照的事了。第三，郁達夫在「關於本書的作者」中談到自己佩服辛克萊的地方時說：「當他主張參加世界大戰之後，和左翼的運動者們分開了手，右翼的機會主義者們都去引誘他，要他去做官做委員，但他也毫不為動，仍復一個人在哪裏倡導他個人所見的正義。到了後來那些機會主義者的醜態暴露了，他又很坦白地回歸了左翼的陣營。」〔註115〕這一段文字談的雖然是辛克萊，卻也可以視為是郁達夫和創造社日後關係的預言。郁達夫和郭沫若等創造社同人在 1927 年分道揚鑣，且相互指責對方有脫離真正的革命的嫌疑，這和辛克萊與左翼運動者們分手很相似；1930 年左翼作家聯盟在上海成立，郁達夫和其他創造社同人一道參加了左聯，進入了同一個「左翼的陣營」；抗日戰爭全面

〔註114〕 郁達夫：《拜金藝術‧譯者按》，《郁達夫全集》第 12 卷，杭州：浙江大學出版社，2007 年，第 246 頁。

〔註115〕 郁達夫：《拜金藝術‧關於本書的作者》，《郁達夫全集》第 12 卷，杭州：浙江大學出版社，2007 年，第 211 頁。

爆發後，郁達夫赴日敦促郭沫若回國，1938 年又曾和郭沫若等有復興創造
社的計劃，雖然這個計劃最終沒能實現，但他們共同致力於民族解放的事
業，也可以說離散的同人「又很坦白」地再次回歸到了同一戰鬥的「陣營」。

　　郁達夫所譯《拜金藝術》與李初梨、馮乃超相比更為豐富完整，但實際
產生的影響卻無法與後者相比。左翼文壇上談及辛克萊「藝術是宣傳」的話
題時，一般都會提及李初梨和他的《怎樣地建設革命文學》。祝銘《無產階級
文藝底特質》〔註 116〕和錢杏邨《幻滅動搖的時代推動論》〔註 117〕談到無產
階級文藝與宣傳性問題時，就都引用了李初梨《怎樣地建設革命文學》中的
辛克萊譯文及相關表述。不過，凡事無絕對，顧均正在《住居二樓的人》「譯
者識」裏介紹辛克萊時說：「他還著了許多別的小說，但介紹到中國來的，只
有一部論文 Mammonart（郁達夫譯，名《拜金藝術》）。」〔註 118〕隻字未提《文
化批判》對辛克萊的介紹。顧均正在 1920 年代一直在上海從事編輯和教育活
動，在當時的語境下，如果顧均正不是出於某些原因有意避而不談《文化批
判》，只能說明譯文的閱讀及所產生的影響都有相當大的隨機性。《拜金藝術》
所產生的巨大影響誰都無法忽視。趙景深在介紹辛克萊的新作《波士頓》時
說：「《拜金藝術》的著者辛克萊（Upton Sinclair）從去年一月起，將他的《波
士頓》（Boston）按期在美國的《讀書人》上發表，引起了全世界的注意。」
〔註 119〕在中國現代知識分子們的眼裏，辛克萊就是「《拜金藝術》的著者辛
克萊」。

　　辛克萊的國內譯介是理論先行。《拜金藝術》中的文學觀先被譯介進來，
然後才是辛克萊的小說。就辛克萊的譯介來說，創造社「又要踢開」的似乎
只是辛克萊的文學觀念；至於他的小說，創造社同人（主要是郭沫若）卻在
「踢開」之後開始著手翻譯。整體而言，也可以說創造社同人對辛克萊的譯
介重心開始由理論轉向了小說創作。在辛克萊小說翻譯方面，最先著手翻
譯的是創造社元老郭沫若。在日本避難的郭沫若連續翻譯了辛克萊的三部
長篇小說：《石炭王》（King Coal，1928 年 11 月出版）、《屠場》（The Jungle，

〔註 116〕祝銘：《無產階級文藝底特質——〈無產階級文藝略論〉之二》，《青海》1928
　　　　年 11 月第 3 期。
〔註 117〕錢杏邨：《幻滅動搖的時代推動論》，《海風週報》1929 年 4 月第 14、15 期
　　　　合刊號。
〔註 118〕顧均正：《譯者識》，《小說月報》1928 年 10 月 19 卷第 10 號。
〔註 119〕趙景深：《辛克萊的波士頓出版》，《小說月報》1929 年第 20 卷第 1 號。

1929 年 7 月 30 日譯完，8 月 30 日由上海南強書局出版）、《煤油》（Oil！，1930 年 5 月 7 日譯完，1931 年 6 月由上海光華書局出版），出版時署名坎人或易坎人。這是解放前辛克萊小說漢譯最重要的收穫，國人談到辛克萊小說創作篇目時，大多使用的都是郭沫若的譯名，如用《屠場》而不用《叢莽》、用《石炭王》而不用《煤炭大王》等。剛果倫在《一九二九年中國文壇的回顧》中說：「辛克萊的《石炭王》，《屠場》，《工人杰麥》，等等，全部譯成中文了。這些譯品的產生，對於中國普羅文壇的推進，是很有力量的。」〔註 120〕緊隨郭沫若腳步，從事辛克萊小說翻譯的創造社成員是邱韻鐸。邱韻鐸一向勤於英美文學的翻譯，曾在《洪水》半月刊第 16 期發表《夜之頌歌》（譯，〔美〕Longfellow 原著），《洪水週年增刊》發表《愛之內幕》（譯，〔英〕無名氏原著）和《騎者》（譯，C. Collard 原著）、《春》（改譯，John Hall Wheelock 原著），在《幻洲》週刊第 1 期發表《格雷》（譯，Tennyson 原著），在《流沙》半月刊第 1 期發表《鳳凰》（譯，Strindberg 原著）。但邱韻鐸和郭沫若一樣，也是在革命文學轉向之後才注意到辛克萊，開始著手辛克萊的翻譯。1928 年 5 月 30 日《畸形》半月刊創刊號發表了邱韻鐸翻譯的《肥皂箱——美國新詩人底介紹》，1930 年上海支那書店出版了邱韻鐸翻譯的辛克萊的長篇小說《實業領袖》（The Industrial Republic，與吳貫忠合譯）。此外，郭沫若的連襟陶晶孫（也是創造社同人），也於 1930 年在北新書局出版了他翻譯的辛克萊的長篇小說《密探》（The Spy）。

三、辛克萊：中國左翼文學運動中的「美國」元素

　　1929 年 2 月 7 日，國民黨政府在上海查封了創造社出版部，這個時間點一般也就被視為創造社的終結。郭沫若譯《屠場》《煤油》、邱韻鐸譯《實業領袖》的出版，均在創造社出版部被查封之後。考慮到國民黨政府查封的只是創造社出版部，不是解散創造社，創造社似乎也沒有就此解散。「左聯」成立時，人們仍然將郭沫若等視為創造社同人，即便是集體進入左聯之後，事實上在左聯內仍然存在一個創造社同人的小圈子。就此而言，將《屠場》《煤油》《實業領袖》的翻譯列為創造社翻譯事業給予觀照並無不妥。綜觀創造社同人對辛克萊的譯介，一個有趣的現象便是：由後期創造社醞釀掀起的革命文

〔註 120〕剛果倫：《一九二九年中國文壇的回顧》，《現代小說》1929 年 12 月第 3 卷第 3 期。

學運動，在理論上最先引起巨大反響的是辛克萊的「藝術是宣傳」，在小說方面產生了深遠影響的則是辛克萊的《屠場》。

為什麼最先進入創造社同人視野且引發巨大反響的是美國的辛克萊，而不是俄國的高爾基或其他什麼人？從創造社同人的角度看，起碼有兩個較為明顯的原因。首先，創造社同人大都留日多年，比較熟悉日語、德語和英語，在譯介左翼文學思想和創作的時候，自然也首先傾向於這些語種。其次，則是這一時期的創造社同人對蘇聯新文學似乎並不怎麼認可。李初梨翻譯了塞拉菲莫維奇的《高爾基是同我們一道的嗎》，並在譯文前寫了一段文字：「高爾基雖然承認了十月革命底歷史的必然性，可惜他對於革命的普羅列塔利亞特底理論與實踐，仍有追隨不及的地方，這是毋庸諱言的事實。」〔註121〕沈起予在《演劇運動之意義》一文中更是直接指出：「革命期中底俄羅斯，所有藝術底部門，都表現出頹廢的現象。」〔註122〕文中談到 1918 年至 1922 年俄國未來派的「標語口號文學」，認為「這時的未來派的作品根本沒的站在無產階級底立場上，只是些小資產階級的知識分子賣弄些文字上的專門曲藝。」〔註123〕也就是說，革命的俄羅斯，在後期創造社同人們的眼裏大概更多的是革命的理論方面的貢獻，而還沒有與之相稱的新興的文藝創作。在各種因素的共同作用下，來自「日本的火」〔註124〕在中國現代文壇上最先點燃的卻是美國的左翼文學。不管起因和過程是什麼，不可否認的事實就是：辛克萊的譯介豐富了中國的左翼文學運動，在蘇聯、日本之外，為中國左翼文學運動增添了「美國」元素。

李初梨和馮乃超看重的是辛克萊「文藝是宣傳」這一思想中的「宣傳」。馮乃超譯完《拜金藝術》後，在「補記」中說：「以上所說無一不是依附於宣傳這個名詞的字義」。〔註125〕當他們從辛克萊那裡借來「宣傳」這個概念的時候，真正關注的是作家與作品之間的關係，而不是作品與讀者之間的關係。當時，他們首先想要完成的工作是對文壇既定作家的批判，是要解決作為「新

〔註121〕 李初梨：《譯者小引》，《創造月刊》1928 年 8 月第 2 卷第 1 期，第 127 頁。
〔註122〕 沈起予：《演劇運動之意義》，《創造月刊》1928 年 8 月第 2 卷第 1 期，第 28 頁。
〔註123〕 克興（傅克興）：《小資產階級文藝理論之謬誤》，《創造月刊》1928 年 12 月第 2 卷第 5 期，第 7 頁。
〔註124〕 郭沫若：《跨著東海》，《郭沫若全集》文學編第 13 卷，北京：人民文學出版社，1992 年，第 308 頁。
〔註125〕 馮乃超：《拜金藝術·補記》，《文化批判》1928 年 2 月第 2 期，第 89 頁。

興文藝」方向之基礎的「嚴正的革命理論和科學的人生觀」〔註126〕的問題，因此他們著重探討的是科學的人生觀社會觀問題，並將自身的任務定位為：「確立辯證法的唯物論以清算一切反動的思想，應用唯物的辯證法以解決一切緊迫的問題。」〔註127〕所以，當文壇為「文學是宣傳」吵得紛紛攘攘，魯迅、茅盾等更為辯證地談論「文學」與「宣傳」的關係時，創造社同人卻並沒有站出來針對這個問題給出回應。《文化批判》第2號之後，創造社同人談及理論問題時似乎就忘記了辛克萊這個名字，再不專門提及。馮乃超《冷靜的頭腦》第六部分「革命文學」，問題「A」用的小標題是「生活組織的文學」，談到「藝術」這個概念的時候，首先表述的也是「生活的組織」，〔註128〕這是Bucharin（布哈林）的思想，辛克萊在這裡就只剩下了一個詞：Propaganda。現在看來，辛克萊「文藝是宣傳」思想的譯介對創造社同人來說更像是一個話題的引子。李初梨等從辛克萊那裡接受了「宣傳」這個詞，將其與「組織」等詞融合起來，緊緊抓住作家的階級意識問題，進行「辯證法的唯物論」和「唯物的辯證法」的譯介與推廣工作。就此而言，辛克萊代表的美國左翼文學思想就像浮在表面的泡沫，蘇聯和日本的左翼文學思想才是構成創造社同人文學思想的真正底色。

　　與理論譯介引發的熱烈爭議相比，辛克萊小說的譯介在左翼文壇上獲得了一致的認可。「辛克萊乃美國所謂普羅作家中最享盛名者，所著《石炭王》（King Coal）、《屠場》（The Jungle），經郭沫若譯為中文，一時銷行極廣。其後《波士頓》《石油》《拜金藝術》《錢魔》等陸續譯出，遂為國人最熟悉之外國作家之一。」〔註129〕「辛克萊的作品，因為他描寫美國資本主義社會的罪惡，在中國有一個時候很吃香，他的《屠場》《石炭王》一類小說在中國曾風行一時。」〔註130〕趙景深在1929年撰文介紹「二十年來的美國小說家」，認為辛克萊「是國人最熟知的」。〔註131〕1930年辛克萊作品的漢譯更是多達12

〔註126〕馮乃超：《藝術與社會生活》，《文化批判》1928年1月第1期，第12頁。

〔註127〕彭康：《科學與人生觀——近年來中國思想界底總結算》，《文化批判》1928年2月第2期，第47頁。

〔註128〕馮乃超：《冷靜的頭腦——評駁梁實秋的〈文學與革命〉》，《創造月刊》1928年8月第2卷第1期，第17頁。

〔註129〕季羨林：《辛克萊回憶錄》，《天津大公報·文學副刊》1932年11月28日。

〔註130〕徐訏：《牢騷文學與宣傳文學》，《徐訏文集》第10卷，上海：生活·讀書·新知三聯書店，第88頁。

〔註131〕趙景深：《二十年來的美國小說》，《小說月報》1929年8月第20卷第8期。

種。〔註 132〕在眾多的譯作裏，被舉為代表的，都是郭沫若的譯作，這說明郭沫若的翻譯得到了讀者們的認可。

郭沫若翻譯這三部小說的時間不怎麼寬裕，逐譯逐印很是匆促，整體上來說算不上精品。對於幾年前就熱鬧起來的「革命文學」來說，卻是很需要的作品。郭沫若翻譯的三部小說：《屠場》寫芝加哥屠宰場工人的悲慘生活及工人運動；《石炭王》描寫科羅拉多州煤礦工人罷工事件；《煤油》抨擊資本家壟斷。這些小說都是大規模地表現社會，描寫工人運動，對於身處上海這一亞洲最現代化都市裏的左翼作家們來說，也都是可資借鑒的對象。瞿秋白在《讀〈子夜〉》中說：「人家把作者來比美國的辛克來，這在大規模表現社會方面是相同的；然其作風，拿《子夜》以及《虹》，《蝕》等來比《石炭王》《煤油》《波士頓》，特別是《屠場》，我們可以看出兩個截然不同點來，一個是用排山倒海的宣傳家的方法，一個卻是用娓娓動人敘述者的態度。」〔註 133〕在藝術表現上，中國左翼作家還需要向辛克萊學習。沃爾特‧里德奧特指出，辛克萊「用小說的語言把揭露資本主義的事實和令人信服的表述結合起來，表達他們對一個完全不同的將來的希望」。〔註 134〕這也正是中國作家作家們努力學習和想要達到的目標。

郭沫若談到《屠場》時說：「本書所含有之力量和意義，在聰明的讀者讀後自會明白。譯者可以自行告白一句，我在譯述的途中為他這種排山倒海的大力幾乎打倒，我從不曾讀過這樣有力量的作品，恐怕世界上也從未曾產生過。讀了這部書我們感受著一種無上的慰安，無上的鼓勵：我們敢於問：『誰個能有這樣大的力量？』」〔註 135〕瞿秋白和郭沫若兩人都使用了「排山倒海」這個詞語，瞿秋白用來形容茅盾的《子夜》，郭沫若則用來形容辛克萊的《屠場》。瞿秋白用來形容《屠場》的詞便是「娓娓動人」。在瞿秋白的文章中，「娓娓動人」與「排山倒海」構成對照，前者是藝術的，後者則是宣傳家的。在郭沫若的筆下，用來形容辛克萊小說的「排山倒海」實則兼有

〔註 132〕 王建開：《五四以來我國英美文學作品譯介史（1919～1949）》，上海：上海外語教育出版社，2003 年，第 64 頁。

〔註 133〕 瞿秋白：《讀〈子夜〉》，《中華日報‧小貢獻》1933 年 8 月 13～14 日。

〔註 134〕 Walter Ridoout, *The Radical Novel in the United States, 1900-54: Some Interrelations of Literature and Society*, New York: Columbia University Press, 1992, p.30.

〔註 135〕 郭沫若：《譯後》，〔美〕辛克萊：《屠場》，易坎人譯，上海：南強書局，1929 年，第 406 頁。

「娓娓動人」和「排山倒海」兩個方面的意思，也就是說，郭沫若將瞿秋白分述的「大規模表現社會」與「作風」合二為一了。無論如何，瞿秋白與郭沫若相似，都認為辛克萊的《屠場》是力的文學，是文學與宣傳完美結合的典範。

郁達夫在《文學概說》中介紹了莫爾頓（Moulton）教授的文學觀，將文學分為「創造文學」與「記述文學」兩類，認為「創造文學」就是「力的文學」，而「記述文學」則是「知的文學」。〔註136〕莫爾頓教授所說的「力的文學」，在追求唯美的早期創造社文學中一度備受推崇。郭沫若的新詩《立在地球邊上放號》，其中有這樣的詩句：「不斷的毀壞，不斷的創造，不斷的努力喲！／啊啊！力喲！力喲！／力的繪畫，力的舞蹈，力的音樂，力的詩歌，力的律呂喲！」〔註137〕詩中對「力」的歌頌，其實便是對「創造」的推崇，根本還是莫爾頓教授的文學觀。郭沫若在創作於1928年的《力的追求者》中吟道：「別了，否定的精神！／別了，纖巧的花針！／我要左手拿著《可蘭經》，／右手拿著劍刀一柄！」〔註138〕這首詩對「力」的歌頌與追求，便已轉向了革命文學對狂暴之力的推崇。趙景深認為謝冰瑩的《湖南的風》「充滿了力」，〔註139〕謝冰瑩卻覺得比《從軍日記》差遠了，趙景深將兩個人觀點的分歧歸結於內容與形式著眼點不同所致。就郭沫若、郁達夫等創造社同人而言，他們對「力的文學」的理解，存在一個變化，這個變化與他們革命文學轉向的軌跡相吻合。在左翼文壇上，文學創作內容上的「力」與形式上的「力」理解雖然各不相同，卻普遍地接受郭沫若等將辛克萊的小說視為「力的文學」典範的評價。辛克萊小說打動中國左翼作家的不僅僅是作品內容上的「力」，還有「力」的表現方式。

葉靈鳳在《辛克萊的「油」》一文中，對辛克萊的 The Oil！很是推崇，認為「最近的 Boston 雖然在量數的超過了《油！》，但是我對於他選了薩樊案件做主題的事就先覺得不很高明，而在我所讀的一半中也不見有怎樣勝過

〔註136〕郁達夫：《文學概說》，《郁達夫全集》第10卷，杭州：浙江大學出版社，2007年，第350～351頁。

〔註137〕郭沫若：《立在地球邊上放號》，《郭沫若全集》文學編第1卷，北京：人民文學出版社，1982年，第72頁。

〔註138〕郭沫若：《力的追求者》，《郭沫若全集》文學編第1卷，北京：人民文學出版社，1982年，第322頁。

〔註139〕趙景深：《冰瑩》，《文人剪影　文人印象》，太原：三晉出版社，2014年，第115頁。

《油！》的地方。」推許辛克萊的描寫，認為有 Victor Hugo（雨果）的魄力，「能將極複雜的人物，極廣博的事實，從床笫間的事一直到國家大事，毫不紊亂的寫在一冊書裏，簡練的描寫使你只感到生動，而不感到累贅。」隨後談到《油！》（郭沫若譯為《煤油》）的翻譯：「本書聽說已由得辛克萊的《石炭王》和《屠場》的易坎人君著手翻譯了。大約年內可以在新設的吳淞書店出版。」〔註140〕所謂「聽說」，不過是虛晃一槍，是書店推銷圖書的慣用廣告方式。

　　1930 年 4 月 11 日，《申報》刊登「光華讀書會」廣告，招徠會員，宣布繳納五元入會費後可得等額購書券，此外「贈送郭沫若近譯《煤油》二部（全書五十萬言，精裝一厚冊，實價二元八角）」。11 月 1 日出版的《讀書月刊》創刊號登載郭沫若《煤油》譯本廣告：「煤油，說起來誰都知道這是帝國主義經濟的根本生產之一，這部名著就在暴露帝國主義爭奪煤油生產以及煤油產地之資本剝削的黑幕，同時就在暴露帝國主義的醜惡，在暴露著建築在這種醜惡上的政治法律宗教教育等機構的醜惡。作者認定了一種力量，用坦克用四十二珊的大炮全線的力量露出了資本主義種種的醜惡。內容非常複雜與偉大，有愛情事件的穿插，有勞苦群眾的鬥爭，有資本家庭的壓迫，且背景是世界，而其描寫方面尤為深刻動人，結構是宏大綿密，波瀾是層出不窮，力量是排山倒海，總之，他的這部作品，真是可以稱為『力作』。譯者又是中國文壇的名士，譯筆當然是可靠。全書五十萬言，九百餘頁。平裝、精裝實價分別是大洋三元和三元四角。」「力」是竭力被突出的小說特徵。

　　《讀書月刊》創刊號同時發起了《讀了〈煤油〉後的感想》的徵文活動，具體條例如下：

> 凡讀書會會員，皆有應徵之權利。
>
> 凡應徵者須寫明會員號碼，及黏貼徵文印花。
>
> 字數須在三千字以內。
>
> 應徵者須在信封上寫明「應徵」二字，寄本局讀書月刊社收。
>
> 本期徵文在本刊第四期上發表，凡登出者，在下列書籍中任選一種贈送：（一）《沫若小說戲曲集》，（二）《新文藝辭典》，（三）《波士頓》。

〔註140〕葉靈鳳：《辛克萊的「油！」》，《現代小說》1929 年第 3 卷第 1 期。

登載後願得何種贈品請在寄稿時預先聲明。

凡不依照徵文條例者，雖佳勿錄。

徵文期間於一九年十二月底截止，外埠以郵戳為憑。

《波士頓》也是辛克萊的小說，主要揭露政治腐敗和警察暴行。1931 年《讀書月刊》第 2 卷第 6 期為「反日運動特刊」，該期介紹的兩種名著，其一是《波斯頓》（即《波士頓》）。「《波斯頓》是震動全世界整個文壇的巨著，著者辛克萊氏說，是費去十足年心血和腦汁而寫成的，此書的價值可知矣。二厚冊，實價四元。」

光華讀書會贈送的書籍中，譯書以辛克萊的漢譯為主，雖然這與書局自身出版傾向有關，但也表明了辛克萊在左翼文壇的流行。《讀書月刊》發起的《煤油》閱讀徵文活動，無疑非常有益於該譯著的推廣。趙真在《關於〈煤油〉之批判》中完全贊同了郭沫若對於《煤油》所持的看法，同時給予《煤油》更高的評價：「這部書的著者已為世界文壇之名之士，尤其本書是他的唯一的一部傑作。他曾以《石炭王》《屠場》二書，在文壇上住到了優越的地位，而本書較前二書，只有過之，而無不及。且材料之豐富，構造之偉大，更較《石炭王》《屠場》為驚人。」〔註141〕郁達夫認為：「革命文學之成立，在作品的力量上面，有力和沒有力，就是好的革命文學和壞的革命文學的區別。」〔註142〕讀者們也向刊物的編輯們要求「有力的作品」〔註143〕，鄭伯奇說：「歌詠一個工人的痛苦，我們要把民眾對於工人的同情高漲到反帝國主義的公憤上來。這才可以成一篇有力的詩歌。」〔註144〕對於小說「大力」的審美追求，在左翼文壇上曾流行一時，但能夠表現辛克萊小說那樣「大力」的作品卻很少見。就此而言，辛克萊小說的翻譯在某種程度上滿足了這種審美趨向，或者說為此類小說的創作樹立了模仿的榜樣。

〔註141〕趙真：《關於〈煤油〉之批判》，《中國新書月刊》1932 年 6 月第 2 卷第 6 號。

〔註142〕郁達夫：《斷篇日記》，《郁達夫全集》第 5 卷，杭州：浙江大學出版社，2007 年，第 236 頁。

〔註143〕R.T.：《文化問題與月刊》，《創造月刊》1928 年 8 月第 2 卷第 4 期，第 128 頁。

〔註144〕何大白（鄭伯奇）：《文壇的五月》，《創造月刊》1928 年第 2 卷第 1 期，第 115 頁。

四、翻譯的政治：左翼、日本體驗與辛克萊的漢譯

當創造社同人決定開始譯介辛克萊時，這一翻譯對象的選取在當時的中國也就有了政治意義；創造社同人譯介無產階級文學理論時，譯語過於陌生化歐化的選擇，使其帶有了某種革命的符咒氣息，這自然也是政治意識的體現；郭沫若自承在翻譯一些左翼論著的過程中，自己也就轉變成了信仰社會主義的人；辛克萊等左翼文學創作及理論被譯介進來之後，譯文及譯文相關的副文本及其他衍生文本（包括廣告、批評等等）在社會上更是以各種方式不斷地產生政治性的影響。總而言之，翻譯的政治無所不在，對於中國現代左翼文學的翻譯來說尤為如此。本書暫不擬全面深入地討論創造社同人翻譯辛克萊的政治性問題，在這裡只是想簡單地指出影響辛克萊漢譯的兩個重要的政治因素：首先，就是從前面的梳理中可以清晰地看出，辛克萊的漢譯選擇及其盛行與大革命失敗這一時代語境密切相關；其次，辛克萊漢譯最興盛的幾年，正值中國和日本、美國之間關係發生巨大變化的一個階段。國家關係的變化對中國文壇的影響，便是構成了中國現代文壇基本面的留日和留美兩大留學生群體的形成，辛克萊漢譯的背後，便隱現著留日留美兩大留學生群體間不怎麼和諧的聲音。

從 1928 年到 1934 年辛克萊參加州長大選為止，是辛克萊漢譯風行的主要時間段，也是中國革命文學（左翼文學）「旺盛」起來的時期。1931 年，魯迅在社會科學研究會的講演中說：「到了前年，『革命文學』這名目才旺盛起來了，主張的是從『革命策源地』回來的幾個創造社元老和若干新份子。革命文學之所以旺盛起來，自然是因為由於社會的背景，一般群眾，青年有了這樣的要求。當從廣東開始北伐的時候，一般積極的青年都跑到實際工作去了，那時還沒有什麼顯著的革命文學運動，到了政治環境突然改變，革命遭了挫折，階級的分化非常顯明，國民黨以『清黨』之名，大戮共產黨及革命群眾，而死剩的青年們再入於被迫壓的境遇，於是革命文學在上海這才有了強烈的活動。」〔註145〕魯迅說的「前年」，就是 1928 年，創造社同人的倡導「革命文學」與譯介辛克萊是同步的，魯迅的分析「革命文學」旺盛原因的這段話，用之於剖析辛克萊漢譯興盛的緣起也很恰當。

作為「激進黨」的辛克萊，他的許多小說創作都帶有革命的色彩。辛克

〔註145〕魯迅：《上海文藝之一瞥》，《魯迅全集》第 4 卷，北京：人民文學出版社，2005 年，第 303～304 頁。

萊談到自己的《實業領袖》時說：「這篇東西是一種革命的文件。」〔註146〕當時，譯介辛克萊的刊物如《大眾文藝》《拓荒者》《文藝月報》《文學》《光明》《雜文》等，都是左翼刊物。魯迅和郁達夫譯介辛克萊時雖然與創造社同人關係不睦，但他們都是左翼陣營中人。1930年1月，藝術劇社在上海公演了辛克萊的《樑上君子》（魯史導演）。藝術劇社由共產黨員和進步知識分子鄭伯奇、沈端先（夏衍）、陶晶孫、馮乃超、葉沉（沈西苓）發起，1929年秋在上海成立。這個劇社的主要成員大部分都是創造社的成員，也都是共產黨，可以說是中國共產黨在國民黨統治區領導的第一個話劇團體。他們明確提出了「無產階級戲劇」的口號。在這個意義上，可以說辛克萊在中國現代文壇上被推崇，離不開左翼文學（革命文學）的興盛，而辛克萊的譯介反過來也推動了左翼文學（革命文學）的發展。按照魯迅的說法，革命文學的興起是革命受了挫折後的產物，也可以視為革命實踐在文學領域裏的延續，因此左翼文學界譯介辛克萊的政治訴求非常明顯，而辛克萊漢譯著作被國民黨政府查禁也就不可避免。

　　魯迅在《中國文壇上的鬼魅》一文中說：「中國左翼作家的作品，自然大抵的被禁止的，而且又要禁到譯本。要舉出幾個作家來，那就是高爾基（Gorky），盧那卡爾斯基（Lunacharsky），斐定（Fedin），法捷耶夫（Fadeev），綏拉菲摩維支（Serafimovich），辛克萊（Upton Sinclair）……」〔註147〕1934年3月20日中國國民黨上海特別市執行委員會批准查禁的書目中，郭沫若譯的辛克萊小說赫然在目，且都有一些具體的介紹說明。現代書局出版之郭沫若《石炭王》：「內容描寫一大學生投身礦坑當小工，聯合工人與資本家抗爭，意在暴露礦業方面的資本主義的榨取與殘酷，階級意味，極為深厚。」南強書局出版之郭沫若譯《屠場》：「描寫美國資產階級在屠場裏，對於工人之榨取與壓迫，極力煽動階級鬥爭。」〔註148〕至於《煤油》，審查報告是：「煤油，辛克萊著，易坎人譯，上海光華書局出版。此書作者，是生長在資本主義最發達的美國。他的著作，卻是反對資本主義的。這本書就是在暴露美國資本

〔註146〕〔美〕辛克萊：《原序》，邱韻鐸、吳貫忠譯，《實業領袖》，上海：支那書店，1930年，第2頁。

〔註147〕魯迅：《中國文壇上的鬼魅》，《魯迅全集》第6卷，北京：人民文學出版社，2005年，第161頁。

〔註148〕轉引自倪墨炎：《149種文藝圖書被禁的前前後後》，《現代文壇災禍錄》，上海：上海書店出版社，1996年，第202～203頁。

主義的醜態和罪惡，同時也就是暴露建築在這種醜惡上的政治、法律、教育等等的壞處。可是他的用意，是認為解決這些病態的力量，惟有希望於普羅列塔利亞一階級。他描寫的技巧甚為高妙，頗富煽動的魔力，而且他所寫的主角，就是後來成為共產黨的保羅。因此已令郵檢所把它扣留了。」〔註149〕相對於馬克思主義的著作來說，郭沫若翻譯的辛克萊小說更不受國民黨政府的歡迎。

　　1920 年代早期，創造社在中國現代文壇締造輝煌的時候，去美國留學的聞一多、梁實秋都曾表示親近甚或追隨之意；1920 年代晚期，待到聞一多、梁實秋留美歸來，他們與革命文學轉向後的創造社離得越來越遠。其中因由，除了文人個性氣質等方面的差異外，不得不考慮美國對華政策的變化這個外在的大環境。1882 年 5 月 6 日，美國國會通過了《關於執行有關華人條約諸規定的法律》，即人們通常所說的排華法案。1924 年美國國會又通過了移民法案（Immigration Act of 1924），按照不同國籍分配移民名額同時禁止亞洲人移民。以自由標榜的美國對於中國人來說並不是一塊樂土，庚子賠款「退款」卻使一些情況悄然起了變化。為了加強對中國社會的影響，美國國會於 1908 年就同意將庚子賠款的「退款」用於在華辦學及選派留美學生。1919 年的巴黎和會和 1921 年的華盛頓會議，美國都對中國表示同情。譚鳴謙（譚平山）在紀念「五四」運動的文章中說：「友邦的同情，何以只得一個美國，而英法意等國反助桀為虐？」〔註150〕正是在「五四」新文化運動中，美國的表現贏得了中國現代知識分子們的認可。1924 年，蘇聯放棄了庚子賠款，而美國則決定將剩餘的庚子賠款用於中國教育，並成立了「中華教育文化基金會」。就在這一年，惲代英在紀念「五四」的文章中呼籲有血性的青年繼續「五四」運動的精神，並以反問的方式說：「你們預備怎樣引起同學們注意政治呢？你們要怎樣監視而打倒北京親英美的政府呢？」〔註151〕「五四」運動中，愛國的青年學生們反對的是親日的北京政府，現在則需要轉過頭來反對親英美的北京政府了。1926 年，魯迅在雜文中談到當時中國藏書最多的圖書館「政治學會圖書館」，就是「靠著美國公使芮恩

〔註149〕轉引自倪墨炎：《一份〈審查全國報紙雜誌刊物的總報告〉》，《現代文壇災禍錄》，第 187～188 頁。

〔註150〕譚鳴謙（譚平山）：《「五四」後學生界應有的覺悟和責任》，《廣東群報》1921年 5 月 5 日「五四紀念號」。

〔註151〕惲代英：《「自從五四運動以來」》，《中國青年》1924 年 4 月 12 日第 26 期。

施竭力提倡出來的」，而將要擴張的「北京國立圖書館」，「聽說所依靠的還是美國退還的賠款」，常年經費三萬元，每月兩千餘，館長梁啟超，副館長李四光，「兩位的薪水每月就要一千多」。〔註152〕從魯迅的敘述中，我們也可以知道美國的「美元外交」一方面促進了中國文化事業的發展，一方面則直接影響到許多中國知識分子們的薪資水平。考慮到清華大學、燕京大學、金陵大學等教會學校的蓬勃發展及其強大的影響力，美國這一時期對中國知識界的影響可謂至為深遠。

英美日諸列強對中國態度的變化，皆以自己國家利益為基點。只是相對於日本餓狼般吞噬中國權益不同，美國採取的手段比較「文明」。無論怎樣，就像郭沫若在《創造十年》中明白指出的那樣，「日本的資本主義在歐戰期中得到了長足的進步，但在歐戰過後便遇著了恐慌的危機。重要的原因便是歐洲的資本主義又捲土重來，要在世界市場——很榮幸地幾乎就是我們貴大中華民國的別名——繼續他們的經濟戰了。」〔註153〕爭奪世界市場，維護自身國家利益，這才是日美等國家調整對華政策的根本出發點。但在客觀上，受美國對華政策利好等的影響，中國留美學生越來越多，他們學成歸國後進入政界學界，最終成為一個能夠影響中國的龐大群體。魯迅的小說《幸福的家庭——擬許欽文》中，身為作家的主人公如此擬想理想中的主人公：「受過高等教育，優美高尚……。東洋留學生已經不通行，——那麼，假定為西洋留學生罷。」〔註154〕從東洋留學生到西洋留學生，其中的轉變既是美國國力及國際地位提升的表現，同時也是美日兩國在華影響力變化的反映。

當然，並非所有留美學生都因「退款」而受惠，美國的做法的確影響了相當多的中國留學生，影響所及也就使他們對美國政治文化等更為親近和認同。從《學衡》派到新月派，許多留美知識分子都曾是白璧德的學生，梁實秋以白璧德的思想批評盧梭，揚起了美國老師白璧德的旗幟，表現出來的是對英美新人文主義思潮的認同，自然也可以視為留美學生群體中許多人的共同想法。反過來看魯迅、郁達夫、李初梨等，他們和梁實秋差不多同時都在譯

〔註152〕魯迅：《雜論管閒事・做學問・灰色等》，《魯迅全集》第1卷，北京：人民文學出版社，2005年，第201頁。

〔註153〕郭沫若：《創造十年》，《郭沫若全集》文學編第12卷，北京：人民文學出版社，1992年，第148頁。

〔註154〕魯迅：《幸福的家庭——擬許欽文》，《魯迅全集》第2卷，北京：人民文學出版社，2005年，第36頁。

介美國的文化與文學，不過選擇的卻是辛克萊。李初梨、馮乃超、郭沫若、郁達夫等創造社同人都是留日學生，且留日時間大多在十年左右。從教育背景上看，率先譯介辛克萊的不是留美學生而是留日學生群體，且譯介辛克萊的主力一直都是留日學生。在這一段時間裏，留日留美兩大留學生群體在美國文化與文學譯介方面表現出來的壁壘鮮明的差異，其中的蘊涵超越了純文學本身，有著耐人咀嚼回味的政治意義。

對於美日政治力量在中國的滲透與爭奪，郭沫若在《創造十年》中曾敏銳地察覺並作了簡要的剖析。隨著日本經濟的崛起，「日本人也盡有力量和歐美諸國在世界舞臺上角逐。這座世界舞臺和我們中國差不多是同義語」，「歐美人在這座舞臺上所演的文化劇，名優日本又豈能少得一腳？於是乎退還庚子賠款作為文化基金的消息，在一九二四年年末也就逐次有見諸事實的傾向……日本人畢竟是白手興家的苦勞人，他們的錢沒有『洋記』那樣的寬鬆」，〔註155〕最終並沒有像美國那樣將庚子賠款退給中國作為文化基金。郭沫若是在敘及學藝社活動時談到上述問題的，而學藝社的成員主要由日本留學生構成，日本鼓動對華文化政策的人員來華後接觸的人員中便有他們。作為留日學生和參與過學藝社活動的郭沫若來說，對於日本文化侵略中國的企圖和種種努力是親身體驗到的。日本和美國在中國的利益角逐，所有的中國人都是利益受損害者。因為留日留美及其他身份地位等方面的差異，使得他們對待美日文化的接受態度等存在各種差異，而經由他們之手譯介過來的美日文化與文學也就呈現出不同的面相。

李初梨、馮乃超等後期創造社成員主持《文化批判》，張起革命文學的大纛時，批判的矛頭首先指向了同為留日學生的魯迅、郁達夫。一時之間，雙方各種批評與反批評文字熱鬧非凡。不久之後，李初梨、馮乃超等後期創造社同人就跟隨魯迅、郁達夫的步伐，轉身開始批判梁實秋的文學觀。李初梨和馮乃超在《文化批判》第 2 號上譯介辛克萊時，並沒有提到梁實秋的名字，等到馮乃超在《創造月刊》第 2 卷第 1 期上發表《冷靜的頭腦》、沈起予在《創造月刊》第 2 卷第 3 期上發表《藝術運動底根本觀念》，便都旗幟鮮明地批判了梁實秋在「天才」「健康與尊嚴」等方面所持的觀點。如果以辛克萊的譯介作為觀察點，可以看出貌似三國混戰的論爭，實可視為留

〔註155〕郭沫若：《創造十年》，《郭沫若全集》文學編第 12 卷，北京：人民文學出版社，1992 年，第 252 頁。

美留日兩大群體間的對壘。

如果再擴大一點看，當時國內文壇對美國文化與文學譯介的不同選擇也呈現了紳士派（改良派）知識分子與流氓派（革命派）之間的差異。瞿秋白介紹美國作家德萊塞時，敘述了德萊塞到礦區觀察礦工們的生活，回來後給記者們寫了幾句話：「我觀察了美國幾十年，我自己以為很知道美國。可是，我錯了——我並不知道美國！」然後，瞿秋白評論說：「這是多麼慘痛的憤怒的呼聲！中國的留美博士，像胡適之，羅隆基，梁實秋之類的人物在《新月》上常常寫的什麼美國差不多人人都有汽車，什麼中國人的生活比不上英美的家畜貓狗。他們自以為很知道美國了！可是，現在美國生活描寫的極偉大的作家德萊塞告訴我們，他尚且錯了。自然，寧可做英美家畜的人，是不會像德萊塞這樣認錯的。」〔註156〕《出版消息》特別報告了在美國紐約舉行的兩次辯論會，第一次是由《蘇聯工人》的作者約瑟夫·福理曼對陣反蘇作品《紅色的煙》的作者萊薇，「福理曼報告萊薇對蘇聯之種種說謊和造謠，結果，在福理曼正面開火以後，萊薇也不回答問題，就從講壇上跳下跑了。」第二次辯論的題目是「對於文學之馬克斯的研究是正確的而且是科學的」，「這一次辯論，革命作家又得勝一次。」〔註157〕報導了美國叛逆詩人 Geoge Jarrboe 的韻文小冊子《一個無名的士兵說》（unknown soldier speaks），特別點明：「該書內容，主要的以反帝為題材。」〔註158〕這種消息報導的傾向性非常明顯，側重左翼，側重革命，這也是當時中國左翼知識分子譯介美國文化與文學時的基本態度。呈現自由理想的美國，還是呈現勞動悲慘的生活及其鬥爭，也就成了不同政治訴求下的翻譯價值取向。

魯迅、郁達夫、李初梨、馮乃超、郭沫若等作為革命文學論爭的敵手，表達的是留日學生群體內部的不同聲音，日本體驗給了他們某種共同的精神特質。此外，他們不僅都是留日學生，還都屬於左翼文化陣營，這也使他們具有了某種內在的一致性。當他們面對從美國吹來的風時，「日本的火」就有了共同的敵人，自覺不自覺地便表現出其內在的一致性。在大致相同的時間裏都開始著手做辛克萊的譯介工作，對梁實秋等新月同人的文學觀展開相似

〔註156〕陳笑峰（瞿秋白）：《美國的真正悲劇》，《北斗》月刊1931年12月第1卷第4期。

〔註157〕《紐約最近舉行兩次辯論會》，《出版消息》1933年10月1日第21期，第5頁。

〔註158〕《美國新的革命詩集出版》，《出版消息》1933年11月1日第23期，第20頁。

的批判，便是其內在一致性的具體表現。梁實秋等留美學生向國內譯介的，是富有紳士風度的白璧德、杜威等；魯迅、郭沫若等留日學生譯介的辛克萊則是美國的 Muckraker「扒糞者」。就美國文化與文學的譯介而言，兩大留學生群體在這一時間段的譯介活動呈現出來的是美國的不同的面相，也可以視為留學生群體的日本體驗和美國體驗之間的一次大碰撞。魯迅、郁達夫和郭沫若等在日本留學的時候，因弱國子民的身份備受侮辱；而當時的日本在美國面前又何嘗沒有弱國子民的感覺？1924 年 5 月 26 日美國新移民法案經總統柯立芝簽字後正式生效，這在日本引發劇烈反響，有民眾到美國使館門前自殺以示抗議，而日本政府都要用法律將其定為「國恥日」。因此，魯迅、郭沫若等留日學生的「日本體驗」中包含著更深層次的雙重意義上的弱國子民的體驗。弱國子民的體驗使他們更容易傾向於接受反抗的文學、革命的文學，在這一點上，美國的「激進黨」辛克萊滿足了魯迅、李初梨等從日本歸來的中國左翼知識分子們的多重內在需要。

第三節　《石炭王》與郭沫若的小說直譯實踐

　　《石炭王》（King Coal）是郭沫若翻譯的辛克萊系列小說的第一部。曼華介紹辛克萊時說：「自《屠場》之後，辛克萊逐年所寫的小說，差不多有二十種之多，其中最著名的，有一九一七年的《石炭王》（King Coal），一九一九年的《工人杰麥》（Jimmie Higgins）和一九二七年的《煤油》（Oil）等。」〔註159〕郭沫若譯本（署名易坎人）於 1928 年 11 月 30 日由上海樂群書店初版，1929 年 3 月 9 日再版，1929 年 5 月 30 日精裝 3 版，1930 年 5 月 30 日精裝 4 版；1928 年 11 月上海現代書局初版，1932 年 4 月 10 日 5 版；1941 年 4 月上海海燕出版社再版，1947 年 8 月上海群益出版社重版。郭沫若譯《石炭王》共分 4 篇，第 1 篇 29 章，第 2 篇 34 章，第 3 篇 25 章，第 4 篇 31 章（1917 年英文版有兩個第 19 章，沒有第 16 章，郭沫若的譯文糾正了原文的錯誤，重新編排了從第 16 章到第 19 章的章節目錄）。

　　對於郭譯《石炭王》，《辛克萊的新作》一文有獨到的批評：「U.Sinclair 自 King Coal 譯成中文後，竟在中國左翼文壇上大噪」，〔註160〕徑直將《石炭王》

〔註159〕曼華：《辛克萊：現代作家之十九》，《華年》，1936 年第 5 卷第 41 期，第 14 頁。
〔註160〕曰：《辛克萊的新作》，《出版月刊》1930 年第 5 期，第 26～27 頁。

視為了辛克萊中國熱的開端。「辛克萊不是很受我們中國新興文學家贊許的作家嗎？自沫若介紹他的《石炭王》《屠場》以來，辛克萊的大名幾乎無人不知了。」〔註161〕一位署名「復蘇」的評論者說：「辛克萊氏，是美國第一流的作家。他的《屠場》《石炭王》兩部長篇巨著，自郭沫若以易坎人的筆名介紹到中國以後，辛克萊的文名，便牢牢地印在一般青年的腦中了。」〔註162〕向培良談到《石炭王》時說：「美國人辛克萊的這部著作被翻譯過來之後，立刻成為一部很流行的東西，並且簡直有人奉為無產階級文藝之典型。」〔註163〕郭沫若翻譯的《石炭王》震動了左翼文壇，一個讀者撰文說：「回到上海後有一件差強人意的事是：出版界有了蓬勃的現象。固然，大量的出版物中是有好些不過浪費了紙墨和讀者的時間的，然而較優良的讀物也時常可以看到。這是三年來上海的進步。這些優良的讀物裏有一本坎人君譯的《石炭王》是我所覺得十分滿意的。我已經把這本書讀了兩三遍。」這篇文章隨後簡單介紹了《石炭王》的故事內容，接著將其與中國的現實生活進行對比，進而感慨「穿了坑夫衣服的赫爾在放逐後能夠會晤『地方推事』，會晤『治安判事』，會晤『法官鄧通』，會晤警署長。這在國民政府治下的中國我想是不見得能有可能性的。」〔註164〕美國煤礦工人的生活條件及罷工，都不是中國工人能夠比擬的。不顧兩國發展不平衡的歷史與客觀原因，只是簡單地進行橫向比較，目的就是想要通過地域發展的不平衡強化國人現代化追求的迫切感。這種比較也代表了一種現代性的想像，使中國的無產階級尤其是煤礦工人由此知曉了自己應該努力爭取實現的具體目標和方向。

　　郭沫若談到《石炭王》的**翻譯**時，特別強調了謀生的意義。「在研究之外，我總得顧計到生活。於是我便把我的力量又移到了別種文字的寫作和**翻譯**。我寫了《我的幼年》和《反正前後》，我翻譯了辛克萊的《石炭王》《屠場》、稍後的《煤油》，以及**彌**海里斯的《美術考古學發現史》。而這些書都靠著國內的朋友，主要也就是一氓，替我奔走，介紹，把它們推銷掉了。那收入倒是相當可觀的，平均起來，我比創造社存在時所得，每月差不

〔註161〕姜子修：《節錄子修先生來信》，《益世報（北京）》1931 年 10 月 6 日。
〔註162〕復蘇：《〈屠場〉、〈石炭王〉與〈羅馬的假日〉》，《評論之評論》1932 年第 1 卷第 7 期，第 16 頁。
〔註163〕培良：《石炭王》，《青春月刊》1929 年第 1 期，第 1 頁。
〔註164〕弱者：《讀〈石炭王〉》，李霖編《郭沫若評傳》，上海：現代書局，1932 年，第 309～311 頁。

多要增加一倍。這樣也就把餓死的威脅免掉了。」〔註165〕顧鳳城在《記郭沫若》中記載自己到東京拜訪郭沫若，郭沫若告訴他：「自從上海來到東京以後，天天在窮困之中過生活。他雖然努力工作，這幾年中翻譯了辛克萊的三大巨著——《石炭王》《屠場》《煤油》⋯⋯稿費有的被朋友拿去用了，有的書局不寄來⋯⋯他的生活天天陷在非常貧困和不安之中。」〔註166〕翻譯是為稻粱謀，賺取稿費支撐家用，這是事實，不可否認，卻也不必太過較真。1928 年 6 月，郭沫若譯完馬克思的《政治經濟學批判》。1929 年 7 月 5 日，郭沫若翻譯的（德）米海里司《美術考古發現史》（根據日本濱田博士的譯本重譯）由上海樂群書店出版。單從經濟的角度考量，翻譯這種類型的著作很不划算。或許郭沫若的譯事可以分為兩類：一、主要為了賺錢而進行的翻譯，如辛克萊的小說；二、主要為了興趣和理想進行的翻譯，如《政治經濟學批判》《美術考古發現史》等。這樣的區分看似符合邏輯，卻與事實不甚相符。

《石炭王》出版於 1928 年 11 月，這時候創造社出版部還沒有被國民黨政府查封。按照約定，創造社出版部每個月會匯給郭沫若一百元錢作為生活費。一百元錢雖然不多，卻使郭沫若免於生活的困頓，使他到日本後有餘裕廣泛地涉獵哲學、經濟、歷史等。1928 年 7 月底，郭沫若想研究自己小時候背熟了的《易經》。8 月初著手研究《易經》，費了一個星期，然後研究《詩經》和《書經》，又費了半個月，於 1928 年 8 月 25 日完成《詩書時代的社會變革與其思想上的反映》的初稿。隨後，郭沫若去東京上野圖書館查考羅振玉的《殷墟書契》，又到東洋文庫，於 1928 年 10 月完成《卜辭中之古代社會》一文。翻譯出版《石炭王》這段時間裏，郭沫若生活的經濟問題並不怎樣緊張，甚或可以說還較為寬裕，這使他能夠埋首於古代社會的研究，或翻譯辛克萊的小說以為革命文學張翼。

《石炭王》有兩個比較重要的譯本：1947 年上海群益版和 1928 年上海樂群書店版。對照這兩個版本，都是繁體字版，每行字排列的位置都幾乎相同，文字排版中的一些錯誤全都相同，從這些方面可以判斷，兩個版本其實都源自同一版，甚或說是同一紙型。雖然《石炭王》出版過多次，有幾種不

〔註165〕郭沫若：《我是中國人》，《郭沫若全集》文學編第 13 卷，北京：人民文學出版社，1992 年，第 367 頁。

〔註166〕顧鳳城：《記郭沫若》，《文友》1943 年第 1 卷第 8 期，第 32 頁。

同的版，譯者並沒有進行過修訂，出版方也沒有糾正過出版方面的錯誤。隨手翻開《石炭王》，似乎都能發現譯文中的一些錯誤。《石炭王》問世後不久，便有署名「惡之華」的文章點名批評郭譯《石炭王》：「去年的時候，郭沫若譯的石炭王幾乎每頁上有二十五個錯誤，辛克萊對此已提起訴訟的事頗盛傳一時，事實如何雖尚待證明，但大概總不能無相當原因的；以著名如郭沫若君尚如此，當也可見翻譯難之一斑了。」〔註167〕「幾乎每頁上有二十五個錯誤」自然是誇張的說法，以偏概全以點帶面，誇張式的批評方式在當時的翻譯文學批評界頗為流行。《石炭王》譯文中出現的一些錯誤，可能是譯者留下的，也可能是出版印刷方面的問題。譬如譯文中有些雙引號被錯排成單引號、或單引號加逗號，有些雙引號方向印反了，有些地方缺失標點符號，有些過於明顯的錯別字等，這些錯誤哪些是譯者造成的，哪些是出版印刷問題，絕大多數都無法考證。作為研究者，對這些錯誤不能視而不見，卻又不宜簡單地歸罪於譯者，在沒有能力確證責任的承擔者之前，不妨將研究的重心放在沒有上述問題的譯文上，那些才是《石炭王》一度頗受讀者歡迎的根本。

　　整體而言，《石炭王》並不屬於精美的譯品。疏於修改，譯文粗糙，錯漏頗多，這些不足也是譯作原生態的表現。所謂原生態，主要指郭沫若信手譯出，未加修飾。沒有修訂過的譯本，更能彰顯譯者翻譯實踐的特點，小說與詩歌的直譯大不相同。這些就是我為什麼要通過這部譯作討論郭沫若小說直譯實踐的重要原因。詩歌篇幅短小，即便是《魯拜集》開篇那樣複雜的詩句，郭沫若也能駕馭自如，譯詩給人渾然天成的感覺。在郭沫若的翻譯文學世界裏，長篇小說不如短篇小說譯得好，情節複雜且連貫的長篇小說不如書信體小說譯得好，小說又不如詩歌譯得好。郭沫若似乎缺乏足夠的耐心，不太長的譯作，這位天才譯者總是能夠憑著過人的才華迅速地把握翻譯對象，然後用自己獨特的語言表達方式將其翻譯出來。若是翻譯對象是長篇小說，又不是可以分割成一個個獨立的小單元的書信體，憑著感覺直譯的結果，往往就給人泥沙俱下的感覺。

　　就句子的翻譯來說，郭沫若在短句方面的處理要比長句的翻譯熟練順暢。小說的語句表達，大多數都比詩句要複雜，要長一些，尤其是複合句的存在，使得比較倉促的譯者沒有多少時間打磨句子，一些長句的「直譯」也

〔註167〕惡之華：《略論「翻譯」》，《山東民國日報》1933 年 1 月 18 日。

就顯得有些兒怪。郭沫若的譯作決不缺少「直譯」，所以當有人批評郭沫若譯文時，郭沫若總是強調自己乃是在直譯。我以為，從譯者的角度，直譯的造成，可以分為兩種。一種是故意要直譯，這種故意的直譯，一般是為了引進外來語法等，這種直譯卻也並不是 literal to literal，追求完全和原文一致，譬如並不將 stand on his foot 譯成「站在他的腳上」，也並不將 springing to his feet 譯成「跳到他的腳上」，而是簡單地譯為「跳了起來」。一種是無意識的直譯，造成這種直譯的一種情況便是翻譯的倉促。《石炭王》第 3 編第 22 章有這樣一句話：well, they got a drill--long, long, like this, all the way across the room。郭沫若譯為：「啦，他們是有一條很長很長的鐵鍊，就像這樣長，有這房子的過徑。」大體上直譯，尤其是後半句，這樣的直譯未免太過於呆板了，尤其是譯者的目的並不在於引進一種新的語法時，這種表達也就只能給人怪怪的感覺。為節省時間氣力，自然是選擇按照原文語序進行翻譯較好，又因為個人語感和文學天賦，直譯的過程中不時地也會做出些微調，結果便是譯文中往往意譯和直譯錯綜交雜。

在《石炭王》譯文中，翻譯 miles 和 inch 的時候，郭沫若使用了「哩」和「呎」，表明是英里和英尺，並不是中國自己使用的度量單位。這是郭沫若的細心之處。郭沫若將 quarter 譯為「二角五分錢」，顯然沒有對譯美國錢幣的這一獨特單位。美國人的錢幣單位是 penny, dim, quarter, dollar，在民國時候，中國錢幣的單位多種多元，有五分的，有二十分的，中國中央銀行（the central bank of China）也的確發行過 25 分面值的鈔票，雖然 25 分面值的鈔票在中國的換算裏的確就是兩角五分，但這也只能是換算後的對等，幣值單位的計算實際上已經中國化了。同一本書的翻譯中，度量單位翻譯有同化和順化的區別對待，雖然不是什麼大問題，卻總能讓人感覺譯者處理比較隨性，不怎麼嚴謹。有些地方的倉促卻不可避免地造成了翻譯的錯謬，譬如下面這一句：

He was a marked man, now, and could only stay in the camp so long as he attended strictly to his own affairs（本書所引英語原文來自 Upton Sinclair, King Coal, published by Upton Sinclair, Pasadena, California, 1921，下同）。郭沫若將此句譯為：「他現在是一位注意的人物，他只有嚴格的做著自己的職務才能留在山裏。」原文中，Marked 的意思是：有名的、明顯的、有記號的、被監視的。在這裡，marked 指的是弈鬥士屈倫曾經參加過礦上的罷工，已經是「掛了號」、有了「案底」的人，屬於被監視的對象。如果勉強用「注意」來翻譯

mark，那麼 marked 也應被譯為「被注意」。第一編第 11 章，before long（不久之後）被譯成了「隔了好久」（long before）。這些地方，倘若譯者時間充裕，細心一些，完全是可以避免的。

He would fall asleep at supper, and go in and sink down on his cot and sleep like a log. 郭沫若將這句譯為：「吃晚飯的時候也在穿瞇睡，走進房，倒上床去，睡熟得像一棟木頭一樣。」「穿瞇睡」是四川方言，就是打瞇睡的意思。Log，原木、木材的意思。A log 就是一根木頭或一段木頭的意思。郭沫若用的量詞卻是棟。棟用作量詞的時候，房屋一座叫一棟。現代漢語早期量詞使用雖然不是很規範，將量詞棟和木頭聯在一起使用的情況還是非常罕見的。方言和不規範的量詞混雜在一起，這句話讓人讀起來自然就會不那麼舒暢。

如果只是要簡單地尋找譯文中郭沫若的個人印記，其實並不困難。比如，他在幾處譯文中都使用了「沒大」一詞：「一萬人的奴隸要求自由的沒大的努力；全無容赦地搗成粉碎了」（第 2 編第 4 章）、「燃料總公司是一個有沒大產業的強盜」（第 2 編第 10 章）、「他替公司方面的設想可以說完全沒有用處；就給他努了沒大的力要使那警長相信他是一位有閒階級的人一樣」（第 2 編第 23 章）、「長兄又敘述到比得哈里崗是在從東部回來的途中；他一到來一定是怒不可遏的，他在西城的產業界會捲起沒大的暴風」（第 4 編第 11 章）。「沒大」這個詞並不罕見，通常使用於「沒大沒小」這樣的表達，即不顧大小長幼之分的意思。郭沫若顯然不是在這樣的意義上使用「沒大」這個詞。「沒大的努力」「有沒大產業的強盜」「努了沒大的力」「沒大的風暴」中的「沒」其實是「很」的意思，用於此意的時候，應該讀 mò，是「漫過或高過（人或物）」〔註168〕的意思。查看上述四處的原文，分別是：

1. There had been a mighty effort of the thousand slaves for freedom; and it had been crushed with utter ruthlessness.

2. The 「G.F.C.」 was a burglar of gigantic and terrible proportions.

3. But all his consideration for the company had counted for nothing; likewise all his efforts to convince the marshal that he was a leisure-class person.

4. The elder brother pictured old Peter Harrigan on his way back from the East; the state of unutterable fury in which he would arrive, the

---

〔註168〕《現代漢語詞典》，北京：商務印書館，1998 年，第 897 頁。

storm he would raise in the business world of Western City.

郭沫若譯文中所譯「沒大」，在原文中對應的分別是 mighty，gigantic and terrible，all。實際上，最後一個句子中的「沒大」找不到對應詞，當然句子在內涵上是可以這麼理解的。按照郭沫若的文學創作能力來說，在翻譯用詞的選擇上，似乎不應該顯得如此匱乏。此外，郭沫若還喜歡使用「給」。譯文中的「給」不僅用來表示「遞給」，還用於表示「供給」，以及「像」等意思。表示動作的「給」用得次數最多，除此之外，就是「像」。表示「像」這個意思的「給」，在譯文中有幾十處之多。第 1 編第 1 章和第 2 章中就有這樣幾個例子：

1. 「天空就給水晶一樣清澄」（第 1 編第 1 章）
2. 「赫爾就這樣走到太陽光裏，左右一個閹人就給護衛一樣」（第 1 編第 2 章）
3. 「說起話來就給大學教授一樣」（第 1 編第 2 章）

上述幾處對應的英語原文分別是：

1. The sky crystal clear.
2. So Hal went out into the sunshine, with a guard on each side of him as an escort.
3. Talk like a college professor.

將 as、like 都譯為「給」，這也算是郭沫若譯文的個人特徵。類似這樣的翻譯，我稱之為郭沫若式的直譯。所謂郭沫若式的直譯，就是指不在譯詞的選擇上花費精力，徑直以自己的理解簡單對譯，對譯的結果便是消除了原文詞語使用的豐富性，譯詞使用帶有明顯的郭沫若的印記。這樣的翻譯郭沫若個人覺得是直譯，別人卻感覺更像是意譯。

郭沫若的直譯並非字對字地進行翻譯，如 He was a marked man, now, and could only stay in the camp so long as he attended strictly to his own affairs，郭沫若在翻譯的時候，並不因為 now 這個詞在中間被逗號隔開而在翻譯中也這樣做。再如：He wanted to stay and take the measure of this gigantic "burglar," the General Fuel Company. 郭沫若譯為：「他要留在這兒看看這位兇惡的『大流氓』，燃料總公司，的本領。」郭沫若並不按照原文，將燃料總公司放在譯文句子的末尾。雖然用逗號將「燃料總公司」獨立地擱置在句子的中間，顯得有些怪異，不如用破折號連接來的順眼。在那個標點符號使

用不規範的年代，對於這方面的要求也不必太過於吹毛求疵。不過，相對來說，這些句子的翻譯還算得上是「直譯體」，雖然也是屬雜了郭沫若主觀選擇的「直譯」，但是主觀參與的程度較細微，沒有增添或刪減句子。其實，在《石炭王》的譯文中，我們可以看到這種「直譯體」佔據絕對主導的位置，有時因「直譯」而令人覺得譯文不那麼流暢。譯文相對流暢，富有氣韻美的段落，就能明顯見出譯者郭沫若的參與度比較高，譯文中蘊涵著一個主體的「我」在。在那些段落裏，正如郭沫若譯《茵夢湖》相似，譯者在「西湖所感受的情趣」與原作「茵夢湖的情趣」遇合。譯者主體與原作精神一旦遇合，譯者郭沫若的翻譯往往就會衝破直譯，自身的情趣追求自覺不自覺地也就流露出來。

郭沫若譯《石炭王》第 2 編第 31 章：

眼淚迸出她的眼裏，她突然叫出道，「哦，你把我帶起走罷！帶我走，給我一個機會呀，佐！我不要別的，我也示〔不〕想阻礙你；我要為你工作，為你炊爨，為你洗衣裳，為你做一切的事情，把我指頭上的肉磨到骨頭！不然我就到外邊找些工作糊口也可以。我並且還可以答應你，只要你一不高興見我，我便走開，你不會聽見我一句怨言！」〔註169〕

> Tears sprang to her eyes, and she cried out suddenly, "Oh, take me away from here! Take me away and give me a chance, Joe! I'll ask nothing, I'll never stand in your way; I'll work for ye, I'll cook and wash and do everything for ye, I'll wear my fingers to the bone! Or I'll go out and work at some job, and earn my share. And I'll make ye this promise——if ever ye get tired and want to leave me, ye'll not hear a word of complaint!"

Mary Burke 向 Hal 說上述這段話，表白了自己心跡。這種傾訴心聲的話語，字詞都很平實，句子都比較短，情感濃鬱，和郭沫若自身個性氣質比較契合，郭沫若在翻譯的時候採用的基本是「直譯體」，對原文基本沒有做大的變動。原文「I'll」這種以「我」開頭的句式，本是郭沫若自己詩歌創作中擅用的。或許正是因為如此，郭沫若翻譯時使用「我」的句子如此順暢，以至於他不自覺地這樣翻譯了下面這一句：if ever ye get tired and want to leave

---

〔註169〕〔美〕厄普頓・辛克萊：《石炭王》，郭沫若譯，上海：樂群書店，1928 年，第 256 頁。

me. 「只要你一不高興見我，我便走開，你不會聽見我一句怨言！」原文的意思是你若厭倦了想要離開我，原文中 ye（you）主語，me 只是一個賓語，而且整個句子中 ye（you）在主語位置出現了兩次，而 me 則只出現過一次。郭沫若的譯文中，與 ye（you）「你」也是出現了兩次，也是在主語的位置，可是與 me 相對應的「我」卻出現了三次，還有一個以「我」做主語的分句：「我便走開」。與原文相比，「你」在譯文中雖然仍舊佔據著兩個主要分句的主語位置，可是「我」的分量卻發生了根本性的變化。從一個不起眼的位置走到前臺，成為閱讀聚焦的一個核心詞彙。

如前所說，郭沫若的「直譯體」實際上很多地方的處理實際上都比較隨意，這種隨意性是各種原因造成的，而我們在這裡之所以討論這樣一個句子的翻譯的非直譯性，是因為這裡看起來隨意的翻譯處理，實際上卻並非偶然，而是譯者主體自身文學素養的自然流露。這種自然流露比那種四川方言在譯文中的表現更加值得注意，因為這才是文學郭沫若生成的根源。

第 2 編第 33 章：

去年一年在大學裏面赫爾聽著教授們講國民經濟學，極口的稱讚所謂「私有財產權。」這私有財產權是促進創造和經濟的；它保持著產業的車輪運轉，它保持著大學的校費收入豐肥；它和供給與需要的神聖的原則是協致而不悖，它是美國的繁榮和進展的基礎。赫爾在這兒突然地和這私有財產權的真相對面了；他看見那狼子的眼睛凝視著他自己的，他感覺著它那煙囪一樣的呼息在他的臉上，他看見它那放光的獠牙，如鉤的利爪，滴著男工女工童工的血液。炭坑的私有財產權喲！封著進口不設非常口的私有財產權喲！有風扇而不設置，有灑水機而不灑水的私有財產權喲！棍棒手槍的私有財產權，使用流氓地痞來驅除救護隊，閉鎖孤兒寡婦在家中的私有財產權喲！啊，那隱靠的，肥滿的私有財產權的說教者大師們喲，他們在學院的廣場中唱著吸血魔鬼的讚美歌調！〔註 170〕

> All through the previous year at college Hal had listened to lectures upon political economy, filled with the praises of a thing called "Private Ownership." This Private Ownership developed initiative and economy; it kept the wheels of industry a-roll, it kept fat the pay-rolls of college

---

〔註 170〕〔美〕厄普頓·辛克萊：《石炭王》，郭沫若譯，上海：樂群書店，1928 年，第 265 頁。

faculties; it accorded itself with the sacred laws of supply and demand, it was the basis of the progress and prosperity wherewith America had been blessed. And here suddenly Hal found himself face to face with the reality of it; he saw its wolfish eyes glaring into his own, he felt its smoking hot breath in his face, he saw its gleaming fangs and claw-like fingers, dripping with the blood of men and women and children. Private Ownership of coal-mines! Private Ownership of sealed-up entrances and non-existent escape-ways! Private Ownership of fans which did not start, of sprinklers which did not sprinkle. Private Ownership of clubs and revolvers, and of thugs and ex-convicts to use them, driving away rescuers and shutting up agonized widows and orphans in their homes! Oh, the serene and well-fed priests of Private Ownership, chanting in academic halls the praises of the bloody Demon!

　　上述這段文字的翻譯，郭沫若譯文自然也有欠斟酌的地方。譬如 Halls 譯成「廣場」（應是禮堂），smoking hot breath 譯成「煙囪一樣的呼息」（應是冒著煙的灼熱的呼吸），hot 沒有譯，而 agonized widows 中的 agonized 也漏而不譯。這些地方只是白璧微瑕，整體上來說，這段文字的翻譯很是流暢，將 Hal 的感慨之情充分地表達了出來。這段文字的翻譯雖不能說是 literal to literal，卻基本上是 sentence to sentence。這段文字的翻譯，和上面一段文字比較起來，一個很明顯的區別便是感嘆句的翻譯。我們這裡所說的感嘆句，就是簡單地以感嘆號的有無作為判別的標示。感嘆句的翻譯，郭沫若基本都加了感嘆詞，喲、罷、呀、啊等。喜歡使用感嘆詞，這是郭沫若詩歌創作詞語使用方面的一個特徵。上述兩段文字中，英語原文除了 oh，感嘆句並沒有使用其他感嘆詞，而在郭沫若的譯文中，感嘆句的使用明顯增多。在前一個段落中，所使用的語氣詞有哦、罷、呀。哦對應的是 oh，而罷和呀則是譯者添加的語氣詞。英語原文使用了四個嘆號，郭沫若譯文也相應地使用了四個嘆號，用感嘆句譯感嘆句，只是增添了原文所沒有的兩處感嘆詞。後一個段落中，所使用的感嘆詞有喲、啊，其中啊對應的是 oh，喲是譯者添加的語氣詞。英文原文中使用了四個嘆號，郭沫若譯文中也使用了四個嘆號。在四個感嘆句的翻譯中，原文只用了一個感嘆詞：oh，而譯文除了將 oh 譯為「哦」之外，還使用了五處「喲」。如果一個感嘆詞對譯一個感

嘆句，那多出來的一個感嘆詞對應的又是什麼呢？原文中對應的就是這一句：Private Ownership of fans which did not start, of sprinklers which did not sprinkle.原文結尾是句號，按照原文行文風格來說，此處似乎應該也是感嘆號才對。懷疑此處應該是原文出現了印刷問題。也就是說，用加感嘆詞的方式翻譯感嘆句，似乎成了郭沫若譯文的慣例。

翻譯感嘆句時常常添譯感嘆詞，且感嘆詞的使用多樣化，這是郭沫若譯文的一大特徵。

1. 費點心罷！

   Give a fellow a chance!

2. 請給我一點水罷！

   Can you give me a drink of water?

3. 他答道，「我來此真個不久，但我現在要想在這兒長住——就因為這頭髮的關係啦！」

   "I've not been here long," he answered, "but I shall hope to stay now--along of this hair!"

4. 「賣店的東西你們無論怎樣是不能不買的啦！」

   So you have to trade at the store, too!

5. 「啊，多得很呢！」老賈克這樣叫。

   Sure there be!

像上述這樣的例子，譯文中比比皆是。這些感嘆詞對譯的是感嘆句，語氣並不都一樣。比如上面所舉的第一和第二個例子中的「罷」，便是祈使語氣，表示的是勸告、請求。王力談到祈使句時說，「用『罷』字時，往往標示委婉商量或懇求；若不用『罷』字，就往往標示非如此不可的意思了。」〔註171〕至於上述第五個例子中使用的語氣詞「呢」，是表示故意加重語氣，稍帶誇大。從某種程度上來說，正是借助於語氣詞的使用，郭沫若將原文感嘆句中隱含著的細微的語氣傳達了出來。按照感嘆詞的有無，我們可以將郭沫若譯文中感嘆句的翻譯劃分為這樣兩種類型：添譯感嘆詞的與未添譯感嘆詞的。郭沫若譯文中感嘆句的翻譯固然比較普遍地添加了感嘆詞，可是未添譯感嘆詞的數量也不在少數。

如何理解郭沫若翻譯中的添譯感嘆詞和不添譯感嘆詞的兩種選擇？我之

〔註171〕王力：《中國現代語法》，北京：商務印書館，1985年，第171頁。

所以說是「兩種選擇」，是因為我不願意將添譯感嘆詞與否看成完全是隨意的行為，而是將其視為譯者憑著自身的文學感知遣詞用句的結果。當然，這樣說的時候，並不排除譯者有時候也會有漫不經意造成的添譯或沒有添譯。就以上面所舉未加感嘆詞的譯文而言，郭沫若未添譯感嘆詞的因由，是原句中對這一句的語氣作了說明：「底微而沉鬱」。有了這樣的說明，一者不需要再添加語氣詞以畫蛇添足，二者和「底微而沉鬱」相稱的語氣詞並不容易使用恰切。

　　我們特別關注感嘆詞的使用，其實並不只是限於感嘆句的翻譯，大而言之，是想通過郭沫若的譯文，探究郭沫若翻譯中語氣詞的使用問題。眾所周知，郭沫若的文學創作和他的文學翻譯事業有著密切的關係，顧彬認為，「五四運動前後可能也是這樣一種情況，中國作家在找他們的語言。郭沫若也可能通過翻譯才找到自己的語言。在找到自己的語言後，郭沫若不想再搞純文學翻譯了。」〔註172〕顧彬的這篇文字其實是演講稿，連續地使用「可能」這種推測性的詞彙闡述自己的想法，這些想法並沒有更為詳細地落實到史實的考證上。沒有具體的材料，顧彬的判斷中所說的「找到自己的語言」和「找到自己的語言後」就成了不錯卻也不能解決什麼問題的論斷。畢竟，所有的文學家都會有一個尋找自己的語言的過程，如何找到自己的語言，何時才找到了自己的語言，找到了怎樣的語言……這是一個普遍存在的現象。對於20世紀早期的中國作家們來說，身處中西文化與文學劇烈碰撞的時期，對於語言的尋找自然也擺脫不了中西文化與文學的交融碰撞，在這種情況下，單獨強調任何一面都只會給人片面的感覺。僅就《石炭王》來說，原文感嘆句不用感嘆詞，郭沫若譯文添譯感嘆詞，這感嘆詞何來？句子末尾加語氣詞，這是中國語言早就存在的一種現象。《左傳·隱公元年》有言：「不及黃泉，無相見也！」《史記·項羽本紀》中說：「（項伯）欲呼張良與俱去，曰：『毋從俱死也！』」《戰國策·齊策》「先生休矣！」《莊子·養生主》云：「善哉，技蓋至此乎！」標點符號是現代的，但是句尾的語氣詞卻是古來就有的。從另一方面來說，正是因為沒有一套完整的標點，所以古文中句尾語氣詞也就顯得更加重要性。就翻譯而言，當郭沫若在翻譯中尋找「自己的語言」時，這種尋找就不僅僅是對於外語新因素的借鑒，還存在對於漢語自身表達體系的挖掘。

　　　　　　　　　　　　　　　　　　　

〔註172〕〔德〕顧彬：《郭沫若與翻譯的現代性》，《中國圖書評論》2008年第1期，第119頁。

第四節　「風韻譯」視野裏的《屠場》譯文研究

　　《屠場》（Jungle）是美國著名作家厄普頓・辛克萊（Upton Sinclair）撰寫的長篇小說，敘述一個從立陶宛移民美國不久的家庭的悲慘遭遇。尤吉斯一家滿懷憧憬來到美國，在芝加哥的屠宰場工作，強壯的尤吉斯（Jurgis）和嬌小的奧娜（Ona）結婚了，期待中的幸福生活還沒出現便因各種災禍陷入絕望的泥淖：先是買房子被騙，尤吉斯在工作中傷了腳踝卻被辭退，接著是妻子奧娜被工頭姦污，憤怒的尤吉斯暴打工頭後入獄，隨後妻子難產而亡，兒子安特納斯在淹死在街上的泥潭中。「《屠場》簡直是把雪萊的精神放在左拉手下寫出來的！真是一挺七十二生的大砲！」〔註173〕辛克萊想要通過《屠場》揭露工人們的悲慘生活，但真正引發美國社會強烈反響的卻是小說暴露的肉類食品加工的衛生狀況，這直接影響和推動了美國 1906 年《衛生食品與藥品法案》的通過。

　　1929 年 7 月 30 日，郭沫若翻譯《屠場》完畢，寫下了《譯後》。《譯後》共五條。其中，第 2 條談的是選取紐育（即 New York，紐約）Vanguard Press 第三版作為翻譯藍本的緣由；第 4 條解釋譯書採取的是「逐譯逐印」的方式，所以難免「前後譯語每有出入處，而文氣亦恐有不貫的地方」；第 5 條解釋譯文中略掉第一章瑪利亞所唱立陶宛戀歌的因由。真正值得注意的是第 1 條和第 4 條。第 1 條談的是譯書名：「本書原名為『Jungle』。直譯時當為『荒荊』或者『榛莽』，自是象徵的名目；譯者嫌其過於文雅，與本作之內容不趁，故直取本書所寫之『屠場』以更易之。」郭沫若不用直譯而另取書名，原因是嫌直譯「過於文雅」。「屠場」之書名，不是原書名的翻譯，不是翻譯而是另取，這也體現了郭沫若一貫的翻譯風格。翻譯追求的是譯出「風韻」，這「風韻」是譯者所感受到的「風韻」。不用文雅的直譯，而與「文雅」相對的，不是簡陋，而是粗俗。文雅與粗俗，分別是美與力的代表。換言之，郭沫若追求的是力，因為他在 Jungle 這部小說中感受到的便是力量的美。《譯後》所寫的第 5 條是：「本書所含有之力量和意義，在聰明的讀者讀後自會明白。譯者可以自行告白一句，我在譯述的途中為他這種排山倒海的大力幾乎打倒，我從不曾讀過這樣有力量的作品，恐怕世界上也從未曾產生過。讀了這部書我們感受著一種無上的慰安，無上的鼓勵：我們敢於

〔註173〕余慕陶：《辛克萊論》，《讀書月刊》1931 年第 2 卷第 4～5 期，第 221 頁。

問：『誰個能有這樣大的力量？』」〔註174〕力量的美，「排山倒海的大力」如何呈現於譯文之中？具體來說，便是直譯與風韻譯的結合。直譯與風韻譯相結合，這是郭沫若翻譯一貫的表現，並非《屠場》才如此。但是，如果說《魯拜集》呈現出的風韻譯特徵是優美化，那麼，《屠場》呈現出來的風韻譯特徵便是粗俗化，與這粗俗化相對應的便是「力」的呈現，而這呈現是成功的，郭沫若的譯筆使得《屠場》在左翼文學風行的時代廣為流傳。「要不是健忘的人，大概還記得曾為國人熱烈歡迎的《屠場》的作者——辛克萊這個名字吧？」〔註175〕「辛克萊的名著《屠場》，自從易坎人將它翻譯成中文以後，幾乎流行到全國了。只要流行到全國了，只要是愛好文學的人，沒有不讀過它的。」〔註176〕這段話的表達雖然稍顯誇張，但是流行卻是不爭的事實。

小說開篇聚焦在奧娜的伴娘瑪麗（Marija）身上，以她的眼睛敘述尤吉斯和奧娜的婚禮，從教堂轉到酒店大廳的過程。下面是《屠場》這部小說開篇第二自然段：

> This was unfortunate, for already there was a throng before the door. The music had started up, and half a block away you could hear the dull "broom, broom" of a cello, with the squeaking of two fiddles which vied with each other in intricate and altitudinous gymnastics. Seeing the throng, Marija abandoned precipitately the debate concerning the ancestors of her coachman, and singing from the moving carriage, plunged in and proceeded to clear a way to the hall. Once within, she turned and began to push the other way, roaring, meantime, "Eik! Eik! Uzdaryk-duris!" in tones which made the orchestral uproar sound like fairy music. 〔註177〕

郭沫若譯文（下面簡稱郭譯）如下：

不幸的是門口已經有一群人聚集著了。音樂已經在彈奏，遠遠你可以聽見一隻舍羅琴的「布弄，布弄」的黃牛一樣的聲音，還有兩隻四絃琴也在殺

〔註174〕郭沫若：《譯後》，〔美〕辛克萊：《屠場》，易坎人譯，上海：南強書局，1929年，第406頁。

〔註175〕林林林：《介紹美國作家：辛克萊》，《西北文化日報》1936年1月16日。

〔註176〕平夫：《辛克萊的屠場》，《四川晨報》1934年11月27日。

〔註177〕Upton Sinclair. The Jungle[M]. New York: Simon Schuster, Inc.,2004,p1.

雞一樣的叫，就好像有兩個拳鬥師在費盡九牛二虎之力地苦鬥。瑪利亞一看見門口的人群，她把關於馬車夫的祖先八代的言論拋棄，馬車還沒有停止她便跳了下來，跳進那人群裏去，開出一條道路向禮場裏走去了。她一跳進去便橫衝直撞起來，不絕的叫著「喂！喂！你們讓開！」她的聲音使那室內的音樂變成為仙樂一樣了。〔註178〕

蕭乾等的譯文（下面簡稱蕭譯）如下：

不幸的是，禮堂門口也早已聚集一大群人。音樂也開始演奏，從門外老遠的地方就可以聽到大提琴單調的「布隆、布隆」聲和兩把相互競賽、各顯神通的小提琴發出的一片音響。瑪利亞一眼望見圍在門外的那群人，就顧不得再與馬夫爭論他的祖宗三代究竟是何等樣人，急急忙忙從尚未停下的馬車上跳下來，一下鑽入人群，推推搡搡地直往禮堂擠去。剛一擠到裏面，她又翻身擠出來，一邊大聲喊：「Eik! Eik! Uzdaryk-duris!」那聲音震耳欲聾，相形之下樂隊奏出的音響就如仙樂一般。〔註179〕

對於上述一段原文和兩段譯文，張慧曾在《「風韻譯」再探索》中統計其字符數：Upton Sinclair 的 The Jungle 開篇第二自然段全文共 624 個字符（其實應該是 634 個左右的字符數），郭沫若譯文字符數為 206 個，蕭乾等的譯文字符數為 231 個。〔註180〕但是，這個的統計數字其實是有問題的，只要重新按照英漢兩種文字的特性進行計算就能知道。英文計算的字符數其實是字母的個數，如果以 word 作為計算單位，英語原文的詞彙共 106 個。漢字一字一音，英語單詞有時候一個字可以由幾個音節組成，如果以音節作為劃分單位，這段英語原文大約也是 200 個左右。郭沫若的譯文和蕭乾等人的譯文看起來似乎相差 20 多個字符，其實差距主要在於蕭乾保留了原文中的立陶宛語「Eik! Eik! Uzdaryk-duris!」如果撇開這一原語句子，郭沫若和蕭乾的譯文在用語字數上沒有大的差異。也就是說，從字符的計算上看，其實三段文字相互之間非常接近，不存在使用凝練的語言簡省地進行翻譯的問題。

　　1. This was unfortunate, there was a throng before the door.

〔註178〕〔美〕辛克萊：《屠場》，易坎人譯，上海：南強書局，1929 年，第 4 頁。
〔註179〕〔美〕辛克萊：《屠場》，蕭乾、張夢麟、黃雨石、施咸榮譯，北京：人民文學出版社，1979，第 1～2 頁。
〔註180〕張慧：《「風韻譯」再探索》，《郭沫若學刊》2015 年第 4 期，第 8 頁。

郭譯：不幸的是門口已經有一群人聚集著了。

蕭譯：不幸的是，禮堂門口也早已聚集一大群人。

兩種翻譯，沒有大的差異。郭譯 16 個字，蕭譯 17 個字，12 個相同，郭譯取消了中間的逗號，蕭譯在門口前加了「禮堂」，「群人」前加了形容詞「大」，至於「聚集」的附著詞「著了」和「已」的修飾詞「也早」等方面的差異，屬於無關緊要的小差異。譯文總要受原文的制約，太過於自由的翻譯也就超出了翻譯的本義。在上述這個例子中，unfortunate、throng、door 這些關鍵詞在翻譯時並沒有多少選擇的餘地。相反，那些原文中看似無關緊要的方面呈現出來的差異，更容易能夠見出譯者個人的鮮明的主觀印記。

《「風韻譯」再探索》曾以上述這個句子的漢譯為例說明郭沫若翻譯中模糊語言的使用。認為郭沫若用「一群」翻譯 a throng 是「保留了原詞語的模糊性」，而蕭乾等的譯文「一大群」用「大」字作前置定語，則是弱化了原詞語的模糊性。就語意理解來說，「一群」的確比「一大群」表達得更為模糊。「一群」可以是一大群，也可以是一小群，或者是不大不小的群。但是，這中間的區別在這一段文字中真的很重要嗎？閱讀前後文，可知聚集在門口的人很多，所以郭沫若在後面的譯文中說瑪利亞「開出一條道路」，而蕭乾等的譯文才使用了「擠進去」這樣的字眼。換言之，雖然原文中只是 a throng，並沒有「大」的對應詞，但是，「一大群」才是對於 a throng 的準確理解。此外，郭沫若將 before the door 譯為「門口」，而，蕭譯則是「禮堂門口」，從表達的準確性上來說，郭譯顯然也比蕭譯模糊。但若就此認定郭沫若的翻譯為了使詞義更模糊，從而更吻合「風韻譯」的追求，這種推論是難以令人信服的。郭沫若的「風韻譯」思想中，絕對沒有對模糊性的側重，雖然模糊美學自有其魅力，但是對於強調翻譯要有「感興」且興味要「深永」的郭沫若來說，這些都不是詞義模糊能夠實現的。相反，蕭乾等人的譯文似乎更吻合郭沫若「風韻譯」的追求，是理解之後「寫」出來的。

對於 the door 的翻譯，也存在類似的問題。與 door 對應的是 hall，hall 雖然沒有出現，但是定冠詞 the 卻限定了 door 的所屬關係。郭沫若用「燕會場」對譯 hall，蕭乾等用「舉行婚宴的禮堂」對譯 hall，the door 指的就是 hall 的門口，並沒有什麼異議。the 在英語原文表達中不可或缺，但在漢語譯文中則不必一定要對譯。很多時候，漢譯並不對譯不定冠詞或定冠詞，如 the door，在同一段文字裏面，door 與 hall 只隔開了一個句子，漢語譯文即便不明確點

出是禮堂門口，漢語自身表達的內在邏輯結構，足以讓人準確地理解「門口」的所屬，在閱讀上自然也會被認定是禮堂門口。如果一定要對譯，將內在的含義譯出來，就是蕭譯的「禮堂門口」。郭譯更貼近漢語自身的表達習慣，而蕭譯則將英語原文內在的意義呈現出來。但是，這絕不意味著蕭譯就更追求準確性，而郭譯就比較側重表達的模糊。從表達的清晰還是模糊判斷蕭譯和郭譯委實沒有必要。但這並不意味著這些細微的區別不重要。如前所說，這些細微的區別呈現出來的是兩個譯本譯者主體風格的差異。a throng 與 the door 等漢譯的差別，顯示的其實是兩位譯者主體風格的不同。一個通過譯文語言的文本網絡編織準確傳達原文意思，一個通過對原文本語言表達內蘊的外顯準確傳達原文意思。同歸而殊途，說的就是這種情況。

　　主張「風韻譯」的郭沫若，在小說的翻譯中有著怎樣的主張？對此，郭沫若留下的文字很少，研究者們的相關評述也少。在《我的童年》一文中，郭沫若談到林紓的翻譯時說，「林譯小說中對於我後來的文學傾向上有決定的影響的，是 Scott 的《Ivanhoe》，他譯成《撒克遜劫後英雄略》。這書後來我讀過英文，他的誤譯和省略處雖很不少，但那種浪漫主義的精神他是具象地提示給我了。」〔註181〕這裡說的是林譯小說對他「文學傾向」上的影響，就翻譯本身而言，林紓的翻譯對郭沫若的翻譯有什麼影響？其他譯者和後來的學者們認為郭沫若譯文中存在的誤譯與省略處，是否也是翻譯過程中「浪漫主義的精神」的呈現？若是如此，郭沫若的這種翻譯處理方式是否也可以視為「風韻譯」的一種方式和途徑？

　　譯者對於原文閱讀接受的側重點的差異，也就使得他們在選詞用句等方面表現各不相同。當蕭乾等人使用了定語「大」的時候，後面的譯文就出現了「擠進去」「推推搡搡」等字眼，這些翻譯用詞一起共同向讀者呈現了門口的擁擠程度，婚禮現場來人之多。蕭乾等的譯文更多地傾向於將這一段作為禮堂門口的環境描寫，擁擠是其關注的重心，這種關注和後來婚禮剎不住車的開銷自然關聯在一起，這種翻譯選擇自然有其合理性。郭沫若自己的譯文沒有使用「大」這樣的限定語，不是有意模糊人群的大小，而是他對這個問題不敏感，或者說他注意的焦點不在於此。郭沫若後面譯文中使用了「開出一條道路」「橫衝直撞」等字眼，與蕭乾等人的譯文相比，張

〔註181〕郭沫若：《我的童年》，《郭沫若全集》文學編第 11 卷，北京：人民文學出版社，1992 年，第 102 頁。

慧認為郭沫若這裡的用詞表現出一種天狗似的精神，無疑更有利於表現「瑪利亞風風火火的男人氣質」，〔註182〕對此，《「風韻譯」再探索》的作者感知非常敏銳。郭沫若更關注的是瑪利亞這個女性，他的譯文也將更多的詞彙用在瑪利亞身上，使得瑪利亞原文中隱含的意思被彰顯出來，而這個人物形象也就被凸顯了出來。

2. ……you could hear the dull "broom, broom" of a cello, with the squeaking of two fiddles which vied with each other in intricate and altitudinous gymnastics.

在上述所引整段文字中，兩個譯本對於這一句的翻譯差異最大，原因則是郭沫若的詩人情緒噴發，充分調動自己的想像，在譯文中添加了許多自己的「私貨」，如「黃牛一樣的聲音」「殺雞一樣的叫」「兩個拳鬥師在費盡九牛二虎之力」。形象化的譯文，並沒有使得原文中相對應的 dull、squeaking等詞語變得更容易理解，反倒有可能更加含混複雜起來。畢竟，每個人想像中的黃牛的叫聲、殺雞的聲音恐怕都不會很一致。這種連續添加「私貨」的翻譯，在郭沫若的文學翻譯歷程中其實並不多見。郭沫若將 with the squeaking of two fiddles which vied with each other in intricate and altitudinous gymnastics 譯成兩個小句子：還有兩隻四絃琴也在殺雞一樣的叫，就好像有兩個拳鬥師在費盡九牛二虎之力地苦鬥。相比於複雜的複合句式，漢語更習慣於使用簡單的小句子。但是當把英語裏複雜的句子譯成一個接一個的簡單小句後，隨之而來也就產生一個問題，容易混淆相互之間的關係。蕭乾等將上面這個句子譯為：「從門外老遠的地方就可以聽到大提琴單調的『布隆、布隆』聲和兩把相互競賽、各顯神通的小提琴發出的一片音響。」明確可以知道「相互競賽、各顯神通」形容的是兩把小提琴發出的「音響」。郭沫若將其譯為：「遠遠你可以聽見一隻舍羅琴的『布弄，布弄』的黃牛一樣的聲音，還有兩隻四絃琴也在殺雞一樣的叫，就好像有兩個拳鬥師在費盡九牛二虎之力地苦鬥。」兩個拳鬥師指的是兩隻四絃琴，還是兩隻四絃琴和舍羅琴？句子本身的表述並不是很清晰。畢竟，在閱讀的感知上，「黃牛一樣的聲音」與「殺雞一樣的叫」由於都位於兩個小句的末尾，語法上構成對位，更容易被想像成「兩個拳鬥師」。譯者郭沫若在直譯的過程中，自由創作的欲望似乎總是禁不住地想要爆發一下，於是譯也就變成了作。從另一

〔註182〕張慧：《「風韻譯」再探索》，《郭沫若學刊》2015 年第 4 期，第 9 頁。

個方面來看，黃牛與殺雞，讓人和屠場這個背景較容易聯繫起來，而且兩種都是較為粗俗的動物，這樣一來，便和小提琴等優雅的樂器和本來應該優美的音樂構成了反襯。也就是說，這正是粗俗化譯介策略的體現。

> 3. Once within, she turned and began to push the other way, roaring, meantime, "Eik! Eik! Uzdaryk-duris!" in tones which made the orchestral uproar sound like fairy music.

郭沫若將「Eik! Eik! Uzdaryk-duris!」譯為「喂！喂！你們讓開！」蕭乾等選擇了保留原文，而以注釋的方式說明這是立陶宛語，意思是：去，去，把門關上。竊以為，其實郭沫若並沒有將「Eik! Eik! Uzdaryk-duris!」譯為「喂！喂！你們讓開！」現在的人將後者視為前者的漢譯，很可能是對郭沫若譯文的誤讀。就在婚宴過程中，瑪利亞還唱了一首立陶宛語的歌曲，郭沫若徑直以「唱完了一首病相思的哀歌」將其一筆帶過，將原文中的四行歌詞刪掉了。郭沫若在《譯後》中說，「本書開端第一章，由瑪利亞口中有立陶宛的一節戀歌唱出，因譯者不解立陶宛語，故於譯文中略去。」〔註183〕很可能郭沫若沒有花費力氣弄清立陶宛語「Eik! Eik! Uzdaryk-duris!」的意思，但是這句話又不能略掉，否則前後幾句話就銜接不上，瑪利亞喊出來的這句話很可能是郭沫若按照上下文情景自己創造出來的。也正因為如此，所以這句話出現在譯文中，毫無違和的感覺。

《「風韻譯」再探索》的作者借助於原小說開篇第四自然段的起始句：She stood in the doorway, shepherded by Cousin Marija……認為「奧娜和瑪利亞一起乘馬車趕往宴會場的」，故而瑪利亞一進大廳就喊「關門」不符合事理邏輯，由此認為郭沫若「對原文本做出了能動改造」。〔註184〕郭沫若譯文和原文大不相同，需要對改動的原因需要解釋。但是，從郭沫若的漢語譯文推斷英語原文不合邏輯，認為郭沫若的改動是源於他的理解更符合事理邏輯。這種反推並不能夠顯示郭沫若翻譯的創造性叛逆，只能掩蓋真實的問題。如果推斷原文不符合邏輯。不合邏輯的原因可能是原作者沒有處理好，小說留下了紕漏，還有就是瑪利亞太過於匆忙以至於語無倫次，出現了口誤。其實，這種看似有道理的理解乃是建立在沒有仔細閱讀原語文本的基礎之上，同時又先驗地將郭沫若的譯文判定為優秀，因此遇到不相符合的問題，便從

〔註183〕〔美〕辛克萊：《屠場》，易坎人譯，上海：南強書局，1929年，第406頁。
〔註184〕張慧：《「風韻譯」再探索》，《郭沫若學刊》2015年第4期，第10頁。

郭沫若譯文合理性的角度尋找合適的詮釋。這樣的詮釋只能離事實越來越遙遠。

　　《屠場》英語原文開篇提到從教堂到燕會場的馬車時，用的是複數 carriges，而第一自然段敘述瑪利亞時說：She had left the church last of all, and, desiring to arrive first at the hall。在教堂裏，新娘的父親將新娘交給新郎，離開教堂去燕會場的路上，一般來說新郎和新娘會同乘一輛馬車。雖然不能確定馬車上還有沒有他人，但可以確定的是瑪利亞應該沒有和新娘同乘一輛馬車，否則的話就不會說瑪利亞是最後一個離開教堂的人。至於小說第四自然段敘述瑪利亞和新娘子一起擠進燕會場，很可能說明瑪利亞雖然未必如她自己所願是第一個到達燕會場的，但卻比新娘子早到。或者新娘早一步到了，卻因為某些原因還停留在外面，等到瑪利亞來到之後，兩個人才一起進去。至於瑪利亞喊的是「關門」，需要注意的是瑪利亞不是在往燕會場裏面擠的時候喊的，而是從燕會場往外擠出來的時候喊的。所以，不是一進大廳便喊「關門」。一進一出，瑪利亞喊「關門」，應該是瑪利亞擠到裏面之後，發現新娘子不在裏面，故此趕緊擠出來，在外面找到新娘子之後，然後攙扶著新娘子兩人一起進去。擠出來的時候喊「關門」，應該就是為新娘子的進入亮相做準備！明乎此，我們就能理解小說原文 turned and began to push the other way 的意思。在郭沫若的譯文中，他偏偏將這句話譯為「橫衝直撞」。郭沫若的翻譯存在對原文的誤讀，不宜簡單地將郭沫若譯文與原文不一致的地方都視為創造性的叛逆。Turn 可譯為轉身，郭沫若應該是將其理解為轉向了另外一個方向，而不是一百八十度的轉身，故而有了「橫衝直撞」的譯文。按照郭沫若譯文的表述，似乎是瑪利亞勇往直前，在人群中開出了一條道路，終於帶著新娘子一起「從人群中擠出來」，「立在門口」。這種理解似乎比前面的解釋簡單直接，有其合理性。其實不然。首先，對「關門」的理解太想當然；其次，既然瑪利亞已經進了燕會場，而且「一跳進去便橫衝直撞起來」，怎麼又在接下來的文字中說她和新娘「立在門口」（She stood in the doorway, shepherded by Cousin Marija, breathless from pushing through the crowd〔註185〕）？總不能是燕會場內橫衝直撞的瑪利亞在場內找到了新娘子，然後兩個人又走到門口處立在那裡吧？在這一點上，蕭乾等人的理解是正確的，瑪利亞和新娘子是「剛

〔註185〕　Upton Sinclair. The Jungle[M]. New York: Simon Schuster, Inc., 2004, p2.

從門外擠進來」。〔註186〕相比之下，郭沫若的譯文「從人群中擠出來」雖是直譯，也與自己譯文前後邏輯能夠一致，實際上卻是在模糊原文本的表述。因為他不能像蕭乾等的譯文那樣說瑪利亞兩人「剛從門外擠進來」，那樣的話就和前面的譯文相衝突了。

　　對於郭沫若的上述譯文，首先，筆者以為應該毫不猶豫地承認譯作中存在誤譯。郭沫若在《譯後》中說自己的翻譯「於力量不到處或偶而疏忽時庸或有誤譯之處」。〔註187〕這並非只是謙虛之詞，事實就是如此。郭沫若是偉大的翻譯家，指出其譯作中的錯誤無損於其翻譯成就。其次，應該承認作為文學家的郭沫若進行翻譯時所具有的敏銳的文學感知力，對原語文本有自己的把握方式，能夠按照自己的文學感知解決譯文中可能存在的一些矛盾瑕疵。詩人郭沫若在進行文學翻譯時，憑藉自身強大的語感和文學再創造能力對譯文所作安排，甚或譯文中有郭沫若「用自己的文字寫出來的」「所得的感興」。若是從直譯的角度看，這些「感興」可能並不令人感到特別滿意，在字句上與原文並不十分吻合，但從「風韻譯」的角度看，卻正是郭沫若對原語文本「風韻」的再創作和呈現。

〔註186〕〔美〕辛克萊：《屠場》，蕭乾、張夢麟、黃雨石、施咸榮譯，北京：人民文學出版社，1979，第 2 頁。
〔註187〕郭沫若：《譯後》，〔美〕辛克萊：《屠場》，易坎人譯，上海：南強書局，1929年，第 406 頁。

參考文獻

一、中文部分

1. 蔡震：《郭沫若生平文獻史料考辨》，社會科學文獻出版社，2014 年版。
2. 蔡震：《郭沫若著譯作品版本研究》，東方出版社，2015 年版。
3. 蔡新樂：《翻譯與漢語：解構主義視角下的譯學研究》，中央編譯出版社，2006 年版。
4. 陳玉剛：《中國翻譯文學史稿》，中國對外翻譯出版公司 1989 年版。
5. 陳永志：《〈女神〉校釋》，華東師範大學出版社，2008 年版。
6. 陳志杰：《文言語體與文學翻譯》，上海外語教育出版社，2009 年版。
7. 丁新華：《郭沫若與翻譯研究》，上海交通大學出版社，2014 年版。
8. 方華文：《20 世紀中國翻譯史》，西北大學出版社，2008 年版。
9. 馮錫剛：《「文革」前的郭沫若》，中央文獻出版社，2005 年版。
10. 傅勇林：《郭沫若翻譯研究》，四川文藝出版社，2009 年版。
11. 龔濟民、方仁念：《郭沫若年譜》，天津人民出版社，1982 年版。
12. 郭沫若：《郭沫若書信集》，中國社會科學出版社，1992 年版。
13. 郭沫若：《郭沫若全集》，人民文學出版社，1982～1992 年版。
14. 思果：《翻譯研究》，廣西師範大學出版社，2017 年版。
15. 思果：《翻譯新究》，廣西師範大學出版社，2018 年版。
16. 谷輔林《郭沫若前期思想及創作》，山東人民出版社，1983 年版。
17. 黃淳浩：《創造社：別求新聲於異邦》，社會科學文獻出版社，1995 年版。

18. 黃侯興:《郭沫若研究管窺》,天津教育出版社 1987 年版。

19. 黃杲炘:《從柔巴依到坎特伯雷——英語漢譯研究》,湖北教育出版社,1999 年版。

20. 金達凱:《郭沫若總論》,臺灣:商務印書館股份有限公司,1988 年版。

21. 魯迅:《魯迅全集》,人民文學出版社,2005 年版。

22. 李怡:《郭沫若評說九十年》,文化藝術出版社,2010 年版。

23. 李斌:《女神之光:郭沫若傳》,作家出版社,2018 年版。

24. 李歐梵:《現代性的追求》,生活・讀書・新知三聯書店,2000 年版。

25. 李振聲:《郭沫若早期藝術觀的文化構成》,貴州人民出版社,1992 年版。

26. 林甘泉、蔡震主編:《郭沫若年譜長編:1892~1978 年》,中國社會科學出版社,2017 年版。

27. 劉茂林:《郭沫若新論》,社會科學文獻出版社,1992 年版。

28. 劉肖岩:《論戲劇對白翻譯》,中國人民公安大學出版社,2004 年版。

29. 廖思湄:《郭沫若西方戲劇文學譯介研究》,中國文史出版社,2015 年版。

30. 孟昭毅、李載道主編:《中國翻譯文學史》,北京大學出版社,2005 年版。

31. 孟偉根:《戲劇翻譯研究》,浙江大學出版社,2012 年版。

32. 茅盾等:《左聯回憶錄》,中國社會科學出版社,1982 年版。

33. 孟昭毅:《中國翻譯文學史》,北京大學出版社,2005 年版。

34. 孟偉根:《戲劇翻譯研究》,浙江大學出版社,2012 年版。

35. 秦川:《郭沫若評傳》,重慶出版社,2001 年版。

36. 饒鴻競等編《創造社資料》,福建人民出版社,1985 年版。

37. 宋炳輝:《文學史視野中的中國現代翻譯文學》,復旦大學出版社,2013 年版。

38. 孫玉石:《中國初期象徵派詩歌研究》,北京大學出版社,1987 年版。

39. 稅海模:《郭沫若與中西文化撞擊》,東方出版社,2008 年版。

40. 蘇暢:《俄蘇翻譯文學與中國現代文學的生成》,社會科學文獻出版社,2013 年版。

41. 譚福民:《郭沫若翻譯研究》,上海:交通大學出版社,2015 年版。

42. 王進:《郭沫若與現代中國哲學論爭》,貴州:人民出版社,2006 年版。

43. 王宏印:《文學翻譯批評論稿》,上海:外語教育出版社,2010 年版。

44. 王建開：《五四以來我國英美文學作品譯介史》，上海外語教育出版社，2003 年版。

45. 王錦厚：《郭沫若學術論辯》，成都出版社，1990 年版。

46. 王克非：《翻譯文化史論》，上海教育出版社，1997 年版。

47. 王曉明：《二十世紀中國文學史論》，東方出版中心，1997 年版。

48. 王向遠：《翻譯文學研究》，寧夏人民出版社，2007 年版。

49. 王向遠：《二十世紀中國的日本文學翻譯史》，北京師範大學出版社，2001 年版。

50. 王訓昭等編：《郭沫若研究資料（上中下）》，知識產權出版社，2010 年版。

51. 吳定宇：《抉擇與揚棄：郭沫若與中外文化》，中山大學出版社，2014 年版。

52. 伍世昭：《郭沫若早期心靈詩學》，上海文藝出版社，2003 年版。

53. 咸立強：《尋找歸宿的流浪者：創造社研究》，東方出版中心，2006 年版。

54. 咸立強：《創造社翻譯文學及譯介實踐研究》，人民出版社，2010 年版。

55. 咸立強：《立意為宗與現實主義傳統》，廣東高等教育出版社，2018 年版。

56. 咸立強：《中國出版家趙南公》，人民出版社，2020 年版。

57. 咸立強：《藝術之宮與十字街頭：創造社研究》，武漢出版社，2020 年版。

58. 謝天振、查明建：《中國現代翻譯文學史》，上海外語教育出版社，2004 年版。

59. 解志熙：《美的偏至：中國現代唯美：頹廢主義文學思潮研究》，上海文藝出版社，1997 年版。

60. 蕭斌如：《郭沫若著譯書目》，上海文藝出版社，1989 年版。

61. 楊勝寬、蔡震總主編：《郭沫若研究文獻匯要：1920～2008》，上海書店出版社，2012 年版。

62. 楊武能：《三葉集：德語文學‧文學翻譯‧比較文學》，巴蜀書社，2005 年版。

63. 楊武能：《歌德與中國》，四川人民出版社，2017 年版。

64. 楊義：《二十世紀中國翻譯文學史》，百花文藝出版社，2009 年版。

65. 楊玉英：《英語世界的郭沫若研究》，復旦大學出版社，2011 年版。

66. 楊玉英：《郭沫若在英語世界裏的傳播與接受研究》，學苑出版社，2015年版。

67. 尹康莊：《象徵主義與中國現代文學》，暨南大學出版社，1998年版。

68. 〔日〕伊藤虎丸：《魯迅、創造社與日本文學》，北京大學出版社，1995年版。

69. 郁達夫：《郁達夫全集》，浙江大學出版社，2007年版。

70. 于天樂：《郭沫若研究資料索引》，四川大學出版社，1993年版。

71. 余光中：《余光中談翻譯》，中國對外翻譯出版公司，2002年版。

72. 張中良：《五四時期的翻譯文學》，臺灣：秀威諮詢科技股份有限公司，2005年版。

73. 張澤賢：《中國現代文學翻譯版本聞見錄》，上海：遠東出版社，2009年版。

74. 張勇：《複調與對位：〈郭沫若全集〉集外文研究》，臺灣：花木蘭文化事業有限公司，2018年版。

75. 鄭敏：《詩歌與哲學是近鄰：結構解構詩論》，北京大學出版社，1999年版。

76. 周作人：《周作人自編集》，北京十月文藝出版社，2011年版。

77. 朱自清：《新詩雜話》，上海作家書屋，1947年版。

78. 成都市圖書館編：《郭沫若著譯及研究資料》，1979年版。

79. 上海圖書館編：《郭沫若著譯書目》，上海文藝出版社，1980年版。

80. 中國翻譯工作者協會編：《翻譯研究論文集 1894～1948》，外語教學與研究出版社，1984年版。

二、外文參考文獻

1. Andre Lefevere：《翻譯、改寫以及對文學名聲的制控》，上海外語教育出版社 2010 年版。

2. Baker, Mona. *Corpora in Translation Studies: An Overview and Some suggestions for Future Research* . Target, 1995.

3. Baker, Mona. *Routledge Encyclopedia of Translation Studies.* London and New York: Routledge, 1998.

4. Bassnett, Susan. *The Meek or the Mighty: Reappraising the Role of Translator*. Roman Alvarez & M. Carmen-Africa Vidal. Translation, Power, Subversion. Multilingual Matters Ltd., 1996.

5. Bassnett, Susan & Andre Lefevere. *Translation, History and Culture*. London: Cassell, 1990.

6. Bassnett, S. *Translation Studies*, London: Methuen& Co. Ltd,1980.

7. Broeck. *"Second Thoughts on Translation Criticism"*. *The Manipulation of Literature: Studies in Literary Translation*. Ex. Hermans, Theo. London & Sydney: Croom Helm. 1985.

8. Hermans, Theo. *Translation in Systems: Descriptive and Systemic Approach Explained*. St. Jerome, 1999.

9. Holmes, James S. *The Name and Nature of Translation Studies*. Lawrence Venuti. *The Translation Studies Reader*. London and New York: Routledge, 2000.

10. Nida, Eugene A. *Language, Culture and Translation*. Shanghai: Shanghai Foreign Language Education Press, 1993.

11. Nida, Eugene A. *Approaches to Translation in the Western World*. Foreign Language Teaching and Research, 1984.

12. Wellek, Rene. *Concepts of Criticism*. New Haven and London: Yale University Press, 1963.